谷崎潤一郎　没後五十年

尾高修也

作品社

谷崎潤一郎　没後五十年／目次

III

谷崎潤一郎　没後五十年

装幀＝司　修

I

谷崎潤一郎　没後五十年

今年は没後五十年ということで、未発表書簡の公表や展覧会や没後三度目の新全集の刊行など、いろいろと耳目をあつめることがつづいた。生前、スキャンダルを怖れぬ生き方をした人でもあり、彼の小説は映画や演劇の原作としても知られていて、没後五十年の記念事業はそれなりに賑わうものになっていたと思う。

谷崎潤一郎は日本の近代文学を代表するビッグ・ネームであり、作品も読み継がれているが、谷崎とその文学の真の姿がどれだけ知られているかというと幾分心細い思いがある。谷崎潤一郎をほんとうに知るということは、専門的な読者でも決してたやすいことではない。一般の読者にしても、いまの時代に谷崎とどう関わるべきか、少なからぬ戸惑いがあるのではなかろうか。

谷崎文学というと、変態性欲、悪魔主義、女性崇拝、伝統回帰といった独特の論題《イシュー》によって読まれることが多かった。どれもイシューとして面白いので、読み手はそれぞれイシューごとに反応して、ばらばらな理解になるということがあった。そして、谷崎の全体をあらわすためには、耽美主義ということばをつかうことになっていた。

そんなばらばらな読み方をしながら、スキャンダルにはいちいち驚かされ、適度な猥褻感を楽しむという読者が多かったのかもしれない。文壇の批評家さえ、谷崎に対する興味がばらばらなまま、論が嚙みあわないことが少なくなかった。

谷崎はいわゆる文壇づきあいをせず、永く関西に住んだこともあって、戦前の文壇で十分真価が認められ評価されていたとはいえなかった。文壇の評価よりも、一般読者の人気のほうが高かった。「春琴抄」が出て絶讃されはするが、時に佐藤春夫や中村光夫の批判のように、遠慮なくこきおろすように論じられることがあった。

戦後十年近くたって、伊藤整による本格的評価がうち出され、英訳によって外国読者の関心をもよび、戦前文壇の代表的作家志賀直哉と逆転するようなかたちでようやく谷崎が重視されるようになる。

だが、谷崎を老大家として、また七十を過ぎても創作力旺盛な怪物的存在として一目おくことにはなっても、谷崎の文学がどれほどのものかを正確に見定め、その全体をまともに受け止めようとする仕事は、伊藤整のもの以外なかなか出なかった。それが次々に現れるようになるのは、谷崎の没後十年、昭和五十年ごろのことである。

谷崎が亡くなったとき、三島由紀夫が「谷崎朝時代の終焉」ほか数篇のエッセイを書き、ていねいに谷崎の死をいたんだ。「氏の死によつて、日本文学は確実に一時代を終つた。氏の二十歳から今日までの六十年間は、後世、『谷崎朝文学』として概括されても、ふしぎはないと思はれる。」と三島は書いている。

彼は耽美的かつ古典主義的な谷崎文学に日本の近代文学を代表させて「谷崎朝」といっている。戦時中の「日本浪曼派」の秘蔵っ子として出発した三島らしい言い方になっている。が、一般的には、耽美派や古典派を中心に据えて近代文学を語るということはなく、むしろ逆に、谷崎をきわめて孤立的な存在として見る時代が長かった。

明治以後の文学史において、耽美派は常にわきに置かれ、やや特殊な、異色のものと見られてきた。それは基本的に現在も変わらないので、近代文学を代表する存在として耽美派谷崎潤一郎を考えることには異論があるであろう。それは、耽美派なり古典派なりの一面一面で谷崎をとらえるということ自体に対する異論でもあるはずだ。谷崎文学の一面一面をそれだけ掘りさげても、谷崎をうまくとらえることにはならないからである。

谷崎はまだ江戸の文化が残る東京・日本橋の下町世界で育ち、ローカルな下町文化を美的に再生させるような仕事で文壇に出た。彼自身あきらかに下町人の気風をそなえ、後半生を関西で暮らしてもそれは変わらなかった。が、彼にとっての「江戸」は次第に意味を失っていく。

彼は東京近代化の混乱を「田舎侍に荒らされ」たものと見て憎むところがあったが、近代化そのものに背を向けたわけではなく、関西に定住してからは、大阪や神戸の近代的都市文化を享受しながら、やがて江戸と東京の文化をひとつながりのものと見て相対化していくことになる。

だから、谷崎を論じて「被征服者」としての江戸っ子の「反近代」の意識を強調したりすると、やはり一面的な論になりすぎる。その一面から深入りしようとすると、論がすぐに行き詰まってしまうだろう。

それでは、谷崎文学の有名なテーマ「母恋い」についてはどうか。特に「伝統回帰」以後の代表作のほとんどを「母恋い」の話として読む、という読み方もあるはずだが、その場合の「母」とは何であろうか。

もともと谷崎にとっての「母」のイメージは、生まれ育った東京の下町と一体のものだったといえる。が、谷崎はやがてそこから離れていく道を選び、そして震災後は大きな距離をへだてて関西からそちらを見ることになる。

すでに大正八年、彼は実母の死のあと「母を恋ふる記」を書いているが、それは亡き母を追慕するとともに、自身の幼年期を愛惜する思いをごく自然に語ったものである。江戸っ子母子にとっての近代以前の楽土が夢のなかに甦る話だといってもいい。が、「母恋い」そのものはまだ重要な意味をもたされてはいない。昭和になってからの「母恋い小説」は、すべて関西人が関西文化のなかの「母」を「恋う」話なので、意味あいがずいぶん違ってくる。

実母の死をいたんだ「母を恋ふる記」の前後の作品のなかで目立つのは、いわゆる「悪人小説」と「妻殺し」の小説である。前者はしばしば「芸術家小説」になっている。後者は「悪の芸術家」たる夫が妻を殺す話である。谷崎は数え年三十歳の年に結婚してから、次第に妻をうとんじるようになっていたが、大正七年から夫が妻を殺す話を書きはじめる。それは「嘆きの門」「呪はれた戯曲」「或る少年の怯れ」「途上」と、一年余りのあいだに集中的に書かれることになる。そしてそのあとに来るのが大正十年の「不幸な母の話」である。

多くの日本人同様、谷崎の場合も、自己形成の大もとのところに強い母親コンプレックスがあったと思われる。東京下町の庶民世界は伝統的に母性原理の強い環境だったこと、入り婿の父親の性格が弱かったことなどから、高等教育のおかげで母の世界を相対化するようになっても、母親コンプレックス克服のためにはなお長い時間が必要だったように見える。その証拠に、彼は結婚後「妻殺し」の小説をつづけさまに書くが、その「妻殺し」は心理的な「母殺し」の代替行為と見るべきで、そのあげくに「不幸な母の話」という「母殺し」の小説が書かれることになるのである。

「不幸な母の話」は、わがままな母親が長男の新婚旅行についてきて、海の事故にあうという話である。たまたまはしけが転覆し、そのとき長男は愛する新妻を助けようとして母親のすがりつく手を払ってしまい、母親は他人に助けられる。が、以後彼女は人が違ったような淋しい姿となり、痩せ衰えて死ぬ。それを自分の「母殺し」として自責しつづけた長男は結局自殺する。……

この作品の三年後に「痴人の愛」が書かれ、以後「妻殺し」「母殺し」の話は一切書かれなくなる。その代わりに続々と現れるのが関西世界における「母恋い」の物語である。

女体崇拝の谷崎のマゾヒズムということがいわれる。小林秀雄によれば、谷崎のマゾヒズムは、世界が彼の「肉体的生活に、言はば物理的な正確さで不断に栄養を供給する、貰ふものが快楽にせよ、苦痛にせよ、悉く満足な存在」になり得るように働くものだという（「谷崎潤一郎」）。おそらくそんな見方を踏まえて、三島由紀夫は谷崎の女性像について、それが二面性をもっているとし、「慈母としての女性の崇高な一面は、亡き母に投影され、一方、鬼子母的な一面は、ナオミズムの名で有名な『痴人の愛』の女主人公に代表されるのであるが、後者ですら、その放埒なエゴイズムと肉体美が、何か崇高なものとして崇拝の対象になつてゐる。」と説明しているが、女性のその二面性をつうじても、彼の世界との関係は円満なものだったと見て、谷崎は生涯をつうじて「ファリック・ナルシシズム」をもたなかったとつけ加えている。ファリックすなわち男根的というべき自己愛である。「ファリック・ナルシシズムは必然的に行動と戦ひを要請し、そこに於ける自滅の栄光とつながりがあるが、氏にはそんなものは邪魔つけなだけだつた。『春琴抄』における佐助が自らの目を刺す行為は、微妙に『去勢』を暗示してゐるが、はじめから性の三昧境は、そのやうな絶対的不能の愛の拝跪の裡に夢みられてゐた傾きがある。」（「谷崎潤一郎について」）

三島はのちに大正三年の「金色の死」を読んで、それをファリック・ナルシシズムをテーマとした「全く例外的な作品」と見、作品が失敗したことで谷崎はその種のナルシシズムの危険を避け得たのだといって前説を訂正している。

谷崎は昭和期に入って「伝統回帰」的な作風が定まり、根津松子との関係からスタンダール流の「情熱恋愛」の物語が生まれて、その頂点に立つ作品が「春琴抄」だが、そこまで行ってしまえば、たしかに三島のいうとおりかもしれない。

しかしながら、昭和期に入る前の長い前段階において、谷崎は前述の「妻殺し」の話をはじめ「ファリック・ナルシシズム」の物語をたくさん書いている。それらは基本的に、ユング派心理学にいう「グレート・マザー(太母)」と戦う話として読むことができる。しばしば「悪の芸術家」である男性主人公は、妻を殺さずにいられない呪われた主我的存在とされている。西洋ロマン主義のヒロイックな(つまりファリックな)反抗的自我の考えに基く人物像だといえる。もともとマゾヒスト性を多分にもっていた谷崎といえども、はじめから世界との円満な関係に自足していたわけではもちろんなかった。

それらの呪われた男性の物語に完全にけりがつくのが、大正十三年の「痴人の愛」によってである。「痴人の愛」によって谷崎は、西洋世紀末的「宿命の女」の生きた姿をはじめてくわしく描き出すことができた。西洋起源のものではあっても、それはあくまでも大正期日本の先端的モダン・ガールの姿がリアルに生かされたものになった。そして「痴人の愛」以後は、執拗に妻にこだわり妻を殺す「宿命の男」は、彼の作品にまったく現れることがなくなるのである。

谷崎にとって、「グレート・マザー」がそこでようやく死んだのだと見ることができる。そこに至るまでのあいだ、谷崎が書きつづけていた作品にはっきり出ていたのは、彼のうちなる男性性と女性性の葛藤であった。特に結婚後彼はその葛藤に手を焼き、そこから背徳的な「悪の芸術家」の意識が強められ、やがては男性性そのものを「悪」とみなすようにもなる。そしてその「悪」

は「エゴイズム」「近代芸術」「悪魔の美」といった西洋的近代的なるものすべてと結びつけられる。それに対し、母性原理の強い日本社会における女性的なるものは「善」の側に置かれ、その「善」と「悪」が戦う話がくり返し書かれたのである。

「痴人の愛」において、はじめてそれが逆転する。「悪」はナオミという女の側に移り、「善」は主我的でない「痴人」讓治の側のものになる。善なる女性性を踏みにじる攻撃的な男性性の持ち主は、以後の谷崎文学から消えてしまう。それはおそらく、谷崎にとっての「母」の問題が最終的に乗り越えられたことを示すものである。谷崎が長く苦しんだ彼のうちなる男性性と女性性の葛藤も、おのずから解消されるほうへ向かう。

一見単純そうな「母恋い」のテーマも、谷崎にとっての「母」の問題が解決してからようやくほんものになるのだといえるであろう。「マゾヒズム」のテーマが深まっていくのも「伝統回帰」以後のことである。彼は初期に「情痴童話」（佐藤春夫）というべきマゾヒズム小説を書き、大正期の半ばには「富美子の足」のような刺激的な「変態小説」を書いている。が、「富美子の足」は若い妾の美しい足に顔を踏まれながら死んでいく老人の話が、いわばマゾヒズムの錦絵といった派手な画面になっているだけだともいえる。似たような場面を含む晩年の「瘋癲老人日記」とはまったく違い、マゾヒズムの深みも洗練もまるで感じられない。

谷崎文学の最も特徴的なテーマ「マゾヒズム」でさえ、谷崎のどの時期のどんな仕事を考えるかによって、言うことが違ってこなければならない。彼のマゾヒスト性がどういうものであったかも、作品に即していねいに見ていく必要がある。一見簡単そうなテーマを簡単に考えるだけでは、谷崎という人も文学も半分わからなくなってしまうにちがいない。

谷崎潤一郎の青年期を考えるにあたって、彼が大正期にたくさん書いた「二重人格物語」あるいは「分身物語」についても見ておく必要がある。「二重人格」とか「分身」とかは、西洋ロマン主義の好みのテーマであり、若い谷崎はくり返しそのテーマを扱いながら、分裂的存在としての自己を意識しつづけた。それは必ずしも病理現象とはいえない、むしろ現代社会にふつうに見られる「存在の複数性」の問題である。

谷崎は、スティーヴンソン「ジキル博士とハイド氏」やワイルド「ドリアン・グレイの画像」のような型通りの二重人格物語は「友田と松永の話」しか書いていない。が、二重人格物語としても読めるという作品は多い。たとえば「金と銀」「AとBの話」「神と人との間」など、善人と悪人が対立する話はすべて、複数の自己の葛藤の物語だともいえる。

ただ、谷崎の物語は必ず悪人の側からその対立が語られるので、ジキル博士の心の「影」が不気味な悪人ハイド氏として現れるといった関係にはならない。精神病理学的な「影」の怖ろしさといったものが語られることはない。シャミッソー「ペーター・シュレミールの不思議な物語」のように、影をなくした男の苦しみが語られるということもない。ちなみにシャミッソーの作品は、大正時代に谷崎が好んだドイツの怪奇幻想映画「プラーグの大学生」の原作にあたるものである。

それらロマン主義的な物語とは違い、谷崎の二重人格物語は、怪奇幻想の気味をほとんどもたない、ただの複数の存在の話である。葛藤の関係だけがあからさまに語られる。昭和期に入ると、二重人格物語は書かれなくなるが、たとえば「蓼喰ふ虫」は、その時期の作者の二つの面が、まだ若いモダニストの主人公斯波要《かなめ》と、関西で若い妾とともに趣味人の暮らしを楽しむ「老人」という二人の人物に描き分けられているのがわかる。そのほか、父子とか姉妹とか、二人の人物が重ねられる二重人物的な語り方になることもある。大正期の仕事がのちにそのように発展させられるわけである。

大正期の作品のなかで、たとえば「呪はれた戯曲」は、主人公の劇作家佐々木がはっきり二面性を示している。彼は一面では暗い反逆的なロマン派のヒロイズムをもっている。つまり、女をほろぼすバイロンふうの「宿命の男」として設定されている。その一面は「西洋」の殺伐さや雄々しさにかかわっている。他方、「以心伝心の感応作用」によって妻の涙に動かされる女々しいような一面もある。そちらは日本の日常的現実のなかの女性的母性的な力につながっている。彼はしばしば、自分のなかの女々しさの力に突き動かされ、そのつながりをどうすることもできない。彼は無理にそれを断ち切ろうとしたあげく、結局妻を殺してしまうのである。

これは谷崎のなかの男性性と女性性の葛藤を直接反映したフィクションで、彼がその葛藤にいちばん手こずっていた時期のものである。佐々木は妻の嘆きに圧倒され、屈服させられ、やがて抱きあう夫婦の顔と顔が涙でびしょ濡れになり、男も女も「悪」も「善」も混沌としてしまうという場面がある。三十過ぎの谷崎がかかえていた葛藤が、くわしくなまなましく読みとれる場面になっている。

谷崎がいったん離婚を決め、千代夫人を譲るといいながらそれを撤回して、佐藤春夫とのあいだがこじれた「小田原事件」は大正十年、谷崎三十五歳の年である。おそらくこの事件にも「呪はれた戯曲」の葛藤のテーマがそのままかかわっている。ただ、佐々木は妻を殺して自殺するが、谷崎は妻を捨てることができず、結果的に佐藤を裏切るかたちになったのである。

谷崎にとってその事件は、簡単には乗り越えられないものだったことが、その後の彼の諸作からわかる。実際問題としては、千代夫人の妹のせい子との関係を絶ち、佐藤とは絶交して佐藤を千代から遠ざけ、千代との関係の修復につとめながら新しい生活がはじまる。だが、事件後彼が書いた力篇というべきものはほとんどすべて、事実上谷崎、佐藤、千代、せい子の四人の関係の話になっている。そして、その関係の日常的現実にとらわれたまま、動きがとれず、作品はすべて失敗している。つまり、二年半後関東大震災を経験するまで、彼は心理的に「小田原事件」から解放されていなかったといえるのである。

谷崎一家は関西へ逃げ、生活の激変によって否応なしに過去が締めくくられることになる。関西を転々としながら、谷崎は新しい旅先の自由感のなかで新作を試み、震災後半年で「痴人の愛」を書き出すことができた。それは過去の作品とは一線を画した別の境地のものになったが、そこに見てとれるのはようやく過去から解放されようとする谷崎の姿である。
「痴人の愛」の物語からは「宿命の男」はすでに消え、影をもとどめず、男性主人公讓治はひたすら女体拝跪にはげむ「痴人」となり、女主人公ナオミは男としての讓治を破滅させる「宿命の女」になっていく。過去の作品中の男性と女性の立場が最終的に入れ替わるのである。それは谷崎にとって、太母としての「母」が、ここに至ってようやく死んだということを意味しているのにちがいない。

東京・横浜時代が「痴人の愛」によってうまく締めくくられると、谷崎は今度は本気で関西と向きあいはじめる。すでに大正十一年十二年と家族で関西旅行をしていて、震災後その旅のつづきのようにして関西生活をはじめることになる。それは思いがけない解放の旅となり、谷崎は若々しい行動力を発揮して、きわめて精力的に関西とかかわっていくことになるのである。

もちろん、京都は魅力的ではあってもよそ者には暮らしにくいし、大阪人のあくの強さにははじめ違和感が強かった。が、やがて大阪人根津松子を知るに及んで、「大阪及び大阪人」に対する興味が一挙に深まる。谷崎はすでに大正七年と十五年に個人で中国を旅し、中国の伝統社会に魅入られるところがあったが、彼がそのとき古い中国に発見したのとほぼ同じものを、あらたに大阪にも発見していくということになる。中国体験を介しての関西の「発見」である。

その時期の最初の作品としては、「蓼喰ふ虫」と「卍」が、彼の関西体験を二つの面からよくわからせてくれるものになっている。谷崎は一面でまだ関西を模索中なのだが、その逡巡のさまを「蓼喰ふ虫」がよく表わしている。他方、全篇を関西弁で語りとおした「卍」のほうは、ことばの苦労をあえてしながら、関西世界へ深入りしようとする意力に並々ならぬものを感じさせる。彼は助手の力を借り、三年もかけて、関西弁世界の粘ったややこしさを全力でつくり出しているのである。

東京人谷崎が、関西をひとつの異文化として意識的にとらえていたことが、これらの作品からはっきりわかる。関西と中国を重ねて見るようなところも他の作家には見られなかったことで、そこにも彼の旅人としての緊張感を見ることができる。震災の避難民として、谷崎はまず関西を外国のように眺め、そこに住みつづけながらも外国の旅のような感覚をもちつづけたのである。

その意味の旅と異文化体験が、つまり関西との意識的な関係が、谷崎の昭和戦前期の文学をつくっていく。彼は関西移住後も一箇所に長く住むということがなく、頻繁な移動をくり返している。出版社からの前借りを重ねる執筆生活で、債務に追われる旅でもあった。それでも谷崎は、ほとんど生まれ変わったような新鮮な思いで関西探索をつづけ、新境地をひらく作品を生み出していくことになる。

旅と異文化体験のためには、何より身心の自由が求められる。大正期をつうじて自己の分裂的な在り方を意識しつづけただけに、谷崎は震災後関西文化を前にして、おのずから複数の自己を自在に生かすようなかかわり方ができたものと思われる。無理な自己統一の必要がないところで自由に生きる力を手に入れ、それを新しい体験のために次々に生かしていったのにちがいない。

ただし過去からの解放ということでは、じつは「小田原事件」の十年後、再び佐藤春夫に千代夫人を譲ることが決まるまで、つまり昭和五年まで、谷崎の生活は十分に解放されてはいなかったともいえる。谷崎は昭和三年ごろ、千代のために佐藤ではない別の青年との結婚をとりはからい、夫婦は離婚寸前まで行っていたということがあった。その時点で同時進行的に書かれたのが「蓼喰ふ虫」で、谷崎は千代との離婚を「過去半生の総決算」と見、その時が刻一刻と近づく感じを作中の夫婦の心の上に生かしている。谷崎は自分が長くとらわれていたものからの最終的な解放を待ち望み、自らの「再生」を願っていたといえるのである。

関西という新しい環境で「再生」をはたそうとする谷崎の切実な思いから「蓼喰ふ虫」は生まれている。話が進むにつれて、「再生」の方向が少しずつ見えてくる。そんな書き方だが、ここで考えてみたいのは、「蓼喰ふ虫」にはスタンダールやゲーテの「イタリアの旅」を思わせるものがあるということである。谷崎は二人の旅行記を読んでいなかったと思われ、直接的な関係とはいえないが、私の考えでは、谷崎の体験は基本的にゲーテ、スタンダールの体験にははなはだ近いものがある。文明の古い中心地との関係を常に意識しながら、異文化に揉まれる経験をつうじて蘇生の思いを味わうところが同じだといっていい。関東人にとっての関西は、北ヨーロッパの人にとってのイタリアであり、イタリアの「発見」と同様に関西の「発見」というものがあったと見ることができるにちがいない。

スタンダールが「パルムの僧院」で愛するイタリアを理想化したように、谷崎もまた関西を描いて独特の理想化をほどこすことになった。両者の異文化理解の最初の手がかりは、スタンダールにあってはオペラであり、谷崎にあっては人形浄瑠璃であった。スタンダールが祖国のフランス人を悪くいったように、谷崎も江戸、東京の人間の欠点についてしばしば語った。「蓼喰ふ虫」に散見される江戸文明批判のことばには、旅行者スタンダールと同じ彼の旅の心がよくあらわれていて、これこそ谷崎の「再生の書」であり「イタリアの旅」でもあるのだと強く思わされるのである。

その「再生」の旅から八十何年かたち、今年は谷崎没後五十年ということで、あらたに谷崎を読み直そうという動きが出ることを願っている。よく知られている代表作の多くは、彼が関西との関係によって新しい自己を手に入れ、そこから直接生み出されたもので、その事情をくわしく見ていくとたいへん面白い。もうひとつの人生と作品世界が、四十代に達した彼の眼前に開けていったという事実は感動的でさえある。

谷崎はじつはそのことをさまざまに語ってはいるのだが、「蓼喰ふ虫」は端的に作者を知ろうとする読み方に対して直接応えるものにはなっていない。だいいち、作者の姿は小説のなかで要《かなめ》と老人に分かれているし、モダニスト要の女性観の変化も、「伝統回帰」という思想の問題の一端として受けとめる以上の読み方にはならないかもしれない。作者の「再生」の思いの深さがまっすぐ伝わるという書き方ではない。

谷崎の成功作はどれもぜいたくな言語芸術で、生身の作者が不用意に顔を覗かせるということがない。作品は一つ一つ独立していて完成度が高い。単純な理解でもすみそうな話が多いが、同時に思いがけず複雑な読み方を求めてくるところがある。繊細微妙な世界をそっくり受けとらせるように書かれていることもある。

とはいえ、その複雑さや繊細さは決して読者を遠ざけるものではない。ちょっと立ち止まり、読み方を少し変えてみるだけで、複雑さの意味がわかってきて、それをあえて単純化しようとはもはや思えなくなるにちがいない。

谷崎の文学は決して不透明な印象を与えないし、時に奇矯さを感じても、不可解な得体の知れない感じをいだかされるということもない。にもかかわらず、何かしらわかりにくいものが残る、ということはあるであろう。

谷崎潤一郎という人の個性を説明することができたとしても、たぶんそれだけでは十分でない何かが残るのである。強い個性に目を奪われるが、それがすべてではなく、同時に変幻自在に動いているものがある。「関係」によって動きつづけるものである。作品のなかでそこが大きくなるようなとき、そこを無視するような読み方をすると、谷崎がわからなくなるかもしれない。

新しい関係にせよ異文化体験にせよ、過去の自分を変えていくものに身をさらし、ひそかに自由感に満たされるということが、関西移住後の谷崎にはっきりあり、それがかなり長くつづいたものと思われる。それは生身の谷崎がでっぷりした坊主頭の老人になり、堂々たる大家の面がまえが出来ていく時期でもあるが、そんな姿からは想像できないものが谷崎を動かしつづけていたことを忘れないようにしたい。若いころの分裂的な自己認識や、人間解体幻想のようなものや、地震恐怖の動揺感覚などが老境に至ってまた甦る。そういうものが「老いのモダニズム」として再生されることになるのである。

堂々たる老人の姿からはそれは想像できないかもしれない。谷崎は若いころから老年期に至るまで、同じようなことをくり返し言いつづけた人のようでもあるが、一方で簡単には想像できない意外なものを生み出しつづけた人でもあった。彼の後半生は、その意外なものが関西との関係で豊かに現れ出るのを彼自身したたかに意識しつづけ、そこから多くの代表作を生み、そして最後には関西からも離れてその先へ解き放たれようとした人生だったかに見える。

没後五十年という年に谷崎がどう見えるか、あらためて考えてみたい。いろんな角度から考え直してみて、生前とは違った姿が見えてくるということがあるかもしれない。五十年という距離が見せてくれるものがあるはずである。

谷崎潤一郎は、現代文学のために多くの示唆を与えるだけでなく、過去百五十年に及ぶ日本の近代を考えるにあたって、きわめて興味深い存在だともいえる。日本の近代人の在り方として瞠目すべき大きさをもっている。われわれが極力気をつけなければならないのは、谷崎文学を一風変わった芸術として、あるいは過去に属する美々しい特殊な完成品として、知らず知らず小さなものにしてしまうような読み方である。五十年たって、読み方が当然変わってくるということがあってもいいだろうと思う。

谷崎潤一郎を探して　三十年の愉楽

谷崎潤一郎という作家と向きあうようになって三十年が過ぎた。たまたま偶然のきっかけから谷崎について教室で語るようになり、谷崎を論じる文章を書き、ずっと向きあってきた。ひとりの作家を三十年読んで飽きないのはまったく異例というほかない。かつて私は小説を書くことにかまけていて、過去の作家ととことんつきあう余裕もなかったのだが、いったんそれを始めてみるとやめられなくなった。自分の創作の量は減ってしまった。

私にとって、ほかにそんな作家はいないので、自分で何か特別な関係のように思うこともできる。が、それにしても、「いちばん好きな作家はだれですか」と人に聞かれるようなとき、じつは谷崎潤一郎と答えるのにちょっとした困難をおぼえる。そのたびになぜだろうかと思うが、それは人が谷崎潤一郎という名前から理解するものと、私が理解しているものとがかなり違っているからである。あるいは、先入観念のない若い人に答える場合は、谷崎についてその魅力を簡単に語ることがむつかしいためである。

一般に谷崎といえば、江戸文化の頽廃美を再生させた作家であり、モダンな異常性愛の物語も多く、その後モダニズムから一転して伝統回帰の作風に変わり、晩年は老年の性を大胆に扱った作家だということになる。彼の文学が「耽美」ということばでひとまとめに説明されることも多い。

私はといえば、江戸文化にも、異常性愛にも、関西の伝統文化にも、古典美にも、耽美ということにも、それ自体としては特に興味があるというのではなかった。私はむしろ、そのような表立ったテーマないし特質に引きずられてしまうと、谷崎を読みそこなうことになるのではないかと思うところがあった。

小説を書く人で、谷崎文学の影響を強く受けているという人はいる。その場合は、谷崎のテーマを自分なりにつくり直し、表現し直すような仕事になるのかもしれない。が、私は小説をいろいろ書いても谷崎ふうのものにはならなかった。そもそも谷崎ふうに書こうと思ったことがなかった。編集者と話していて、谷崎のことをいうと、意外そうな顔をして、お前は川端ではないかといわれることもあった。

そんなわけで、私は決して型どおりの谷崎系ではないのに、谷崎を他のどの作家よりも親しく受けとめるところがあるのはなぜだろうかと考えてみる。

谷崎潤一郎という人を探していくと、どこかで自分自身に突き当たるということがあるのかもしれない。だからその探し方も、うろうろと探しまわるというのではない。むしろ私にはまっすぐに探していけて、その奥が十分に深いという感じがある。それがありがたいところだと思う。

谷崎潤一郎は、特に若いころは、わかりやすい強いテーマを押し立てる行き方だった。輪郭のくっきりした印象鮮明な作品を書き、善悪の二元論的葛藤の物語も多く、彼自身、ものをはっきりいって右顧左眄《うこさべん》しない強い個性の持ち主という印象が強かった。歳をとるにつれ作風も変わっていったが、強い個性の印象は変わらず、「含蓄」などといいながら、ずいぶんずけずけものをいうところがあった。終生谷崎に尊敬の念をいだいていた三島由紀夫にいわせると、谷崎潤一郎ほど身もふたもないことをいいつづけた人はいないということである。

谷崎のそんな強さ、明快さ、線の太さに対して、もっと弱くてあいまいな、かたちをなさない、優柔不断な、単純化できないものが同時にあって、その一面がよくあらわれている作品もある。初期の作品群が前者をあらわしているなら、後者は大正期の「細君もの」やその到達点としての「蓼喰ふ虫」にその特徴的なあらわれを見ることができる。

私がはじめて谷崎を読んだのは高校へ入ってからだったが、その高校が谷崎の出身校でもあり、明治三十年代の成績表が残っていた。当時の谷崎の秀才ぶりがそれでわかった。そのころ私が読んだのは、谷崎出発時の短篇群と中期の「痴人の愛」や「蓼喰ふ虫」であった。「蓼喰ふ虫」は、父親の書棚にあった戦前の春陽堂文庫で読んだ。編集者が京都を知らずに、谷崎が愛した料理屋「瓢亭《ひょうてい》」の名が出てくるところにひさごていとルビをふっている本である。

「蓼喰ふ虫」は、セックスレスの状態にある東京人の夫婦が、修羅場をつくらずにうまく離婚するため心を労しながら、一種の宙吊り状態のまま関西の暮らしを楽しむ話で、全篇独特の優柔不断の心に満ちている。そんな小説を高校生が読んで面白がれるはずはないようなものだが、私の場合はそれが面白かった。「刺青」などの初期作品より、小説を読む楽しさを実感できるような気がした。なぜか私の身に合いやすい作品だという印象があった。

「蓼喰ふ虫」に満ちている優柔不断の心、その精妙な文章表現が、ふしぎに好ましいものに思えたのだ。それに加えて、東京人が関西で暮らす感じに興味をもった。じつは父親が関西人で、私も幼いころ何度か関西へ連れていかれたので、読みながら一種のなつかしさを感じた。父親に対して自分は東京人だと思うようになっていたから、東京人の関西滞在の話はすらすらと頭に入ってきた。

「蓼喰ふ虫」は、作品の半ばのへんから、主人公要《かなめ》が妻の父親つまり舅にあたる老人と、その妾お久とともに、淡路島へ渡る旅の話になる。要は夫婦の膠着状態から解き放たれて、歳の離れた老人とお久の古くさい関係を見直すような思いで、自分のこれからの生き方を考えることになる。妻と離婚したあとの彼の後半生の道が、旅の行手に浮かんでくる。話がとつぜん淡路旅行へと切り替わったところで、要の優柔不断の心も、ようやく切り替わりはじめるのである。その切り替えがあって、小説後半の離婚への運びが生じるというつくりになっている。

話が淡路の旅へと切り替わるところに不満をおぼえる読者がいまもいるらしい。まるで違うものがつぎはぎになっているように見えるのかもしれない。要するに、主人公夫婦の離婚問題がそこであいまいにされ、棚上げにされたというふうに見えるのであろう。だが、もちろんそれは棚上げになどされてはいないのである。

私は最初に読んだときもそこでつまずくということはなく、鮮やかな場面転換に乗せられて関西の旅の空気に誘われていった。要が海のむこうへ解き放たれていく思いは、読む者の心をも拡げてくれる。高校生の私にとって、要の一家がゆったりと暮らしている様子を読むのも、老人とお久と要の旅の話を読むのも、その楽しさはどちらも同じようだったから、小説がつぎはぎになっているなどと思うこともなかったのだ。

いま「蓼喰ふ虫」を考えるとき、思いきって「旅の小説」という見方をはっきりさせたほうがいいのではないかというのが私の考えである。「蓼喰ふ虫」の話の全体が、昭和のはじめの変動期に谷崎が体得していた旅というものを語っているように思われる。そのころ東京は大きく変わりつつあったが、主人公夫妻はおそらく一時的に関西に滞在しながら、旅人の目で変化の少ない関西を見て、文化の比較を楽しんでいる。関東大震災で関西へ逃げた谷崎自身、まだ旅の途上にあって、関西の風土のなかで彼独特の旅の感覚を深めつつあったと見ることができる。その十全な表現が、今後どうなるかわからない不安な離婚問題とのからみでなされることになったのが、「蓼喰ふ虫」という小説なのである。

古来、日本文学のなかの旅は、主に漂泊の旅であった。各地を転々とする居所不定の旅であった。が、西洋文学には一定の場所に腰を据えた滞在の旅ともいうべきものがよく出てくる。谷崎文学のなかの旅も「漂泊」ではない。谷崎はその点で西洋の作家のように書いているのだともいえるであろう。新幹線でとんぼ返りできるいまとは違って、関西への旅が長い滞在になることがあった戦前の時間が、「蓼喰ふ虫」のなかにゆったりと流れているのである。

関西滞在の古い時間の感じは私にも残っていて、初読のときそれを刺激されるようなところがあったのであろう。すでに戦争が始まっていたが、当時の子どもの旅の記憶は、ＳＬの特急「つばめ」や「さくら」の記憶でもあった。谷崎はそんな昼間の特急ではなく、夜行の寝台車を使うことが多かったようだ。彼は仕事の用で頻繁に東京へ出ていて、「蓼喰ふ虫」に描かれたブルジョアふうの悠々たる暮らしも、その大もとには作者の文筆業者としての精力的な移動があったことになる。そのこともまた、「蓼喰ふ虫」が旅の小説であるゆえんをなしているといえよう。

ところで、夫婦の離婚の話は、谷崎の現実の生活のうえでは、必ずしも小説に書かれたようには運ばなかった。谷崎は千代夫人に若い愛人をつくらせ、みずからをコキュの立場に置くことをもあえてしながら、何とか離婚を望ましいかたちで手に入れようとしていた。静かな「蓼喰ふ虫」の世界の裏には、そんな私生活上の思いきった決断と行動が隠されていたのである。

ところが、夫人の愛人のとつぜんの心変わりがあって、最後の最後に離婚は不可能になった。そのとき、「蓼喰ふ虫」の新聞連載は終盤にさしかかっていたので、話の終わらせ方がむつかしくなったはずだが、谷崎はいよいよ離婚が実現する安堵の思いを末尾の文章ににじませている。

郵便はがき

料金受取人払郵便

麹町支店承認

6747

差出有効期間
平成29年1月
9日まで

切手を貼らずに
お出しください

102-8790

102

［受取人］
東京都千代田区
飯田橋2―7―4

株式会社作品社
営業部読者係　行

【書籍ご購入お申し込み欄】

お問い合わせ　作品社営業部
TEL 03(3262)9753／FAX 03(3262)975

小社へ直接ご注文の場合は、このはがきでお申し込み下さい。宅急便でご自宅までお届けいたします
送料は冊数に関係なく300円（ただしご購入の金額が1500円以上の場合は無料）、手数料は一律230
です。お申し込みから一週間前後で宅配いたします。書籍代金（税込）、送料、手数料は、お届け時
お支払い下さい。

書名		定価　円	冊
書名		定価　円	冊
書名		定価　円	冊
お名前	TEL　（　　）		
ご住所	〒		

フリガナ
お名前

男・女　　　　歳

ご住所
〒

Eメール
アドレス

ご職業

ご購入図書名

●本書をお求めになった書店名

●ご購読の新聞・雑誌名

●本書を何でお知りになりましたか。

イ　店頭で

ロ　友人・知人の推薦

ハ　広告をみて（　　　　　　　）

ニ　書評・紹介記事をみて（　　　　　　　）

ホ　その他（　　　　　　　）

●本書についてのご感想をお聞かせください。

ご購入ありがとうございました。このカードによる皆様のご意見は、今後の出版の貴重な資料として生かしていきたいと存じます。また、ご記入いただいたご住所、Eメールアドレスに、小社の出版物のご案内をさしあげることがあります。上記以外の目的で、お客様の個人情報を使用することはありません。

たまたまその一年後に千代夫人は佐藤春夫の妻になるので、「蓼喰ふ虫」の末尾は一年後の安堵をひそかに先取りするように書かれたことになる。

アメリカのノーベル賞作家ソール・ベロウは、日本へ来るとき谷崎を読んで、「蓼喰ふ虫」には強く惹かれるといい、「細雪」はちょっと閉口だという意味のことをいった。フランスのJ・P・サルトルは、日本の作家のなかで「細雪」の谷崎にもっとも共感をおぼえるといった。「蓼喰ふ虫」も「細雪」も、批評家が論じにくいところのある作品だと思うが、ベロウもサルトルも、いかにも小説を書く人らしい目で谷崎を読んだことがわかる。

谷崎の離婚がようやく成ったのが昭和五年、千代夫人を譲るか譲らないかで佐藤春夫と絶交した「小田原事件」から十年近くたっている。夫人のほうの不決断はともかく、谷崎という人の時間のかけ方も並大抵のものではない。夫婦関係がいわば宙吊りになったままの十年である。谷崎はそんな状態に耐えることができ、またそれを楽しみさえした人で、「蓼喰ふ虫」はそういう人が書いた小説だと思って読まなければならない。

離婚後の谷崎を見ても、その点はあまり変わらなかったのではないかと思う。翌昭和六年、彼は二十一歳年下の古川丁未子《とみこ》と結婚し、それはたしかに即断即決に近かったが、そのころ彼が深い思いで受けとめていた船場の御寮人根津松子との関係は、すぐに特別なものにもなり得たのにそうはならず、結婚に漕ぎつけるまでに七年くらいかかっている。谷崎はそんな宙吊り状態をわざわざつくり出して楽しむようなところさえあったのではないかと思う。彼の「伝統回帰」時代の作品のほとんどは、松子との関係が引き延ばされたペンディングの状態から生まれている。谷崎のその一面に十分注意を払わないと、谷崎文学の理解が多分に片寄ったものになるおそれがある。あるいは、彼の仕事のふくらみがよく見えないような論になってしまう。

もうずいぶん前のことになるが、私が谷崎の前半生を扱う『青年期　谷崎潤一郎論』にとりかかったとき、まず目をつけたのは、谷崎という人の時間のかけ方であった。谷崎の青年期が、当時としては例外的に長かったと見る見方をうち出したうえで、私は谷崎が彼の青春にどれだけ時間をかけたかを調べていった。

作品でいうと、谷崎の前半生は「痴人の愛」と「蓼喰ふ虫」によって締めくくられ、「蓼喰ふ虫」とほぼ同時に書かれた「卍」から後半生が始まるというのが、通説とは違う私の考えになった。そんな見方は、「モダニズム」とか「伝統回帰」とかの文学史的通念にとらわれなければ可能になるので、谷崎の前半生がモダニズムの「卍」で終わり、後半生は伝統回帰の方向を示す「蓼喰ふ虫」から始まる、と考える必要はまったくないのである。

谷崎は「蓼喰ふ虫」を仕上げた翌年、長く待ちのぞんだ離婚をなしとげ、それを「過去半生の総決算」(「佐藤春夫に与へて過去半生を語る書」)だといった。夫婦の膠着状態が「一刀両断の処置に出でない限りは、歳月を経るほど祟《たた》りが大きくなるやう」だった「小田原事件」後の十年に、ようやくけりをつけることができたのである。それは逆にいえば、「小田原事件」の三十四歳のとき、うまく締めくくれたはずの谷崎の青年期が、十年引き延ばされたということでもあったのだ。

谷崎潤一郎の後半生は、関西との関係に本腰を入れようとすることから始まっている。ようやく成熟に達したひとりの男が、関西ないし関西人という他者とあらたに関係を結ぼうとする。その関係意識がはっきりして、彼の文学をそれまでとは違う新しいものにしていく。

関西との関係という点で、「蓼喰ふ虫」の段階よりもう一歩踏みこもうとしたのが、全篇を関西弁で書くという冒険をあえてした「卍」である。「卍」は関西弁世界のややこしさを粘りに粘ってつくり出した労作である。私は「卍」を谷崎の後半生のはじめに位置づけて、前著の続篇『壮年期　谷崎潤一郎論』を書きあげたところだが、後半生の論の最大のポイントは「関係」ということである。

谷崎は松子夫人を得、その妹たちとも馴染んで、東京・横浜時代には考えられなかったような新しい自分を手に入れる。関東在住時代に自分をつくっていた諸々の関係をあえて切り捨てるようにしてである。佐藤春夫との関係さえほとんど捨て去られる。彼は家のなかを「関西」で満たしてそれと向きあい、幾分離れたところから夫人や妹たちを見て、関係の緊張を保つようにした。自分ひとり書生部屋のようなところに引っこんで仕事をするのを好んだ。

そのような意識的な関係のつくり方から、谷崎は彼の仕事のうえでじつに多くのものを手に入れる。関西と向きあいつづけた壮年期の彼の仕事の豊かさは、ひとえにその関係の緊張がもたらしたものだといっていい。

だが、太平洋戦争が始まり、熱海の別荘で「細雪」を書きはじめるころから、すこしずつ事情が変わっていったのではないかと思われるふしがある。「細雪」は戦争前の過去をふり返って書かれているが、戦後までまる六年かけて書き継ぎながら、谷崎は彼の関西との関係を次第に相対化していき、その緊張の外へ出ていきつつあったのではないか。「細雪」は、彼が少しずつ関西から離れていく過程で生み出されたものと見てもいいのではないか。

実際に、大阪と神戸は戦災であとかたもなくなり、谷崎は阪神間の住まいを失い、焼け残った京都で暮らすことになる。谷崎にとって、関西とは主に大阪と神戸を意味し、それまで京都とはいくらか距離があったのだが、戦後は関西ならぬ京都との関係から作品が生み出される。が、そのうち京都と熱海を往復する暮らしになり、晩年は京都を去って熱海や湯河原に落ちつき、自然東京へ出ることが多くなる。

「夢の浮橋」のあとの「瘋癲老人日記」の舞台は東京である。もし関東大震災がなかったとしたら、東京人谷崎の老境はこんなだったかもしれないというものが語られている。老人の家のある麻布狸穴とその山の手暮らしの空気は、関東在住をつづけた場合の谷崎の暮らしをよく想像させるものになっているのである。

近年、伊吹和子『われよりほかに　谷崎潤一郎最後の十二年』や『谷崎潤一郎=渡辺千萬子往復書簡』が出て、谷崎晩年の様子がかなりくわしくわかるようになった。谷崎と「義妹の嫁」渡辺千萬子さんとの関係についても、『往復書簡』によってその真実がほぼ推定できるところまできた。千萬子さんは「瘋癲老人日記」の颯子のモデルとされてきたが、颯子は日劇の踊り子あがりということになっていて、実際の千萬子さんとはだいぶ違っている。

日本画家橋本関雪の孫である千萬子さんは昭和五年の生まれ、戦後の育ちである。京都の人だが、昔の京都人とは違う現代女性らしさがはっきりしている。谷崎が千萬子さんに見ていたのも、京おんならしさなどより、戦後世代らしい物怖じしない現代性だったように見える。

その点で千萬子さんは、「瘋癲老人日記」の東京山の手の家の現代的な颯子に通じ、戦前の大阪女性としての松子さんや姑の重子さんとは違っている。かつて谷崎は、松子さんをとおして大阪の伝統文化を見ていたが、いまや千萬子さんに古い京都を見るようなことはしていない。

ただ、千萬子さんは颯子とは育ちも教養も違い、谷崎とのあいだには精神的なつながりが出来ていったようだ。「谷崎の大学院へでも行ったみたいでいろんなことを習ったり吸収したり（略）すごいゼミの教授、そんな感じでした。」と千萬子さんはふり返っている（芦屋市谷崎潤一郎記念館ニュース第四十号）。谷崎も若い千萬子さんから新しい知識を得、また知的刺激を受けるといった関係のうえに、年齢を超えた男女の親しみが生まれていったように見える。

二人の親愛の心が生きている『往復書簡』から見えてくるのは、谷崎が関西との関係を深めた四十年、すなわち松子さん姉妹との関係を中心とした長い関西時代が、少しずつ終わっていくらしい様子である。谷崎は「瘋癲老人日記」を書きながら、それをはっきり終わらせようとしていたかに見える。彼は長年にわたる関西との関係にけりをつけ、おそらく千萬子さんとともにもうひとつ先へ行こうとしている。もっと広い現代世界へ、またそれを超えた境地へと、ふたりで解放されようとする谷崎が見えるようである。死の床につく日にいよいよ書く態勢に入っていた新しい小説によって、彼はそれをなそうとしていたのだと思われる。

渡辺千萬子さんは、谷崎の墓のある京都鹿ヶ谷・法然院の門前に住み、アトリエ・ド・カフェという名の喫茶店を営み、谷崎をしのぶ「残月祭」を毎年催してきた。が、近年店がなくなり、「残月祭」は芦屋市谷崎潤一郎記念館の催事として受け継がれている。谷崎の命日が七月三十日、誕生日が七月二十四日と日が近いので、命日ではなく誕生日の二十四日に行われるのが通例となっている。

淡路人形芝居の上演があったり、地唄の演奏があったりするので、私もたまに行くことがある。会場の席のすぐうしろから千萬子さんの声が聞こえてきたりすると、しばらくそれを聞いている。女性同士の挨拶の調子が華やかで、まだ若々しい声が甘くて、京都の人というより、「瘋癲老人日記」の東京・麻布狸穴の家の嫁であっても少しもおかしくないという気持ちになる。谷崎の「関西時代以後」の気配といったものが、背後に感じられるような気がしてくる。

谷崎潤一郎という生き方

1

谷崎全集の、死後すぐに出た没後全集と言われるものですが、その略目録をコピーに取ってもらいました。ちょっとご覧ください。谷崎はずいぶんたくさん書いていますが、有名な作品も多いけれど、全然知らないような題名もたくさん並んでいると思います。特に、前半生の作品があまり知られていないはずで、俗に失敗作と言われるものがいろいろと残った作家なのです。その後、後半生に本領を発揮して傑作を次々に生んだ人です。谷崎の作品名を見ながら話を聞いていただきたいと思います。

私は三十年近く谷崎を読んできたことになるのですが、そして、その作家的生涯をたどる二冊の本を出したところですが、いわゆる研究者とは違って、そればかり研究して三十年かかったというわけではない。ただ、三十年間ずっと谷崎潤一郎という人とともに生きてきたという思いがあります。「谷崎潤一郎という生き方」を私のすぐ隣りにいつも感じつづけてきたという思いです。

その生き方ということですが、それが谷崎の場合、おそらく誰にとってもわかりやすいというものではないのかもしれない。谷崎の文学史的評価が長いこと充分に定まらなかったということがあって、それも彼の生き方のわかりにくさが災いしたからだといってもいい。

たとえば、大正時代の白樺派を考えると、彼らは簡単にいって理想的な倫理的個性を求める生き方だったといえると思いますが、そういう生き方は過去においてわかりやすかった。もちろんいまでも理解に苦しむということはないはずです。それとは反対の、倫理的個性なんてものを考えず、要するに理想主義のモラルを無視して生きる八方破れの生き方、破滅型の生き方、そういうものもある意味でわかりやすいだろうと思います。破滅型私小説というものがあって、それはいまでも人気がある。それからまた、破滅はしないが反抗的な蕩児として生きるという人もいて、永井荷風のような人ですが、そういう生き方もわかりやすいでしょう。体制なり社会なりに背を向けて、意識的に蕩児として生きる、反時代的な遊び人として生きるというのはわかりやすい。が、谷崎の場合はいまあげた生き方のどれにもはまってこない。それらのあいだの中間的な生き方だったというのでもない。それではどう考えるか、ということになります。

谷崎潤一郎というと、思い浮かぶ言葉としてはマゾヒズムというのがあるし、変態小説という言葉もある。この「変態」というのは、いまでも言葉として生きているようで、学生に谷崎のものを読ませると、ああ、やっぱり変態だな、などといまでも言う。これは明治時代に異常心理学の世界で使われた言葉で、変態性欲とか変態心理とか言いました。いまは異常心理と言いますが、そういう意味の「変態」です。

それから、「細君譲渡」ということがあります。奥さんを佐藤春夫に譲ったというのが有名で、たいていの人が知っているようですが、ただこれも、奥さんを交換した人、といまでも言っている人がいます。どうして交換になってしまうのかわからないんですが、それは単に譲ったということで、十年かけて谷崎の奥さんが佐藤春夫の奥さんになった。十年という年月がかかっています。谷崎はその「細君譲渡」ということで知られているかもしれない。あるいは「伝統回帰」というような言葉、それとつなげて三番目の妻になった松子さんのことが知られているんじゃないかと思います。

さて、そんな言葉をひとつひとつ挙げてみて、そこから何が出てくるか、そこから彼の生き方がわかりやすく見えてくるか、と考えてみると、たいていの人にとってそれはむつかしいんじゃないかという気がします。

谷崎という人は特に中年以後、男とはあんまりつき合わないで、女性とばっかりつき合うような人生をつくっていった人です。家でも男は谷崎ひとり、女中さんが三人も四人もいて、奥さんの娘や妹が何人も一緒に暮らしていて、そんな女性だけの家を自分でつくっていた。それからまた、食べることが大好きで、死ぬまで旺盛に食べつづけた人ですね。七十九歳の誕生日にお祝いの日本料理をうまいうまいと言ってたくさん食べて死んだ人なんですね。だから、谷崎を「女」

と「食」という点から考えることはできるでしょうが、ただそう考えても、享楽主義を突き詰めたような生き方を想像しない限り、もうひとつとらえどころがないかもしれない。単純に「女」と「食」のエピキュリアン（快楽主義者）というふうなことで谷崎を説明してもうまくいきません。

さて、私はというと、現代のわれわれにとって谷崎という人はわかりにくいんじゃなくて、むしろわかりやすい人だ、と逆に考えるところがあります。谷崎の生き方はとらえにくいどころか、見ようによっては、いまの時代のわれわれの生き方とうまい具合に重なってくるように見えるところがある。谷崎という人の在り方が多分に現代的で、旧い時代の常識では捉えにくかったのが、いまになってみると意外にわかりやすい、ということがある。彼の作品をいまの目で読み直してみると、そのことがわかってきます。つまり、彼の在り方をわれわれ自身に引きつけて考えることができるのです。

簡単にいうと、私は谷崎という人の青年期は当時としては例外的に長かったんじゃないだろうかと考えて『青年期　谷崎潤一郎論』という一冊の本を書きました。その青年期の長さ、あるいはいまの人を見ていると思春期が長引いているという感じがありますが、思春期や青年期が非常に長くなる、それはいま相当目立つ現象なわけです。十八歳から選挙権を与えようという話があって、石原慎太郎都知事なんかは、逆に十八ではなくて二十五か三十にすべきだなどと言っていますが、そのくらい人間が成熟するのに時間がかかって、いまいろんな問題が生じていると思います。

ただ、それはいまに始まったことではない、ともいえます。明治の、たとえば夏目漱石の生き方を考えてもわかりますが、彼は大学に二十七、八くらいまでいた人です。あの時代としては例外的にいつまでも学校にいた人なんですね。その後学校の先生になって英文学の勉強をつづける。その勉強の一生だったわけです。そういう生き方というのは明治以前にはありえなかっただろう。それだけゆっくり自分の青春を確保して大きくなっていく、それは近代人として大きくなるということです。そのためにうんと時間をかけている。漱石のあとの世代の永井荷風なんかも、彼は学校に長いことといた人ではなく、新しい学校制度にはあまり適応できずに、早くからはぐれてしまうんですけれど、しかし、親の経済力をたよりに三十くらいまで、非常にゆっくり青年期を送っています。外国へ四、五年遊学させてもらっていますし、そのあいだ大人の男としての責任ある仕事はしていない。

あるいはそのあとの谷崎潤一郎、この人は学校制度にはたいへんよく適応していきますが、大学は中退しています。大学の文学部へ入って以後、あまり学校で勉強しようとはしなくなった。早く作家になりたくて、いろんな経験をしたかった。家が貧しくなっていて、弟の谷崎精二は夜は発電所なんかで働いて、専門学校へ通っていたんですが、長男の潤一郎は一切そういう仕事をしなかった。中学のころ人の家に住みこんで苦労しますが、支援者のおかげで上の学校へ進んでからは、新時代の学生生活の自由を謳歌します。作家としてデビューすると、自分で原稿料を稼いでまた遊びまわるということになって、三十くらいまではそういう生活をつづけています。数え年三十で結婚しますが、結婚してもできれば子供なんか育てたくない、ということだったようです。一人前の父親としてちゃんと子育てをしようなんて思わない。

一部の青年にそんなモラトリアム的な生き方が可能になるのが明治の新しい時代というもので、それは近代的な学校制度が一応整った時代だったということです。近代的な学校制度が青年期あるいは青春というものを保証する。それを作り出すといってもいい。そういう関係があったと思います。その制度がないと、青春というものが保証されない、また出来てこない。そこからまた、近代文学が生まれる、そういう関係があると思いますが、そのことについてはフランスのフィリップ・アリエスという人が、フランスの社会について、やはり青年というものが出現するのはフランス革命以後からなんだというふうに言っています。青年という中間的な年齢層が生み出されるのが革命以後。つまり近代のシステムが一応整ったところで青年というものが出現する。そしてその後は社会が学校化していく。その学校化の歴史のなかで青年層が拡がっていく。それまでは子供と大人という二種類の存在しかなかったのに、そのあいだに青年という中間的な年齢層が出来て、その青年らしさというものを時間をかけて養うような時代になっていく。それが近代なんだ、というふうにアリエスは言っていますが、それがいまの日本の若者の現状につながっている。百何十年を経て現在があるということです。

そういうわけで、谷崎の生き方もわれわれの生き方に自然に重なってくるところがある。そのことについて二回にわたってお話ししますが、きょうのところは昭和のはじめまでの彼の前半生についてです。

昭和四年五年という時点で出た「蓼喰ふ虫」と「卍」のところで、谷崎の前半生と後半生が分かれると思います。が、私の『青年期』という論はその「蓼喰ふ虫」を書いた谷崎四十二歳までを一応彼の青年期と見る、これは普通の考え方ではないと思いますが、いまのわれわれの世界を考えると四十二歳まで青年といってもそんなにおかしくはないだろうと思う。昭和のはじめの谷崎を、青年期の終わりにあったというふうに見、そこまでを扱った本として『青年期　谷崎潤一郎論』を書いたわけです。

「卍」と「蓼喰ふ虫」は没後全集の十一巻と十二巻に収められています。作品が完成したのは「卍」があとなんですが、こちらのほうがモダニズムの印象を与えるので、モダニズム小説の作品系列の最後という意味で十一巻の最後に置いてあるんだろうと思います。で、十二巻の「蓼喰ふ虫」以後は伝統回帰の作風のものという考えで、これは前後逆にしてあると思いますが、私の考えはむしろその逆でして、「蓼喰ふ虫」を前期の最後にもってくる、そして「卍」を後期の最初にもってくる。そういう論じ方の谷崎論というのはたぶんないと思いますが、あえて私はそこを逆にしています。

さて、谷崎の前期ですが、略目録の作品名を見ていただくと、知らない題名がたくさん並んでいるだろうと思います。これまでそういう作品は論じられることが少なかったんですが、私はそれらをひっくるめて「青年期」のタイトルのもとに論じたわけです。ただその青年期というのは、単なるタイトルというよりは、谷崎を論じるためのひとつの着眼だったと言えます。その着眼でかなりのことが言えてしまうだろう、という方針で書いていったものです。

そこで、ちょっと脱線しますが、さっき「食」のことが出たついでですが、最近フランスのミシュランの赤いガイドの東京版が出て、かなり騒がれました。あのガイドはいかにもフランス的なものだなと思います。ああいうふうに星をつけたりするのがフランス人のやり方です。フランスという国は外の文化をいろいろ取り入れて、非常に独特のフランス文化を創っていった国です。その取り入れ方、異文化受容のやり方が独特というか、日本も同様に独特で、その点似ているんですが、フランスのやり方というのは徹底して外のものを自分のものにする。外の文化を取り入れて自分のものに変えてしまう。そのやり方に徹底したところがあって、独特の文化が生まれています。が、もともとそれほどオリジナルなものが多い国ではない。それは日本も同じです。谷崎も外の文化を徹底的に自分のものにしています。

さて、「食」のガイドですが、非常に熱心に日本の食文化と向き合って、相当悪戦苦闘して何とかああいう形にしたんだろうと思います。たぶんいろいろ無理があって、いろんなことが言われていますが、しかしあれはフランス人がはじめて日本の食文化に目を開かれて、結果としては脱帽したという感じの仕事になっている。日本の食文化を評価して、それを精一杯かたちにして見せる、ということになっていますが、ただ特に和食の世界で見るとあれはでたらめだとか言う人もいて、これはいろんなことが言えます。

つまり、異文化の受容というのはそういうものなので、よそから見るとあほらしく見えたり、おかしいと思うことがあったり、いろいろですが、フランスはそういうことを一所懸命やる国なんですね。「食」だけではなくて、文学のほうでもプレイヤード叢書というのがあります。これはガリマールという出版社が出している叢書で五百冊以上出ているそうですが、フランス文学の代表的なものを集めた部分が中心になっています。それに外国文学のよいと思えるものをつぎつぎに翻訳して加えていって五百冊以上になっている。で、その叢書に日本の文学で何が入っているかというと、谷崎潤一郎だけなんです。谷崎潤一郎集というような大部の本が二冊出ています。その一巻目が一九九七年になってようやく出て、その翌年二巻目が出て、その両方で作品が四十二篇ほど、随筆も含めて収録されています。これなんかもフランス人の考えで日本文学のなかで何が価値があるかということを本気で考えて、翻訳、解題、紹介を徹底させたものになっているんです。注釈がくわしくて、文学研究の文献としても使えるようなものになっていて、いかにも徹底した紹介の仕方です。

フランスで知られている日本の作家というと、川端康成がノーベル賞をとっていますから有名ですが、そのほか、切腹をした三島由紀夫がたいへんよく知られている。知名度としてはそのへんが上なんですが、プレイヤード叢書では谷崎だけを入れている。夏目漱石をどうして入れないのか、ということがありますが、ガリマールの考えとしてはあまり知られていないからということのようで、これから入るかもしれません。が、漱石という人は、やはり西洋との関係で彼の文学を作っていったので、まずその葛藤を読みとらなければならず、それがわかりやすいわけではなく、また端的に日本的なものが読みとれるという文学でもない。で、なかなか充分には紹介されない、ということがあるのかもしれません。

そういうわけで、日本文学の紹介はそれまで英語圏の翻訳が先行していましたが、二冊のプレイヤード版の出版によって、谷崎潤一郎が仏語訳の作品数が一番多い日本の作家になった。そのガリマールのやり方を見ても、彼らが異文化体験ということを本気でやる人たちだということがわかるんです。日本も明治以後近代化の過程でじつにいろんなものを取り入れて、現代の日本の文化、文明を作ってきたわけです。その異文化体験という観点から谷崎の文学、とくに前半生の文学について考えたい、というのが今回の話になります。

谷崎は異文化に対して非常に熱心に生き生きと反応して、正面きって向き合った人です。日本人は異文化に対する好奇心が強いし、熱心に受け入れるけれども、谷崎ほど正面きって馬鹿正直に受け入れようとした、あるいは向き合おうとした人は多くないだろうと思う。とくに西洋の文化に対して彼は全身的な体験をしています。彼の若いころは自ら言ったように西洋かぶれの時代で、関西移住以前の谷崎は大きく見て、西洋との関係を生きたというふうにいえると思います。彼は西洋へ行くことを熱望していて、洋行が最大の夢だったとのちに振り返っていますが、特にフランスへ行きたかったのに生涯それが叶わなかった。あれだけお金を稼いだ人なのに、物書きでお金を稼ぐということは暇がないということでもあって、結局行くチャンスを失してしまったけれど、彼は国内にとどまりながら、全身で西洋を受け止めようとしました。

若いころは語学の勉強を一所懸命やって、英語には自信があった人です。で、英語で多くのものを読み、西洋を知的に受け止めただけではなく、西洋ふうの衣食住を積極的に経験しようとした。これが当時の日本人としてはちょっと珍しいのですが、衣食住をつうじて西洋を理解する、それは頭でブッキッシュに教養を積んで、本の知識をつうじて受け止めるというのとは逆のやり方です。谷崎は知的な理解の努力もかなりしていますが、それと同じくらいに、たとえば「食」をつうじて生理的に西洋を受け入れるというところがあった。

彼は大正時代に横浜に住んだことがありますが、英国人の家で働いていた女中さんを雇って、英国人に教わった料理を全部作らせて、毎日家族と食べていた。それがどういうものだったかというと、七面鳥のローストとかキドニーパイとか、ローストマトンとかマトンチョップとか、当時の日本人が食べなかったようなものばかりですが、そういう純英国式の家庭料理を楽しんだ。当時はいまのフレンチやイタリアンではなく英国料理です。英国でも家で美味しいものを食べている人はいるもので、その伝統的な家庭料理は独特のものになっていると思いますが、谷崎さんが食べていたのもそういうものだった。当時の横浜のオリエンタルホテルの料理より家庭料理のほうが美味い、と彼は思っていた。それは正しかっただろうと思うんですが、七面鳥のローストなんかも、まるごと一羽をローストして、そのなかにりんごとかパンとかを細かく刻んだスタッフが入っている、その焼きたてを大きなお皿にいれて出してくる。それをみんなが囲んでスプーンを突っ込んですくって食べるという食べ方、そういう本格的なむこうの家庭料理はわれわれもあまり経験していないわけですが、そういうものを非常に楽しんだ人なんですね。

それから彼の横浜の山手の家は、英国人が住んでいたのを居抜きで借りて住んだ。しかも彼は一日中靴を脱がずに暮らすということまでした。そんなことをする人はいまもいませんが、谷崎はそういうふうに正面きって西洋と向き合おうとするところがあった人で、全身をかけた西洋受容になったと思います。家の外ではダンスを習い、映画作りをし、というふうに、当時の普通の作家がやらないことをやって、それが人から見るとあまり格好よくなかった、ということがあります。ここに大佛次郎の文章がある。大佛次郎は横浜生まれ横浜育ちで、横浜時代の谷崎を街で見かけることがあった。谷崎のひとまわり下くらいの世代ですが、谷崎さんが亡くなったときに「横浜の谷崎氏」という短い追悼のエッセイを書いて、こんなふうに言っています。

「他の文士から見たら桁のはずれた暮らし方を楽しんでいたように見える」と。これはよい意味で言っていると思いますが、それからまたこんなふうに。「そのころ、アメリカの映画雑誌をとり、広告欄までこまかく目をとおして彼我の相違を感じていた物好きな文士は他に例がなかった。」

まあ、谷崎はそういう人だった。映画雑誌をアメリカから取り寄せて、広告を丁寧に読んでそれを小説のなかにたくさん引用して、「ドリス」という題の小説を書いています。女性の美顔術とか美容術とか、そういうものの広告に興味をもって、それをいっぱい小説のなかに取り込んでコラージュのようにしてある、ちょっと奇抜な作品ですが。

大佛次郎はまた、横浜の街である店に谷崎が入ってきたときの様子を書いています。谷崎が愛人にしていた義妹のせい子を呼びにきた。派手なチェックの背広を着て店に入ってきたんだそうで、そのときのことです。

「正直に言って大学を出たての青年の目には、その時の谷崎さんは着ている洋服からしてきざで身につかないように見え、言動も、こちらで考えている作家らしい落ち着きがなく、何か浮わついて余分なことをしているひとのように見えた。」

ちょっと揶揄する言い方になっていて面白いですけれども、これは谷崎が作家として大成して、亡くなった直後の追悼文なんですが、下の世代から見て、こんなふうに揶揄したくなるところのある人だった。それはやはり、異文化受容をあまり正面切って大真面目にやろうとすると格好がよくない、無理な感じになって、浮いてしまう、ということだっただろうと思います。で、その谷崎を描いた漫画がある。お配りした紙の左側にあるのが岡本一平の漫画です。「横浜における谷崎氏」とあります。大正十三年二月ですから震災後の漫画で、横浜が壊滅してしまって、谷崎も関西へ引っ越してから描かれたもの、だから過去の横浜を思い返して描いたものです。なかなか上手い漫画だなと思いますが、これはかなり格好よく描いてあります。が、実際には必ずしも格好よくは見えない、そういうことが当然あったでしょう。

さて、下の世代の反応ということで、大佛次郎よりまたひと回り下、ちょうど谷崎の息子の世代にあたる人たちの反応を見てみたいのですが、まず批評家の中村光夫。彼は大佛次郎とは違って単なる揶揄にとどまってはいません。彼は谷崎の西洋理解が非常に偏頗《へんぱ》で幼稚だと見て、相当こきおろすかたちの谷崎潤一郎論を書いています。昭和二十七年のことです。有名な『風俗小説論』とか『志賀直哉論』と同じ、「日本文学奇形論」のひとつなんですが、つまり、日本文学は西洋文学を基本にして考えると非常にかたわな文学に見える。その奇形性がどこから来ているかを批判的に論じたものです。

中村光夫の見方は私の見方とは正反対で、谷崎という人には知的な意味における青年期、青春がなかったんだと断じる言い方をしています。特に知的能力に欠ける、というところにこだわって批判しています。が、その大もとに、谷崎には近代人の青年期がなかった、自分のほうにはあったけれど谷崎にはなかったとしかいいようがない、そういう思いが強くあったようで、中村光夫の見方はこうです。「少年期から青年期を経ずに、じかに大人になってしまったような畸形性が感じられる」。これはさっき私が説明したのとは正反対の見方です。つまり、青年期が非常に長くて豊かだったという私の見方に対し、中村光夫のほうは、谷崎には青年期がない、少年と大人しかなくてそこがまっすぐつながってしまっている、そういう見方なんですね。

これはさっきのフランスのアリエスの言い方からすると、フランス革命以前の人間がそうだったということになる。青年の時期というものがない。日本でも江戸時代まではたぶんそうです。少年と大人しかいない。だから青年の文学が生まれなかったわけですが、中村光夫はその意味で谷崎を「町人」だともいっています。

その中村光夫の否定的な谷崎論が戦後に出るまで、本格的な谷崎潤一郎論というものはなかった。それほど谷崎の文学の評価が定まらなかったということですが、その後、伊藤整の肯定的な谷崎論が出、それから、サイデンステッカーやキーンといったアメリカの研究者たちが谷崎を積極的に評価するということがあって、ようやく谷崎文学の真価が広く認められるようになります。

さて、その谷崎だけではなく、大正作家といわれる人たちは、戦後、下の世代から批判され、あるいは揶揄されることが多かった。谷崎のちょうど息子の世代の批判をもうひとつふたつ見てみますと、福田恆存という人は、谷崎は西洋近代と無縁に生きた人だというふうに極論していま す。これも私がいま説明してきたこととは正反対の意見です。彼は、日本の知識人はみんな非常に苦労して西洋と闘って生きてきたのに、谷崎は西洋と闘う苦労を知らない人だったというふうに言っている。「伝統回帰」以後の谷崎だけを見て、あえて極論しているんですね。あるいは吉田健一という人、この人も同じ世代ですが、『東西文学論』という本を書いて、洋行文学者たちの西洋体験を取りあげて、それをかなり辛辣に批判している。その本は洋行文学者だけを取りあげているから、谷崎については何も言っていないんですが、これはもし谷崎が洋行していたらまったく同じことを言われたんじゃないだろうかというような論です。

吉田健一がどう言っているかというと、自分たちの父親の世代にあたる先輩作家たちの西洋体験を、その多くが西洋の現実と充分接触できずに終わったものと見て批判している。夏目漱石や永井荷風や有島武郎、島崎藤村、そういうひとたちの体験をすべて批判する、という本です。特に荷風なんかに対して非常に辛辣で、ぽっと出の田舎者の体験だというふうなことを言っている。それは中村光夫と同じで、荷風に対して吉田健一も「思考力が恐しく欠乏している」「ものを考える力がない」あるいは「批判する力がない」というふうにいう。要するに知的能力に欠けるということなんですね。で、こうもいいます。「或る名状し難い田舎臭さ」がある、あるいは「お上りさんが田舎に帰って何か言っているという感じしか起らない」。こういう侮蔑的ともいえる言い方を吉田健一は父親世代に向かってしています。この息子の世代はみんなそういうところがある。

それはどういうことかというと、時代が下ると西洋についての知識が増え、日本人の経験も増えていったわけで、知的理解も批判や批評もそれだけやりやすくなります。それだけ有利な条件が出来てきてからの批判で、いくらでもなんとでも言えるわけです。特に吉田健一は外交官だった吉田茂の息子ですから、彼は帰国子女なんで、小学校のときから中国やイギリスで暮らしていて、イギリスの学校へ入っています。向こうで教育を受けて、ケンブリッジまで進んで、半年くらいで中退して帰ってきています。だから、それだけ経験すると何でもいえる、というところがある。

ただこの批判は、私はちょっとどうかと思います。中村光夫の批判も同じですが、基本的に彼らが西洋との関係で自分の青春と近代人性をはじめて手に入れたという思いが強かったということです。その思いがあって中村光夫は他人の青春がないというふうに言う。ちょっとした経験にこだわって相手を批判する、相手の青春にけちをつける。そういう論をしてもしょうがないだろうと思うんですが、そうなっている。

いわゆる西洋かぶれ、あるいはハイカラは、明治以後歴史があって、森鷗外あたりから始まって、文学者たちはみんなハイカラさんで、漱石でさえかなり西洋かぶれのところがあったと思いますが、その西洋かぶれが谷崎の時代になると何だかみっともないような感じになる、たしかにそれもあったでしょう。ただ、吉田健一の育ちや中村光夫の経験からそれを恥ずかしがって批判しても、いまとなっては面白くない。自分の西洋体験のほうが格好よかったといっているだけだからです。

中村光夫は昭和十三年に日仏交換学生制度というのでフランスへ留学しています。ヨーロッパで戦争が始まってしまって一年しかいられなかったんですが、その一年間の経験が彼の青春というものになった。パリで少し暮らしたあと、ロワール地方のトゥールという町でフランス語学校へかよったというだけの一年が、何かかけがえのないものになったようです。彼はその経験から先輩たちを批判することになる。西洋文明にじかに触れて、本物の西洋体験をしたという自負があって、そこから批判する。彼にとって本物の西洋体験イコール本物の青春ということだったただろうと思います。

その中村光夫の谷崎批判は、本物の西洋体験に基づきにせものの西洋体験を批判するというかたちになってしまっていますが、谷崎の西洋体験をにせものだとほんとうに言えるだろうかとちょっと考えてみたい。戦前の文学インテリで谷崎のように衣食住にかかわる全身的な受け止め方をした人はあまりいません。しかも谷崎は映画のようなサブカルチャーに深入りした人なんで、これがまた軽蔑のもとになった。中村光夫はまったくそういうところを相手にしていない。で、知的な格闘が何もないではないか、という批判になってしまう。それから、町人というような言葉で谷崎の知性を貶める言い方をしています。それは自分のような青春が可能になる前の時代の人、という見方だといえると思いますが、いまの目で見ると、かなり不毛な批判というほかないんで、私はむしろ谷崎の西洋の受け止め方にずっと共感しやすいものを感じています。じつを言うと、中村光夫や吉田健一や福田恆存は私の父親と同じくらいの齢の人たちで、父親より、父親を飛び越して祖父に当たる世代に共感しやすいということがあって、私の谷崎論もそこから生まれているといえるかもしれない。

ここで、西洋体験から異文化体験ということへ話を広げてみますと、谷崎の異文化体験は私にはきわめて端倪すべからざるものに見えます。国内における西洋体験の時期に彼は国を離れて中国体験もしていて、その中国の意味が谷崎にとってだんだん大きくなっていきます。そして西洋体験にけりをつけるような思いで新たに中国に惹かれていく、というところが出てきます。そこから彼の「伝統回帰」というものが可能になる。そういう運びですが、中国についても彼は「食」から入っていった。

子供のころ、彼は本物の中華料理をたくさん食べているんです。それはどういうことかというと、小学校の友達に笹沼源之助という人がいて、この人は偕楽園という明治の東京で唯一の本格的な中華料理屋だった店の息子だった。その笹沼家の援助を少なからず受けて、谷崎は上の学校へ進んでいますが、その偕楽園へしょっちゅう遊びに行って、調理場なんかへ入り込んで、中華料理を食べて育ったというところがある。だから料理の名前を非常によく知っている。われわれは知らないような名前をたくさん知っていて、長じてから中国で彼はまたたくさん食べて、正確にそれを受け止めていく。子供のころから積み重ねた素養があって、「食」の体験が本格的なものになります。

谷崎は大正七年と大正十五年に自費で中国大陸の一人旅を敢行しています。そして、中国がたいへん気に入って、西洋体験の次に中国体験というべきものがはっきりあったことがわかります。その中国体験が少しずつ谷崎を変えていくことになります。谷崎は中国で何を見てきたのかということですが、当時中国はまだ近代的な国民国家が成立していない時代で、彼は朝鮮を経由して中国へ行っていますが朝鮮も同じで、日本だけは辛うじて近代的な国民国家が成り立っていたという時代です。その日本から行って、まだ中世的なものが残っている中国に東洋の「伝統社会」というものを見て、あるいはその伝統社会の「永遠なる姿」を見て、感動するということがあった。東洋という言葉で説明されるのですが、日本と中国に、あるいは朝鮮にも共通するものを見ている。今の言葉でいうと東アジアということになりますが、その東洋の伝統社会の永遠なる姿を中国で見出して、日本へ帰ってきて、関西の地でまたそれと同じものを見出していく。そういうことがあったと思います。

関西というところは、われわれ東京の人間にはいまでも何かアジアというものを感じさせるところがある。アジアへ近づいたという感じ。大阪のミナミなんかへ行くと香港へ行ったような気がする。人の感じもそうだし、街がかなり乱雑ですけど、その乱雑さの感じが、いかにもアジア的だという気がする。我々が関西で異文化を感じるということはいまでもあり得ることです。谷崎は大正から昭和の時代に、関西の風土と文化のなかに中国大陸あるいは朝鮮半島に近いものを感じとっている。そのことをいろいろに語っています。関西の土は関東に比べて相当白っぽい。黄色いような感じ。韓国へ行くと、韓国の民族村やソウルの宗廟のようなところの土がおんなじ黄色い土です。大阪あたりと朝鮮はだいたい繋がってるなという感じがします。が、関東は違って真っ黒な土です。

そんなふうに谷崎は土の色の違いを言っていますし、関西が大陸に近いという感じをはっきりもって、朝鮮や中国で見てきたものを関西の地であらためて発見するということになったようです。たとえば、朝鮮の当時の京城の人が平安鎌倉時代の京都人を思わせる。着ているものなんかも、昔の京都の人がこんなだったんじゃないかというふうに感じた。あるいは、中国人の風俗習慣が大阪人のそれに似ているというふうに、これは「私の見た大阪及び大阪人」という長いエッセイで詳しく語っていることです。

つまり谷崎は異文化を関西に発見しているんです。彼が中国で「永遠の伝統社会」を見出したとすれば、それをまた大阪にも見出そうとする。俗に言われる谷崎の伝統回帰というものはそういう形をとっています。つまり、いわゆる日本回帰というのとはちょっと違う。単純に日本とは言っていないんで、彼は常に東洋という言葉を使う、あるいは東洋趣味という言葉を使って、日本趣味とは決して言わない。伝統回帰即日本回帰というふうに理解する人が多いと思いますが、それはちょっと違うんですね。彼の異文化体験が伝統回帰と俗に言われてしまっていると考えたほうがいいんじゃないかと思います。

つまり、彼にとって関西は中国や朝鮮と同じ異文化だった。彼がもともと属していた世界とは違うものだった。江戸文化とは違うし、江戸を中心に考えた近世の日本とも違っている。そういう違うものとの関係を新たに作っていくということだった。だから日本的なものに回帰したというふうに簡単に言ってしまうわけにはいかない。国粋主義的な日本回帰の主張がその後、特に昭和十年代に目立ってきますが、谷崎はそのさきがけをなしているように見えるかもしれないけれどそれは違う。谷崎はあまり日本ということを言わずに、東アジアに共通するものを常に考える、それを西洋と対立させて考える、という行き方です。そんなわけで、私の二冊目の『壮年期　谷崎潤一郎論』という本は、谷崎の関西との関係を詳しく見ていこうとする、異文化としての関西との関係ということですね、それを強調していく、そんな論になっています。

谷崎と関西との関係というのは極めて意識的なもので、非常に個性的な関係だったといえると思います。それは一種の緊張関係でもあって、彼はその緊張を最後まで失わなかった。彼は関西人の女性とつきあって、最後まで一緒に暮らしたわけで、家のなかで常にそういう緊張関係を保って、そこから彼の文学が生まれるということになった。その関西体験は西洋体験と中国体験の次に来たものです。それは彼にとって三つめの異文化体験だった。

その三つめの異文化体験から、昭和戦前期の代表作が次々に生み出されることになる。私の『壮年期』という本はそういう運びで論じてあります。その時期の作品名をあげると、全集第十一巻の「卍」から始まって、「蓼喰ふ虫」「吉野葛」「盲目物語」「武州公秘話」「蘆刈」「春琴抄」「猫と庄造と二人のをんな」「細雪」など、おそらく誰でも知っているものばかりです。これらは関西との関係がほんとうに深まってから生まれたものです。そんな仕事のための環境を彼は本気で作っていったのですが、西洋体験に関しては人から揶揄され、あるいは馬鹿にもされましたが、関西との関係もじつを言うとあまりよく言われていない。やはり揶揄されるところが多分にあった。特に関西出身の作家たちが谷崎のそういうかかわり方を軽く見るところがある。多分に無理のある、おかしなかかわり方だと見るわけです。ところが異文化体験というものは、茶化そうと思えばいくらでも茶化せるようなもので、あまりそんなことを言っても仕方がない。本気でやるかやらないかなんで、谷崎はそれを本気でやったのです。

その谷崎の関西体験は、大正十二年九月の関東大震災による避難民としての暮らしに始まっていいます。関西へ逃げた作家はたくさんいましたが、結局東京へ戻ってしまうというのが大部分だった。あちらに居ついた人はあまりいなかったのに対して、谷崎だけは関西に居ついた。そして次第にその体験を深めていった。最初から違和感なく居つけたわけではなくて、東京人だから、特に大阪の人に対する抵抗感は強かったんですけれども、それを乗り越えていく。そして、やがて大阪愛ともいうべきものを彼はいだくようになる。これは松子さんとの関係でそうなっていくわけですが、大阪が非常に好きになる。京都の人間に対しては一生あまり好きになれなかった人ですが、大阪に対しては本気で打ち込んでいきます。

そんなふうに彼が関西に居つけたということ、谷崎だけが居つけたということをどう考えたらいいでしょうか。当時の多くの作家たちと谷崎の在り方が多少違っていたからではないか、基本的な在り方の問題に突き当たるのではないか、というふうに私は考えました。谷崎の生まれ育ちを見てみると、東京の真ん中の日本橋に生まれて、まだ江戸時代の空気が残る下町の庶民世界で江戸っ子の両親に育てられた。ところが、そういう人としては生まれ育った土地との関係がちょっと複雑になっていった。彼のような人は本来典型的な下町っ子に育つはずですが、必ずしもそうならない。たとえば久保田万太郎なんかと比べてみるとどうか。

久保田万太郎は浅草の人で、その浅草のいわば郷土文学といえるようなものを書いた人です。自分の生まれ育ったローカルな土地にこだわって、そこに根を生やして生きて、その根を確認するような仕事に専念したと言ってもいい。それをちょっと理想化するようなところもあったと思うけれど、根強い地方性を持った下町人としての自分を文学にしていくという人だった。ところが谷崎はそれとは正反対です。そういう地方性、ローカリズムというようなものをむしろ否定していく人だった。典型的な下町人とは違うところがはっきりあったと思います。だから久保田万太郎とは人間も文学もまるで違う。谷崎は久保田万太郎のものを読んで、郷土文学として評価していますが、ただ自分は絶対にそういうものを書こうとしなかった。それをいいと思っても真似をするようなところがなかったのです。

谷崎という人は旧来の下町人のように、一定の場に支えられたかたちで成熟することが難しかった人だと思います。そういう事情を見ていく必要がある。さっき言ったように、彼が青春にかなり時間をかけたというのはそこから言えることです。古いタイプの下町人は、自分の生きている場というものを自然に自分の支えにすることができる。そのまま早めに大人になっていける。特に学校教育をあまり受けなかったような人は、すぐおやじさんの真似をして大人になっていける。そのほうが格好がつく。谷崎は簡単に大人になれないから、格好がつかなかった人ですけれど、普通の下町人はすぐに一人前の旦那になっていく。谷崎も小学校高等科を出たところで丁稚にやられるはずだったんですが、いろいろ人が助けてくれて、高等教育が受けられた。丁稚になって、普通の下町人として生きることに対して、谷崎は抵抗が大きくてそれは絶対に嫌だった。

だから、彼はローカルな下町人の型にはまることを避けるという生き方になります。ありきたりな下町趣味を、むしろ恥ずかしがって、旧弊な下町人にはない性格を自分のものにして、近代人らしさを強く意識しながら、江戸ではない東京という都市に生きようとする。そんな生き方になっていきます。だから、ローカルな土地と繋がるものを自分で断っていくような生き方、いわば積極的に根無しになる方向、故郷を喪失する方向で生きた、ということがいえるだろうと思います。彼は下町趣味と受けとられかねない作品も残してはいますが、そういうものばかりに目を向けると谷崎という人がわからなくなります。谷崎は「お艶殺し」とか「お才と巳之介」とか、型どおりに古い下町的世界を描いた、江戸の人情本を思わせる小説を書いたあと、非常に恥ずかしがっている。売れるから本は出しつづけるんだけど、恥ずかしがって二度と書かない。

そういう人だったので、彼の根無し性ということを考えていかざるを得ないと思います。そこから彼の仕事のモダニズムの性格が出てきます。曲がりなりにも近代都市が成り立って、古くからある一定の場に支えられて簡単に自己統一をはかる生き方ができなくなると、青年期が長引いてしまうわけですけれど、そこから自分というものを確固たるひとつの一貫した存在としては考えないで、むしろ複数の自己というふうに意識していく。自分がいくつもあるというふうに考える。分身という言葉が、ドッペルゲンゲルというドイツ語で当時学生たちのあいだではやった。二重人格と訳されることもありますが、そういう分身とか二重人格というような考え方も谷崎は大正時代にもっていました。

つまり分裂的な自己認識というものをはっきりもっていて、それを深める方向でいろんな仕事をした人です。そこから一種の人間解体幻想のようなものも生まれてくる。それが谷崎の大正時代の文学になっているんですが、これまでそういうものがほとんど評価されてこなかった。たしかにそれは評価が難しいんですね。小説としてあまりうまくいっていないのも事実で、だからほとんど昔の谷崎論は、前半生の作品をまともに取りあげないで後半生に行ってしまうということになっていたわけです。

それとは違って、私の『青年期』という本はそこに目をつけるという論じ方になっています。しかも故郷喪失の問題、これは多くの近代作家に見られたことですが、東京人の谷崎の場合にもそれがあったというふうにはっきりさせたほうがいい。東京生まれ東京育ちが根無しといわれることはそうないかもしれないけれども、ただ谷崎の一生を考えてみると、東京からいつ離れてしまってもよかったのかも知れない。関東大震災ということがあって、東京から逃げ出して結局東京へ戻らなかった人ですから、後半生は完全に東京から離れてむしろ東京に背を向けて生きた。そういう人ですから、その辺の問題をはっきりさせて、谷崎という人の独特な在り方を彼の大正期の作品から読みとろうとする、そういう論になっています。普通、失敗作といわれて、丁寧に読まれることのなかったたくさんの作品をひとまとめにして、いわばひとつの成長小説のように読む、という方針で論じたものです。つまり、谷崎の非常に長い時間をかけた自己形成のあとをたどるという読み方になっています。

さて、谷崎の根無し性ですが、それを作ったものとして何が考えられるかというと、まず基本的には明治の学校教育、あるいは高等教育の制度があげられると思います。その制度は明治三十年代にほぼ出来上がりますが、谷崎はその制度に最もよく適応していったひとりで、秀才だったから学校が楽しかった人で、学校で力を充分に発揮できた。その近代化明治の新しい教育は、谷崎が生まれ育った江戸以来の下町世界とその文化を相対化させることになる。つまり、谷崎のような青年の下町人としての根を揺さぶることになったと思います。ですから私の『青年期』という本は、高等教育機関がおかれた山の手の世界と旧文化の下町世界を対比的あるいは対立的に考えて、谷崎の初期作品の多くは、じつは山の手側から下町を見る目が生み出したものだという見方を打ち出すことから始めています。

この山の手と下町ですが、現代の東京ではその意識があまりはっきりしなくなっていますが、典型的な山の手としてあげられる土地に本郷というところがある。本郷は地下鉄で降りると、古い町で下町風に思えるかもしれないけれども、あそこは高い土地で、あそこから湯島の方へ下る坂が急坂ですね。その湯島の坂を下って不忍池までの高度差がずいぶんある。森鷗外の「雁」は、散歩好きな東大生が本郷の高台から無縁坂を下って、不忍池から神田一帯を毎日歩いて本郷まで帰る、そのあいだにお玉さんという女性と坂の途中で出会って、という話ですが、その非常に高いところにある本郷に東京帝国大学が作られた。加賀の前田家の藩邸跡をキャンパスにして日本の最高学府が開かれたわけですが、その高等教育機関は西洋文明移入の窓口になった。大学だけではなく、その隣りに一高も移ってくるし、山の手には新しい近代化のための施設がつぎつぎに作られていき、旧来の下町とは違った世界ができていきます。

谷崎潤一郎の自己形成の問題を考えると、彼は下町から山の手世界へのぼって、西洋に触れることによっていろんなものを手に入れます。特に自らの男性性をそこで養う、ということがあったと思います。つまり、下町世界にいるだけだとほんとうに近代人としての男性性を手に入れることが難しかったと思われるふしがあって、それはどういうことかというと、下町というのは一部に武家屋敷があったにせよ町人の世界ですから、武士階級の価値観や父性的な儒教道徳とはあまり関係のない庶民的な世界です。つまりそこは相当母性原理の強い日本の旧い社会で、女たちが仕切る生活の場であったというふうに考えられる。そこから男の子がどう育っていくかということを考えなければならないわけで、谷崎のような少年は喜んで山の手世界へのぼっていくんですね。彼にとって、山の手は「西洋」だったし、「西洋」は「近代」というものだった。あるいは「近代芸術」というものでもあった。

谷崎の時代の近代芸術は世紀末芸術、と置き換えてもいいかもしれませんが、西洋の芸術の世界はロマン主義的個人主義の考えに支えられて世紀末まで来ていた。西洋の近代がフランス革命なんかを経て成り立つところでロマン主義の文学が生まれて、ロマン主義思想がもてはやされるようになる。自我の解放とか感情の解放というようなことが俗に言われますが、旧い制度を壊して旧習を打破してブルジョア階層の個人性を強めていく時代、個人の自我というものを強烈に主張していく時代だった。そのロマン主義の思想は明治になってから日本へ入りこんで、それが自然主義の運動なんかになっていきますが、そういう個人主義やエゴイズムの考えを学生たちは山の手で学んでいったわけで、そこから悪魔主義なんていう言葉も出てきます。

そんなふうに西洋とつながったエリートたちの山の手世界は、簡単にいって、西洋風のエゴイスティックな男性性を身につける場所である、父性原理の強い世界である、というふうにひとまず理解することにしましょう。それに対して、山の手から下のほうを見渡すと、そこに広がっている下町世界は、母性原理の強い旧来の日本の生活の場なんですね。そこにおける日本人の庶民の暮らしは、自我というようなことでいうとかなり不確かな不明確な在り方のもので、あるいは近代人の生き方とはちょっと違うものである。全体に雄々しさというものが西洋にあるとすれば、こちらは女々しさの世界だといってもいい。西洋というのはよくいえば雄々しいけれども、また殺伐という感じもある。それを男性的な世界だというふうに単純化しておきますが、それに対して日本の伝統的な、少なくとも庶民の世界はもっと女性的で、殺伐さとは反対の世界だといえると思います。それだけに自我が不確かで曖昧でということにもなってくるでしょう。

その二つの世界を対立的に見るような見方が、じつは谷崎のなかにもあった。それはやがて善と悪の対立ということにもなっていきます。谷崎は大正時代に善と悪の対立葛藤の話をたくさん書くのですが、一方の悪のほうには悪の芸術家というのが出てきて、普通の日本人、特に女性を中心とした庶民世界の人は善人とされる、そういう対立になる。自分は近代人の芸術家だから、悪のほうに属していて、それに対して普通の生き方をしている人は善のほうに属している。その対立葛藤ということにもなってくる。それは山の手と下町、西洋と日本あるいは東洋、男性性と女性性、悪と善、そういうふうな対立関係にもなってくる。そういう文化的な対立あるいは対比の関係という意味合いが出てきて、その拮抗する関係を見ていくと谷崎の青年期、あるいは彼の青春というものがわかってくる、と思います。

谷崎の世代の青春は、明治の日本にはじめて成立した近代学校教育制度によって作り出され、それによって保証されることになったものですが、彼の場合その青春の時期が長くなり、しかも極めて豊かだった。同時に不安定だったとも言える。そこから抜け出たときに、つまり彼の内部の葛藤状態が解消されたときにということですが、特に男性性と女性性の葛藤から解放されたときにはじめて一人前の男が誕生する。谷崎の場合は、「小田原事件」という佐藤春夫との絶交事件によってかなり苦しむということがあった。その時期の作品を読むとよくわかりますが、彼の中の男性性と女性性が葛藤を起こしていて、こんがらがっていて、どうしようもなくなっている。そこから解放されるのが大変だったということがわかる。「小田原事件」のあとの作品を読んでいくと、ようやく葛藤が解決して、一人前の男として安定してくるのが昭和のはじめ頃、「痴人の愛」を書き終え四十歳くらいになってからで、そのことを最もよくあらわしているのが「蓼喰ふ虫」という小説です。

長い青年期をつうじた自己形成がようやく成り、それまで囚われていたものから自由になって、対立的対比的なものの関係そのものを充分に個性的に生きることができるようになる。そのための力を手に入れる。それは個性的な異文化体験のための力を手に入れたということでもあり、それ以後谷崎は関西との関係を本腰入れて深めていくことになる。異文化との関係性をほんとうに生きるというのは、自分に力がないとうまくやれない。われわれもひとりひとりその力を求められているといえるだろうと思います。

そんなわけで、彼の後半生は関西との関係から傑作がつぎつぎに生み出されることになりますが、そういう関西体験というものは当時のほかの作家の誰にも見られないものだった。そこから生まれた文学が独特の見事なものになっていった。そういう事情を次の回に考えていきたいと思います。彼の場合、関西体験も女性関係から見ていくということになります。ただ、関西へ行ってからつき合った女性だけではなくて、彼の女性体験は生まれたときから、母親との関係がまずあって、しかも青年期にいろんな女性関係があり、結婚後奥さんとのあいだでもいろいろあって、そしてようやく関西との関係に本腰を入れられる態勢が出来る。そこまでずいぶん関係を重ねています。その女性関係史をたどってみたいと思います。

2

前回は谷崎の女性関係に触れずに話しましたが、谷崎の異文化体験にも当然女性が絡んでいて、というより女性を介した異文化体験になっているところがあって、今回はその女性関係の話をします。

彼の女性関係をみるときに、基本的な問題として彼と母親の関係がどういうものだったかを考える必要が出てきます。谷崎は大正八年に「母を恋ふる記」という短篇小説を書いて、そこから母恋いという言葉が有名になりますが、ただこれは特に母を恋するという話になっているわけではない。この作品はごく普通の母親追慕の記という感じのもので、亡くなったばかりの母親を追慕する、その亡き母を偲ぶ心情が素直にあらわされているものです。美人だった母が夢に甦る、そして谷崎自身の幸福な幼年期がまた甦る、という話になっています。何か特別な母恋いというものではなくて、亡母を偲ぶ話。

谷崎の幸福な幼年期ということですが、前回山の手と下町ということで少し話しましたが、東京の山の手と下町の関係、それはいまとなっては充分意識できないことがあるかと思いますが、明治の東京はその点まだ江戸時代の延長のような、特に下町の世界は江戸的なものがそのまま残っていた時代です。その時代の下町と山の手ということで考えたいんですが、最近亡くなったユング派の心理学者の河合隼雄という人は、日本の社会を母性社会と見て、母性原理が強い社会に特徴的な社会心理を論じています。ヨーロッパ、アメリカのようなキリスト教世界は、父性原理が強くて父権的だと言われる。それに対して、日本は非常に母権的な社会だというふうに河合さんは考えていたようで、その母性社会の性質がいちばん目立つ場所が昔の下町だっただろうと思われる。つまり母性原理が強い世界が庶民の下町に広がっていたと見ることができる。山の手のほうは主に武家屋敷とお寺さんの世界です。全国から大名が参勤交代で江戸へやってきて、主に山の手に住んだ。そちらは儒教が強く浸透していた武士の世界ですから、男性原理が強く、それに対して下町の庶民世界はあまり儒教は強くなくて母権的という関係がある。

河合隼雄さんが勉強したユング派の心理学というのが、この母性的母権的な力について語ることが多いのですが、ユングはグレートマザーの元型ということを言う。これは地母神、大地の神、女神ですね。人間の無意識のなかに太母の、グレートマザーの元型があるとユングは考えたわけですが、そのグレートマザーというのはすべてのものを生み出す母であると同時に、すべてのものを呑み込んでしまう母でもあって、それは生の神であると同時に死の神でもあるという見方をする。特に、男の子が育つときにグレートマザーのイメージと闘わなきゃならないということが起きる。幼年期は母と子が一体となって生きることができてそれが幸せ、という時期でしょう。ユングはそれを母子未分化の本源的状態という言葉で説明します。そういう状態に人間が常に戻りたいということがあるのかもしれないけれども、ただそこから抜け出さないと、一人前の独立した人間になれないということがあるので、そのへんの問題を心理学でいろいろ考えるということのようです。

谷崎の場合、幼年期は母なるものに充分に養われた幸せな時期だったと思われます。谷崎自身そう語っている。明治の東京下町の世界では、「母なるもの」は産みの母だけではなくて、ほかの女性たちからもたっぷり与えられて育ったと思われる。特に乳母の与えたものが大きかっただろうと思います。戦前までは特に下町でなくても、子供は乳母や女中さんが育てることが多かった。母親が直接育てるというより、そのあいだに乳母がいて、母親との関係は間接的になるというところがあった。谷崎の家もそうだったようで、いわゆる「母なるもの」は、いろんな女性から与えられるということだったと思います。その中で、生母のセキという人ですが、この人はたいへん美人だったので、母なるものを象徴する美的イメージを一身にまとわされることになります。

その美的イメージははっきり谷崎のなかに出来ていきますが、ただ実際の谷崎の母子関係は、母恋いといったことばで美化、あるいは単純化できるものでは必ずしもなかった。じつは彼が育つ過程でいろんな問題が出てきます。男の子は母親の世界から出て行かなければならないわけですが、乳母の手を離れてからは、谷崎は直接母親と向き合うことになる。家がだんだん貧しくなるということもあって、母子の生身がぶつかり合うようになって、幸福な幼年時代とは違う緊張関係が生じるということがあったと思います。お母さんというひとはわがままな家付き娘で、婿にとった夫の性格が弱かったので、家のなかでお母さんの力が強かった。その支配的な母親のヒステリー性というか、癇症の強い神経質な性質が息子に及ぼすものを考えなければならないだろうと思います。

谷崎は高等教育を受けることによって、自分の母親と母親が支配する世界を相対化していくことになります。それによって母離れの端緒をつかむことができたわけですが、彼にとって母というものは、彼が生まれ育った下町世界を象徴する存在として生きつづけることになる。この前、谷崎の故郷喪失の問題、根無し性の問題を話しましたが、母恋いというならば、それは谷崎がその根を絶たれようとする世界に対する複雑な恋、ということになるでしょう。実の母親に対する恋、ただお母さんが恋しいというのではなくて、ひとつの世界を母親が代表しているということです。その世界に対するかなり複雑な恋といった気味がある。そのへんの事情をしっかり押さえたうえで、関西移住後の彼の母恋い小説を理解しなければならない。谷崎の母恋いものはお母さんが亡くなってだいぶ経ってから、関西の地で新たに生みだされるのです。亡母が生きていた東京下町の世界とは関係のない、関西の土地の、関西人の物語になります。

ここで、大正期の谷崎の「妻殺し」の小説について考えてみたい。この種の小説はほとんど知られていませんが、かなりたくさんあります。彼は大正七年に「嘆きの門」というのを書きます。これは中絶していて、ごく一部だけで終わっていて、妻殺しがはっきり出てくる前に中絶している作品ですが、明らかに妻殺しをテーマとして書き出していることがわかる。その「嘆きの門」のあと、主人公の男が妻を殺す話、あるいはそのバリエーションがたくさん書かれます。そんな作品はいまの作家には絶対書けません。そんなものを書いてもすぐ奥さんに見られて、一作書いただけで離婚ということになるでしょうけれども、谷崎の時代は奥さんは読まないからいくらでも書けて、しかもミステリータッチで書いているんです。代表的なものとしては「母を恋ふる記」のすぐあとの「呪はれた戯曲」とか「或る少年の怯れ」というのがあります。

その妻殺しというのは、母殺しの代替行為ともとれる話になっている。そういうふうに読むことができる。「母殺し」というのもユング派心理学の言葉です。心理的に母を殺さないと、特に男の子は一人前になれないということで母殺しということを言うんですが、谷崎は母殺しの話もじつはひとつ書いていまして、「不幸な母の話」というのが結果的に母を殺した話になっています。妻殺しをたくさん書いて、母殺しまで書いてしまう。そのへんの谷崎の執拗なこだわり方がたいへん興味深いところです。そういうところに目をつける谷崎論がいままでなかったのが不思議なくらいです。

ユング派の「母殺し」ですが、ユングという人は神話を研究して、普遍的な元型（アーキタイプ）というものを神話があらわしているという考えでいろいろな例を挙げています。英雄の怪物退治の神話というものがある。それは元型的な母なるものとの闘いをあらわしている。ほかに父なるものとの闘いというのもあるわけですが、ユングは母というものを強調します。あるいは母性の呪縛ということを中心において考える人だったようで、おそらく彼の母親との関係からそういう心理学が生まれているんですね。母なるものとの闘い、それは元型的なイメージとしての母ということで、直接的に実母と闘うということでは必ずしもないんですが、その闘いは自我が自立性を得るための闘いだということになる。英雄の怪物退治の神話は、自我が自立性を得るための闘いとして解釈できるというわけです。龍のような怪物が襲いかかってくる。刀をふるってそれと闘う。それは自分に絡みついてくる母性的なるものと闘うということでもあるという解釈で、特に男の子にとっての「母殺し」の重要性を指摘しています。

そういう心理的母殺しを伴う自我の確立は必ずしもやさしいことではない。それがうまくいかない人もたくさんいるわけで、そういう人は永遠の少年の状態に留まるというふうにユングは考えている。「永遠の少年」というのも元型のひとつとして彼はあげていますが、童子神、子供の神様を自分のなかで大事に養っている人というイメージです。その永遠の少年の元型と同一化して、成人にならずに、いわば母胎回帰を繰り返すような生き方をする人がいて、その場合世の中で生きていくのがだんだん困難になってしまいます。

日本の社会を母性社会というとすると、永遠の少年が非常に多いということに当然なってくるでしょう。実際に近代文学の作家たちを見回してみても、そのタイプが多くて、谷崎自身明らかにそのひとりだったと思われます。ただ彼はそこに留まってはいなかった。長い時間をかけて心理的母殺しを成し遂げて、人間的にも文学的にも成熟に達した珍しい例だと私は見ています。彼の「母殺し」が最終的に成し遂げられたのは「痴人の愛」を書いた三十七、八歳の頃だったのではないか。今の年齢で三十七、八というのは若い感じですけれど、昔の男としては中年真っ盛りという年頃で、そのころようやく最終的に心理的母殺しが成し遂げられたと見ることができるのです。彼のその時期の作品をひとつひとつ読んでいくと、そういう事情が見えてきます。

「痴人の愛」は関西移住後すぐに書かれたものですが、震災前の関東在住時代の過去をはっきり締めくくる思いで書かれています。それを書くことによって、彼は「母」の問題を最終的に乗り越えることが出来たのだと思われる。じつは「痴人の愛」の試作品ともいえる小説がその前にたくさん書かれていて、「肉塊」という長篇が代表的なものですが、そのほか戯曲がいくつもあって、それが「痴人の愛」の話のスケッチのようになっている。そういうものを次々に書いて、ようやく「痴人の愛」が最終的に出来あがった。その過程をずっと見ていくと、谷崎がたいへん苦労して自分の問題を乗り越えようとしていたのがわかってきます。つまり、いくつも試作を重ねながら、それらが集大成されるかたちで「痴人の愛」が生まれるわけですが、その過程で「母殺し」が着実になし終えられたのだと見ることができるのです。

さて、ここから谷崎の女性関係の話になります。「痴人の愛」のナオミという女主人公のモデルは千代夫人の妹のせい子という人です。谷崎は千代夫人とその姉と妹の三人と関係をもったことになるのですが、まず若い頃、千代の姉さんの初子という人と関係をもって、大変好きになります。が、初子はもと芸者で旦那という人もいて、結婚できなかった。その代わりお姉さんに紹介されて妹の千代さんと結婚した。その後娘が生まれますが、そのあと千代さんの下の妹のまだ十五歳くらいのせい子が前橋から出てきて、谷崎はその子を家に引き取って、やがて彼女とも関係をもっていく。

谷崎の言葉を借りると、初子とせい子は「妖婦型」、特に初子の場合は江戸的な毒婦のイメージがそこから出てくるような、旧いタイプの妖婦型だったようで、谷崎は初期の作品に毒婦というタイプの女性を何度か登場させていますが、それはだいたい初子がモデルになっているようです。一方、せい子はだいぶ年が離れているので、江戸とは関係のないモダンガールになっていきますが、そのせい子も初子に似た現代的な妖婦型だった。ところが、その二人のあいだの千代さんは「母婦型」と谷崎は書いていますが、家庭的なタイプ、お母さんタイプ、ということですね。

谷崎という人は初子のような伝法肌で放縦で頭がよく働くタイプが好きで、せい子もそういうところがあった。せい子は非常に活発で行動の自由なモダンガールになり、谷崎はそんなせい子を愛して、自分が妻にした千代を疎んじることになった。温順で家庭的な旧い庶民タイプの千代を谷崎は疎んじていく。

その三姉妹との関係がどうなったかというと、初子との関係は若いうちに終わりますが、千代とせい子とは同じ家で暮らしながら並行的に関係が続いたようで、しかも千代は長いあいだそのことに気づかなかった。千代がようやく夫と妹との関係を知って、一騒ぎ起きるわけですが、そのころ佐藤春夫が始終遊びに来ていて事情を全部知っていた。佐藤は千代さんに同情してだんだん好きになります。その佐藤春夫がからんでちょっとやっかいなことになり、谷崎佐藤の絶交事件に発展したのがいわゆる小田原事件といわれるものです。小田原に谷崎一家が住んでいた頃の、大正十年のことです。

ここで谷崎にとっての「母」の問題をもう少し考えてみたいのですが、母のセキという人は勝気で我がままで神経質な美人の家付き娘で、江戸以来のローカルな下町庶民世界に生きている。谷崎はそこで母性的なるものに充分に養われて育ち、やがて下町から離れて山の手へのぼって、明治の新時代の社会的文化的規範を身につけていくことになります。普通、男の子はお父さんからそういうものを学び、身につけるということになるはずですが、谷崎の場合は父親からはほとんど何も学んでいない、あるいは何も教わっていないというふうに見える。彼は家の外へ出て行って、もっぱら学校教育によって新しい社会の規範を身につけることになります。家のなかのお父さんは旧いタイプの下町人だから、谷崎はほとんど相手にしていない。実際にお父さんは新しい社会に適応する力も弱かったのです。

そんなわけで、谷崎は山の手のエリート教育の場で学ぶことになり、西洋風の合理主義や個人主義や自我観を学んで、近代人としての自分を強く意識するようになります。それは谷崎の男性性が充分にそこで養われるということでもあったはずです。若い谷崎は生まれ故郷の下町から離れたところに、高等教育によって支えられた男性的な自己を保ち、その下のほうに広がっている下町は懐かしい故郷の母の世界だということになる。彼の初期の作品をよく見ると、山の手から故郷の世界を下方に見る、そんな目の方向がはっきり見てとれます。当時の山の手の高等教育の世界は、西洋の近代的な思潮や芸術につながっている。その西洋近代とつながった場所から見る下方の世界は、江戸伝来の庶民的な生活の場です。谷崎は新時代の青年としての自我の高みからそちらへ滑り落ちそうな危うさを常に感じている。その危うさやきわどさのなかから彼の文学が生まれたというふうに言ってもいいと思います。

それは新時代から旧時代へ堕落することであり、あるいは雄々しい父性原理の世界から女々しい母性原理の世界へ墜落することでもある。若い谷崎にとって、新教育の場である山の手から見下ろす下町は、わがままでわからずやで厄介な、しかも懐かしい旧時代の母親が自分を絡めとろうとして、あるいは呑み込もうとして待っている世界だということになる。

その後の谷崎の人生をたどってみると、数え年三十歳になって谷崎は千代さんと結婚します。その石川千代という人は前橋の出身ですが、東京へ出てきて結婚して、谷崎の母親あるいは父親と非常にうまくやれたのです。谷崎の母親とはほとんど一体化してしまえるような旧い庶民の美徳の持ち主だったようで、下町世界でだれからも好かれる、皆がいい女房だと思う、そういうタイプだったようですが、それが夫である谷崎にはどうしてもいいとは思えない。女として魅力的でない。世間的ないい女房の美徳などありがたくもない。千代さんを見ていても文学的感興がわかない、ということだったと思います。

前橋出身の庶民が江戸っ子の庶民と一体化してしまえるというのが面白いところですが、千代さんは姑の死を非常に献身的に看取る、また舅である谷崎の父親との相性もよくて、舅の晩年を非常によく支えた。そんなお嫁さんだった。ところがそれは母親と妻が谷崎にとって同じようなものになってしまったということでもあって、谷崎の問題としては面倒くさいことになります。つまり、谷崎と母との関係は、母親の死後、今度は谷崎と千代夫人との関係に置き換えられるようなことになる。谷崎は母と妻を等しく見て、その存在を「悲しい音楽」という言葉であらわすことがありました。青年谷崎はその「悲しい音楽」にしばしば腹を立て、それから逃れたいと思って、まだ十代の、母では全然ない中性的なせい子、一番下のせい子ですね、それをモダンガールに仕立てて、そのせい子とともに新しい生活を求める気持ちになっていきます。せい子を好みの女性に育てあげながら、ともに生きて、彼の仕事と生活の行き詰まりを打開しようとした。それが谷崎の「小田原事件」に至る時期だったといえます。

そんな谷崎を最も近くで見ていて、それなら僕に千代さんをくれないかと言い出したのが佐藤春夫です。谷崎はいったん妻を譲る気になります。その気になると彼はてきぱきと話を進める人ですが、話をどんどん進めていって、最後にその考えを撤回した。もう一度妻とやり直したいと言い出すのです。谷崎だけでなく千代さんのほうもいざとなると谷崎と別れられなかったようで、その結果佐藤を怒らせてしまい、絶交ということになったのが小田原事件といわれるものです。

その事件をつうじて、青年期の谷崎が抱えていた問題が露呈されたというふうに見え、そこがたいへん興味深いのですが、彼が自分の問題に振り回されていかに苦しんだかは、事件のあと関西へ移住して「痴人の愛」を書くまでの三年ほどの間、彼の書くものが「小田原事件」の四人の男女の関係から自由になれていないのを見ればわかります。ほとんどの作品に四人の男女、つまり谷崎と佐藤と千代とせい子が出てきます。全部それのバリエーションで、繰り返し繰り返し、同じようなことを書いています。そういうものはみんな失敗作とされて、いま読む人はあまりいませんが、それをひとつひとつ読んでいくと面白いのです。彼の抱えていた問題がどういうものだったかがわかってきます。

作品目録を見てください。「鶴唳」という小説が第七巻にありますね。これが「小田原事件」直後のものですが、その次の「AとBの話」、それから第八巻の「愛すればこそ」、それから「本牧夜話」「愛なき人々」他とありますが、戯曲がもっとあるんです。それから第九巻の「肉塊」「神と人との間」。少くともこれだけは四人の男女の話になっていて、繰り返し繰り返し「小田原事件」の人間関係を語りなおしているといってもいい。彼がそれだけ自分の問題から自由になれていないということなので、それが谷崎の青年期がまだ終わっていない証拠だというふうに見える。

彼が抱えていた問題というのは、さっき述べた心理的母殺しの問題です。それをいかにうまくやりおおせるかということだった。それに関連して、彼自身のなかの男性性と女性性の葛藤をいかに解決するかということだったと思われます。男性性と女性性の葛藤ということには、これまで述べてきたように、文化的な葛藤が重なってくるところがある。それは山の手と下町、新時代と旧時代、西洋と東洋、芸術と生活といったような、対比的なものの関係が、いわば男と女に人格化されて彼の中で葛藤を起こしていた、そういうことでもあると思われます。

さて、谷崎が千代夫人をはっきり佐藤に譲るといっておきながら、前言を翻すことになった、それがわかりにくいと言われることがあります。が、以上に述べたことを踏まえて考えれば簡単に説明出来るようなことです。これまでの説明で大体お分かりかと思いますが、母なるものが生きている下町的旧世界につながる彼のへその緒のようなもの、紐帯ですね、それをあっさり断ち切ろうとして、断ち切ることが出来なかった。出来そうで出来ない、簡単に済む問題ではなかったということなんですね。つまり、へその緒を切ることが出来ないから、結局千代さんを取り戻してやり直すということになった。谷崎にとっては母と妻がほとんど一体化していて、それに幼い娘がいて、その三人の女たちをいわば旧弊な下町世界に置き去りにして、自分はひとりの男の自由を得て、あらためて未熟なせい子とともにあくまで近代人としての道、モダニストの道を行こうとしたわけです。が、その切り捨てようとした母なるものの力に結局絡みつかれてしまって、それを断つことが出来ない、そういうことだったろうと思います。それは彼のなかの男性性と女性性が葛藤していて、最後に自分のなかの女性性の力に突き動かされてしまった、そしてもとの下町世界へ突き戻されてしまったと、そんな感じなんですね。これはやはりありうることだなと思う。そういうことを、文学として正面切って語ろうとする人は多くない。が、谷崎はそれをやったので、いま読み直してみるとそこが面白いのです。

さて、谷崎は「小田原事件」のあと、おそらくせい子と関係を絶っています。千代とやり直さなければならないということで、真面目に考えたと思いますが、そのあと関東大震災を経験し、谷崎一家は関西へ逃げていく。谷崎は関西移住の苦労をつうじて夫婦関係修復の努力を続けることになるのですが、結局夫婦は性の関係がなくなって、もとへ戻ることができなくなってしまう。そのため、谷崎は千代夫人に若い愛人をつくらせ、うまく離婚出来るように事を運びながら「蓼喰ふ虫」という小説を書いていくことになります。それは昭和三年から四年にかけてのことです。千代の若い愛人は和田六郎といって、大坪砂男という名前の推理小説作家になる人ですが、その二人の関係はほどなく壊れてしまいます。和田六郎がだいぶ年下で、千代さんも若い男と一緒になる勇気が充分になかったようなのです。

佐藤春夫はというと、彼は何年か絶交していたあと谷崎と和解して、以後谷崎夫婦の問題に直接かかわり、いろいろ話を聞いていて、相談役のようにもなっていた。ところが和田の話が壊れて一年後に、千代さんを貰い受けるということになります。千代さんが収まるべきところに収まり、谷崎の有名な「細君譲渡」は「小田原事件」のあと十年経ってようやく実現する。ともかくたいへんな時間のかけ方だといえます。その間、彼は作品の上でもずいぶん苦労して、失敗作を重ねながらようやくそこまでたどり着いた。「蓼喰ふ虫」というのは自分の離婚（つまり千代と和田の結婚）を予測しながら書いている作品で、現実には離婚ができなくなったところで書き終えています。現実とフィクションが同時進行的だったのです。予測は違ってしまったのに、作品は傑作になりました。谷崎は書きながら彼の前半生から抜け出て、後半生のもうひとつの人生を手に入れようとしています。そのへんで彼の人生の前半と後半が分かれることになります。

離婚は昭和五年の八月のことです。谷崎満四十五歳、当時は初老と言われた齢ですが、その年齢で彼は人生新規まき直しで、離婚によって過去半生の総決算を成し遂げて、つまり「小田原事件」のとき締めくくられるはずだった自らの青年期をようやく締めくくって、第二の人生に乗り出すことになります。彼は関西という異文化の体験に本腰を入れていきます。関西との関係を強めながら、関東在住時代には考えられなかったような新しい自分を手に入れる。彼の「再生」が果たされるのです。

昔、中年の中折れ時代ということが言われて、三、四十の年頃で挫折する人がかなりいた。芥川龍之介なんかもそうです。中年で自殺したりする人は、人生の真ん中へんでぽっきり折れてしまうということになる。太宰治なんかもそうだし、三島由紀夫もそうですし、だいたい後半生のめどがつかなくて自分で命を絶つということになりがちなところを、谷崎は人生の危機を苦労を重ねながら乗り越えた、と言えるだろうと思います。苦労してますがしっかり乗り越えたというふうに見えます。

「母」の問題について言うなら、おそらく離婚に至る過程で心理的母殺しの問題が片付いたのです。それとともに、あらためて関西の伝統文化のなかに、関西人の母恋いの心情を介して、永遠女性としての「母」のイメージ、あるいはプラトン的な意味のイデアといったものを見出していく。そんなふうに彼の母恋い小説が出てくるんです。実の母親が亡くなってからずいぶん経っていますが、そこで生まれる新しい「母」は、谷崎の実母でもなければ江戸東京文化のなかの母というものでもない。それは関西の伝統文化のなかの「母」で、谷崎にとって未知の女性でもある。だからそれは、母でありながら時に恋いすべき妻でもあるような新しいイメージ、あるいはイデアになる、ということですね。彼の母恋いのテーマは、関西の伝統文化との関係で新しく出来ていったものだと考えるべきです。

さて、ここからは関西女性との関係についてですが、関西へ移住して三年あまりたったころ、彼は根津松子さんと出会うことになります。松子さんは大阪・船場の綿布問屋の根津商店という大店《おおだな》の御寮人だった。まだ結婚して数年という二十四歳の松子さんと谷崎は知り合うのですが、その後三年ほどで谷崎は千代さんと離婚しすぐに再婚を考えます。結婚相手としていろんな人を考えていますが、松子さんがたいへん気に入っていたにもかかわらず、そのときは松子さんを妻にしようとは必ずしも思わなかったらしい。根津家の夫婦関係がかなりおかしくなっていて、だから松子さんと谷崎が結婚することも無理ではなくなっていたのですが。結局谷崎は誰と再婚したかというと、鳥取生まれのモダンガール古川丁未子《とみこ》という人です。この人は大阪女子専門学校英文科を出て、谷崎より二十一歳年下で、まだ学校を出て間もなかった。その丁未子さんと再婚することになります。

彼はどう考えていたかというと、離婚後の後半生にふたつの「性欲的な道」を思い描くということだったようです。これは「蓼喰ふ虫」のなかに出てくる言葉ですが、老境には老境でおのずからなる楽しみがある、という東洋的な老いの道を探る行き方と、もう一度自由にかえって青春を生きる、という西洋的あるいは近代的な青年文化を生きる道、という二つの道のどっちをとるかということで、「蓼喰ふ虫」の主人公はその前のほうの東洋的な老いの道を行こうとする、そんな方向で語られる小説ですが、谷崎自身は「蓼喰ふ虫」の主人公とは違っていた。で、このときはモダニストの二十三歳の女性を再婚相手に選んで、性的に若返って生き直そうとします。四十四年間の過去からひと思いに離れて、東京時代以来引きずってきたものを捨てて自由になろうとしたということです。身軽になって当世風に青春を生き直しながら、丁未子を好みのままに養育しようともしたようで、これはせい子のときと同じです。

ところが、それがじつはあまりうまく行かなかった。初めのうちは性的にも楽しくて、谷崎も喜んでいたのですが、結婚前に谷崎は阪神間の岡本に非常にお金をかけて家を建てていた。家の離れを作ったんですがそれが中国趣味の豪邸だった。かなり借金して建てて、しかもその後高い税金がかけられて払えなくなり、その家を差し押さえられてしまって逃げ出して、丁未子さんとの新婚生活は高野山のお寺でいとなむということになります。何カ月かの新婚旅行みたいなものですが、でも高野山のお寺ですし、暮らしが窮迫すると年齢差の大きい夫婦の関係もきれいごとでは済まなくなります。家がない、お寺の宿坊なんかに住まなきゃならない、当初女中さんもいない、それは若い奥さんにとっても大変だったと思う。自炊しなければならないわけですが、彼女は鳥取の旧家出身のお嬢さんで、火をたきつけることが出来なかったようで、ごはんが炊けない。ごはんの水加減なんかも知らなかったらしく、谷崎という人はそういう点は贅沢な人ですから、我慢できなくて、だんだんおかしくなってしまう。その後も住まいは各地を転々として、二人の関係は苦境によって強まるのとは反対に冷えきってしまいます。

ところで、その時期の谷崎の仕事のほうはどうだったかというと、そんな条件下で彼の文学の新機軸が打ち出されることになります。創作力が充実してつぎつぎに名作が生まれています。それだけ谷崎は必死で闘ったということでしょう。生活と闘っていますし、自分の文学のうえでも相当の闘いをやりぬいたという感じがある。作品としては「盲目物語」「武州公秘話」「蘆刈」などです。これらは丁未子さんと暮らした時期に生まれています。

これらの作品は、じつは根津松子という人妻をモデルにして女主人公を描いている。谷崎は松子さんを思い描きながら作品を生み出していった。丁未子さんとの結婚生活は二年足らずですが、その間、松子ものが次々に書かれたということです。これはやはりちょっと遠くにモデルを置いて、つまり松子さんのようなモデルを高みに置いて、想像力を膨らませていく、そういう書き方で、近くにいる丁未子さんを女主人公にはしていない。長いあいだ結婚生活がつづけば丁未子さんをモデルにした小説も出来たかもしれないけれど、短かったですから、結局松子ものしか書かれなかった。

谷崎は「盲目物語」のあと、「武州公秘話」を書きますが、その頃までは根津松子という人を少し遠くに置いて眺めるにふさわしい相手として、あくまでもモデルとして見ていたと思われます。が、やがて根津商店の没落とともに、谷崎、松子両者の側の窮迫が進んで、二人は一気に接近することになったようです。丁未子さんと結婚して一年にも満たない昭和七年のことですが、その年のはじめ頃から谷崎ははっきり松子さんへの思いを表明するようになる。松子さんを思う歌を発表するということをこの頃から始める。そして「倚松庵」という言葉を使い始める。倚松庵というのは松に倚《よ》るいおり、ということで、松子さんに倚る、松の陰で生きる、といった思いで倚松庵という言葉を使う、そんなふうになっていきます。そこではっきり丁未子さんとの関係がおかしくなるわけです。

さて、松子さんという人ですが、彼女は大阪船場の御寮人として、谷崎にとって大阪文化を背負ったほとんど象徴的な存在になっていく。そういう相手と現実にどう関係を結ぶかということで、谷崎はいろいろと工夫しなければならなかった。丁未子さんのときのようにまっすぐ若返るつもりになって、普通の男女の関係になろうとするのではなくて、秘かに老いをも意識しながら、身を低くして、上臈型の大阪女性である松子さんに従うような関係を作っていく。昭和七年秋、「蘆刈」という小説を書き始める頃に、彼は松子さんへの手紙のスタイルを急に変えます。それまでは比較的普通の手紙だったのが、急に御寮人さまご主人さま、と呼びかける手紙に変わる。有名な彼の恋文はそこから始まるのです。松子さんとつきあい始めてから五年以上たっています。

谷崎はそんなふうに意識的に松子さんを高みにまつりあげて、自分は屈服する形をとって、「蘆刈」とか「春琴抄」などの戦前期の代表作を書くことになります。それはきわめて意識的な関係で、松子さんのほうも谷崎の意向をしっかり受け止めて振舞わなければならなかった。さぞ大変だっただろうと思うのですが、松子さんはそれがやれる人だった。それがやれないと、丁未子さんの場合のようにおかしくなるということがあったかも知れない。それだけ松子さんという人はしたたかだったんだろうと思います。

これは谷崎が演技するならば、松子さんも谷崎以上に演技しなければならないという関係ですね。普通ちょっと真似が出来ない。そんな関係が、二人が昭和十年に正式に結婚してからも維持されていったようです。谷崎の演技は、彼の「大阪愛」による大阪文化への降参の演技でもあったと思います。「蓼喰ふ虫」に隠居老人が出てきますが、その老人が東京人なのに京都で暮らしていて、「関西に降参した男」というものを演技するような姿が面白く描かれていますが、谷崎自身松子さんとの関係で同じような演技を始めるのです。松子さんを得たことによって、谷崎という人は大阪との関係に一段と深入りすることになったと言えます。彼の場合、対象との関係は極めて官能的なものになる。あるいは、彼の言葉によると性欲的なものになる。だから、松子さんというだいぶ齢が若い大阪女性を介して、大阪というものと関係を結んでいくということになる。それが次第に深いものになっていく。そこからいろんな作品が生まれる。たとえば、松子さんと結婚してからのものでは「猫と庄造と二人のをんな」というのがありますが、これは阪神間の庶民の男の話で、非常にうまく書けている中篇の傑作です。これは谷崎自身ほとんど関西と一体化するような思いで生み出した作品だといえます。関西体験がそこまで深化するのです。

ところで、谷崎の女性関係はまだ先があります。松子さんという人は四人姉妹の次女で、長女が婿をとって実家を継いでいたので、松子さんの下に二人妹がいますが、その三姉妹は自由に生きられたんですね。それで、谷崎は松子さん以下の三姉妹と、それから松子さんの娘を引きとるかたちで一緒に暮らすことになります。その暮らしのなかで彼は次第に、松子さんの次の妹の重子さんにも興味をもっていく。昭和十七年に着手する「細雪」は松子さんではなくて重子さんをモデルにした雪子が主人公です。松子さんがモデルの幸子が活躍する場面も多いけれども、ただ子さんという人に興味をひかれるようになる。松子さんに対する思いは続くんですけれども、重主人公は誰かというと、ごく地味なタイプの雪子なんですね。

雪子のモデルの重子さんは、松子さんとは性質がだいぶ違って、地味な引き立て役というところがあって、すでに「蘆刈」のなかにそういう姉妹の関係が設定として使われています。長女の朝子さんという人がいますが、重子さんはその人とともに京女ふうのところがあった。実家の森田家のお母さんが京都の人で、その血を引いて、かなり旧いタイプの京女という感じがあった。谷崎はもともとモダニストですから、初めは京女が好きじゃなかったんですね。丁未子さんと再婚する前にも結婚相手は京女を除くというふうに宣言していた。ところが、家の中の京女である重子さんにだんだん興味をいだくようになる。初めはやはり敬遠気味に、腫れ物に触るように接していたらしいんですが、やがて旧弊で地味でしたたかでもある京女ふうの重子さんのよさを知るようになる。それで「細雪」という小説が出来た。その重子さんは亡くなるまで、「細雪」のモデルになったということが最大の誇りだったようで、旦那さんが早く亡くなったりして世間的にはあまり幸せな人生ではなかったように見えますが、谷崎との関係を支えにして姉とともに谷崎家で生きるということを貫いた人です。

その「細雪」の雪子についてもう少しいうと、昭和八年に「陰翳礼讃」という長篇エッセイを谷崎は書きます。これは谷崎のエッセイの代表的なもので、フランス人なんかにもよく読まれていて、西洋人で好きになる人が多いエッセイですが、これを日本文化礼讃の書のように読む人がいるけれども、それはちょっと読み方としてはまずい、というかおかしい。東京人の谷崎が京都人を好まなかった、京都の人間が好きになれないから京都に住めない、ということがあったわけですが、ただ、彼は京都との関係を青年時代からずっと重ねてきて、伝統的な京文化に対して憧れの思いを持っている。そのよそ者の憧れを相当精妙に語ったものが「陰翳礼讃」なのだと言えると思います。いわば京都人を抜きにした京都の「陰翳文化」に対する夢想を語っています。そういうところを細かく見たほうがいい。同時にこれは西洋文明との関係で比較文明論的に語ってもいるので、だから日本文化礼讃論のように読む人もいるのでしょうが、谷崎の比較は「東洋」対「西洋」で、「日本」ということばは出てきません。

それからまた面白いのは、「陰翳礼讃」が同時に文学論にもなっているところです。それはどういうことかというと、近代化するにつれて日本の社会、日本の生活のなかから過去の陰翳の世界が失われつつある。それを文章によって呼び戻したいと考える、そういう文学論にもなっているんです。それは「盲目物語」から「春琴抄」に至る作品をつづけて読んでみるとわかりますが、文章が非常に凝っていて、普通の近代小説の文章とは違うものがつくられています。わざと旧い文章にしてある。それは文章の上でいわば薄闇を作り出す試みだと言えると思います。近代以前の旧い薄闇です。そういう文学上の仕事について、「陰翳礼讃」というエッセイのなかで彼の野心を表明しているというふうに見える。明治以後の言文一致体というのは、西洋文の翻訳の延長みたいなものだと谷崎はこの時点で考えていて、翻訳の延長のようなものではないほんとうの日本語の文章を作り出そうということで、「盲目物語」以後の小説を書いている。「春琴抄」を思い出してください。最初はちょっと読みにくい感じでも、慣れるとその文章の意味するところがよくわかってきます。谷崎がつくり出した日本語らしい日本語の世界がそこにあります。

「細雪」に戻りますと、「細雪」の雪子という主人公も、その意味で特徴的な陰翳的存在になっていると言えるでしょう。だから、文学論としての「陰翳礼讃」が殺伐とした戦争の時代に小説のなかに取り込まれて、雪子という人物が重子をモデルに作られて、雪子礼讃の物語になったんだと、そんなふうに見ることができます。

谷崎は戦中戦後の六年半を費やし、「細雪」を昭和二十三年に完成しますが、いちばん苦しい時代に辛抱を重ねて大作を仕上げた。その仕事によって、彼のそれまでの関西との関係がほぼ終わる、というのが私の見方です。関西との意識的な緊張した関係から作品を生み出しつづけた時代がほぼそれで終わると見てもいいのではないか。松子さんを愛し、大阪と阪神地方を愛して文学的に思いがけないほどの成果を挙げた二十年というものが、少なくとも「細雪」で一区切りついた。その後は戦後京都に住んだことから、京都小説というべきものが生まれます。「少将滋幹の母」とか「夢の浮橋」などです。戦後大都市がみんな焼けてしまって、住むところがなくなって、結局残っていたのが京都で、奥さんの松子さんが住みたいということで京都で暮らした、そこからこれらの京都小説が生まれたわけです。

そのあと「鍵」が書かれ、これも京都が舞台になっていますが、おそらく重子さんのイメージで妻の京女が作られているように見えます。大学教授の夫との性生活が性の闘争として抽象化されるような書き方になっている。その「鍵」と同様に老年の性をテーマにして「瘋癲老人日記」が書かれ、誰もが認める晩年の傑作になりましたが、そのふたつの老人小説で注目すべきことは、老いを語りながら、彼の青年期のモダニズムが明らかに再生されているということです。複数の自己、といった分裂的な自己認識や、一種の人間解体幻想や、地震のように世界が揺らぐ感覚などに興味をもって詳しく書いた人で、そういう若い時代のモダニストの感覚が老境に甦ってくる。「老いのモダニズム」ともいうべきものが、最晩年に至って、再び彼の文学の新境地を開くことになる。そういうところがとても興味深いのです。

その後彼は、「瘋癲老人日記」を書いてからということですが、過去の関西体験の時代を締めくくるようにして、松子もの重子ものをおしまいにして、「瘋癲老人日記」では物語の場所として東京が戻ってきていますが、伝統的な関西ではないもっと現代的な新しい世界へ、谷崎は自ら解き放たれようとしたかに見えます。それも、ひとりの若い女性とともに解放されたいという思いだったようです。谷崎は既に七十代半ばになっていて、まだ若い女性のことを考えているのです。そして、自分があらたに解放される話を小説にするつもりで、七十九歳の誕生日に書き始めようとしていた。ところがその晩食べ過ぎて、それで倒れて、一週間近く寝ついて死んでしまう。そんな亡くなり方だったんですが、七十九歳の谷崎が考えていたのがそういうことだった。

その最後の女性とは誰かというと、重子さんの嫁さんに当たる渡辺千萬子という人だった。近年その千萬子さんの側からの資料がかなり出てきて、中央公論新社から、谷崎潤一郎との往復書簡集が出ています。それから、千萬子さんのエッセイとしては『落花流水』というのが岩波書店から出、これは谷崎との関係をほぼすべて語ったものになっています。千萬子さんは谷崎の死後、京都の哲学の道の疎水のほとりに、「アトリエ・ド・カフェ」というカフェをひらき、そこで谷崎の誕生日に谷崎を偲ぶ会を最近までつづけた。そんな人ですが、谷崎は彼女にすぐに近づいていったわけではない。谷崎という人は手っ取り早く何かを運ぶというよりむしろゆっくり時間をかける。松子さんとの関係もそうだし、千代さんとの関係も何だかんだいって十六年も暮らしているわけです。千萬子さんが嫁に来たのは二十一、二のごく若いころで、そのころはまだひとりの女として見る気はなかったようですが、でも五年六年七年と経つうちにだんだん近くなってくる。その感じが往復書簡からよくわかる。そんな書簡集が出て谷崎の晩年がよくわかるようになったところです。谷崎の全生涯が資料的にもほぼカバー出来るところまで来て、「谷崎潤一郎という生き方」が一段とはっきり目に見えるようになったと思います。

谷崎という人は私小説を書かなかったし、永井荷風のように大部の日記を残すということもなかった。だから彼の生き方というものが簡単にはわからない、それをあまりわからせないで彼の文学の仕事が出来ていた、そういう人です。だから、彼の生き方に肉薄しそれをまともに受け止め共感するかたちで書かれた谷崎論というものは最近まで少なかったといっていい。私は彼の生き方の独特さがはっきりすればするほど共感も強まるだろうと思いますが、実際に私自身そういう経験をしてきましたが、女性の方はどう思われるでしょうか。男性でも谷崎に素直に親しんでいける人というのは今まで多くなかったと思いますが、これからはどうでしょうか。

二回話してきましたが、こんな説明のしかたで谷崎の、これまであまり見えなかった一面が少しは見えるようになったかしらと思います。異文化との関係にせよ女性関係にせよ、ある意味で非常に愚直な生き方ですし、真面目な真摯な生き方だったと思いますが、それがそうは思われない、ということもある。あとで皆さんの見方をうかがうことにして、こんなところで話を終わりにしたいと思います。

『谷崎潤一郎の恋文〈松子・重子姉妹との書簡集〉』を読む

これまで十分に知られていなかったが、谷崎潤一郎が生涯に書き残した手紙は膨大な数にのぼっている。一般に、作家は私生活では筆不精ということが少なくないものだが、谷崎はその点まるで違っている。相手との関係を深めるために、時には小説以上に力をこめて手紙を書いている。独特の関係意識が強くて律義なことに感心させられる。

今回上梓された『谷崎潤一郎の恋文〈松子・重子姉妹との書簡集〉』（千葉俊二編）は、松子・重子姉妹からの手紙が半分を占めるとはいえ、六百ページ近い大冊である。近年谷崎の書簡集は、ほかにも『谷崎潤一郎＝渡辺千萬子往復書簡』や水上勉・千葉俊二『谷崎先生の書簡　ある出版社社長への手紙を読む』（増補改訂版）が出ていて、それらによって全集未収録の手紙がすでに大量に日の目をみている。

今回の「恋文」書簡集は、松子夫人と妹の渡辺（森田）重子さんあての谷崎書簡と、松子・重子さんの谷崎あて書簡が主なものだが、完全な往復書簡にはなっていない。なぜか時期ごとに一方の手紙が抜け落ちている。たとえば、谷崎と松子さんがはじめて知りあった昭和二年から谷崎の離婚再婚をへた昭和六年末ごろまでは、ほぼすべて松子さんの手紙のみで、谷崎の手紙は一通しか含まれていない。

その一通は、千代夫人を佐藤春夫にゆずることが決まり、世間に公表される直前の昭和五年八月十六日付のもので、それに対する松子さんの返信もあり、そこだけは往復書簡になっている。

谷崎は手紙より前に根津家を訪ねて千代夫人譲渡のことを知らせている。そのときのことを松子さんは、「あの夜思ひがけぬ御話に私は何となく恐しいやうな満足過ぎる様なおかしい心持でひとり涙か《ママ》出てまゐりました」というふうに書いている。また、谷崎と千代さんの二人を妹たちとともに慕う心持ちを、「其のまゝやはり朗らかにどちら様にもつゞける事が出来るのが本当に嬉し」いとも述べている。

一方谷崎のほうは、「家を佐藤に明け渡」し、新しい家を「来月下旬頃京都へ持たうかと思」うといっている。その考えはすぐに変わったらしく、それはこの手紙にしか書かれていないことなのでたいへん興味深い。加えて谷崎は「人間は京都人はきらひ故大阪以西の人を女中につれて行かうとおもひます　二人ぐらひ可愛い小間づかひが欲しいのです（決してわるい事はいたしません）」と女中さんの世話を頼んでいる。また「女中ばかりでなくお嫁さんも御心がけ願ひます。」とも書いている。この時点では、松子さんあての手紙もまだ「恋文」にはなっていない。

この谷崎書簡は、ある大学が戦後購入し、最近一般公開されたもので、この一通が見つかったということは、同時期の谷崎書簡が空襲などでいっぺんに失われたわけではなく、まだどこかから出てくる可能性があるということになる。ほかの時期のものについても同様のことが考えられるのである。

この手紙の年の谷崎は、松子さんとは多少距離をおいたつきあいのまま、やがて二十一歳年下の古川丁未子さんと再婚することになった。が、その後二年ほどのあいだに松子さんとの関係が「恋仲」になっていく。丁未子さんとはうまくいかず、谷崎は昭和七年九月十四日付手紙で「どうしてももう一緒には暮らせませぬ、一日も早く別居するにこしたことはないと存ます」とはっきり松子さんに伝えている。

その九月のころの手紙から、書面上の呼び名が「御奥様」から「御主人様」に変わっている。谷崎松子『倚松庵の夢』のなかで公表され有名になった九月二日付の手紙には、「一生あなた様に御仕へ申すことが出来ましたらたとひそのために身を亡ぼしてもそれか《ママ》私には無上の幸福でございます」とある。

「自分を主人の娘と思へとの御言葉でございましたが」ともいい、すでに両者息をあわせての「主従ごっこ」が始まっているのである。今回発見の十月一日付には、「いよ〳〵身分の相違がはっきりして来て」「これではとても夫婦などといふ気にはなれませぬ、一生主従の関係で居る外はございませぬ、先日のやうに御腰をもませて頂きますのがどんなに私には幸福に感ぜられますか、その心持ちはとてもあなた様には御分りになるまいと存じます、私をいぢめてやるのが面白いと仰つしやいましたが、どうぞ〳〵御気に召しますまで御いぢめ遊ばして下さいまし」とあり、お互いに身体的にも近くなっているらしいのがわかる。

十一月十八日付の手紙には、このころ書きあげたはずの「蘆刈」のなかの場面を思わせるような一節がある。慎之助の父親がお遊さまが肌身につけていた友禅の長襦袢を桐の箱から出してみせる場面である。「先日下されました御召し物もあの晩早速衣紋竹にかけ壁につるしてみましたら御寮人様の御おもかげが浮かんで参りひとりでに居ずまゐを直し畳に手をつかへて御時儀をしてしまひました、（略）どんな些細なものにても御寮人様の御からだに触れましたものは残らず一つに集めまして一々紙の袋に入れましてその趣を書き記し鞄に入れてござります、（略）いづれ桐の箱を作りましてその中へ収めるやうにいたしますからその節は一と筆箱書きを遊ばして下さいましたら有難うござります」

なお、ここには「大阪へ家を持ちましたら」ということばがあり、松子さんと結婚後、新居は大阪にしようと考えていたようだ。この時期、長篇随筆「私の見た大阪及び大阪人」に見られるように、谷崎の大阪愛は松子さんへの思いとともに深まり、そこから「春琴抄」も生まれているので、大阪に住みたいというのはわかりやすい。が、実際の結婚は二年以上あとになり、結局住まいは大阪ではなく阪神間の精道村打出ということになった。

昭和七年から八年にかけてのこの時期、谷崎と松子さんの「主従ごっこ」の演技が佳境に入り、そのきわどい関係のなかから「武州公秘話」や「蘆刈」が生まれて「春琴抄」に至る。それはとりも直さず、「春琴抄」のための意識的な関係が入念につくられていった時期だったというふうに見えてくる。

昭和七年の末には松子さんにあてた「誓約書」が書かれている。丁未子さんと離婚し松子さんと必ず結婚する旨の誓約書である。実際は、丁未子さんとの離婚は簡単にはいかず、なお一年以上手間どるのだが、「私事先般丁未子と双方合意を以て離別仕候」と既定事実のように書き、こうつけ加えている。「私事／御寮人様と結婚致候上ハ世の常の夫婦のわくにハ存ぜず　御寮人様を御主人様と存じ何事も不平がましき事を不申忠実に御奉公申上べく候　右為後日誓約仕候也」

昭和八年一月十三日付の手紙は、春琴と佐助の物語の基本的なアイデアがすでに出来ていることをうかがわせるもので、アイデアを松子さんに伝え、実際にそのとおりの関係になるように求めていると見ることができる。

たいへん長い手紙で、谷崎がみずから身を落として「主従ごっこ」に没入しようとする情熱があふれんばかりである。松子さんと結婚できなければ、つまり「御側において頂けないやうになりましたら、自殺いたしますか高野山へ入つて坊主になるか二つに一つときめてゐるのでござります、これだけは今からハツキリ申し上げておきます」とも書いている。その次の手紙では、潤一をもっと奉公人らしい名前に変えたいといい、やがて順市と署名するようになる。

この時期の恋文からは、全体にやや途方もないフィクション性が感じられるのだが、その恋文表現の頂点ともいえるのが一月十三日付手紙で、それは「盲目物語」以後の情熱恋愛の物語の頂点が「春琴抄」であるのとみごとに照応しているのである。

その手紙の中心部分はこうなっている。「御寮人様の前へ出ますと何やらすつかり奉公人根性になりまして、急に自分が卑しく、哀れに見え、十七八の丁稚のやうにいぢけてしまふのでござります、そしてたまに御やさしい御言葉を頂きますと有難さが骨身に沁みるのでござります、うれしいにつけ悲しいにつけ涙がむやみに出て参りますのも少年の昔に返つたやうな気がいたします、ほんたうに、何卒これからは私を年下の丁稚と思召して下さいませ、そして礼儀作法や言葉づかひ等すべて大阪のお店風にお仕込み遊ばして下さりませ、勿体ないことでござりますが、何卒わたくしといふものを御自分様の手足のやうに思し召して御召し使ひ下さりませ、今に私も、御寮人様の御顔の色、御眼の色を見たゞけですぐに御気持ちを酌み取り御用を足すやうになりたうござります、日常の御身のまはりのこと一切を弁じまして、私がゐないと片時も不便で困ると思し召して頂くやうになりたうござります」

なお、同じ昭和八年の暮れにもっと長い重厚な手紙が妹の重子さんあてに書かれている。編者千葉俊二氏は「数多い谷崎書簡のなかでも特別大書されるべきもの」といっている。谷崎は重子さんにもよくわかってもらいたいので、松子さんとの「主従」の関係の意味をくわしく説明し、「私は全く御寮人様の御家庭の一使用人として自己を埋没させてしまふつもりで居」ること、それは「一時之興味から出たことでなく、さうしなければ私として立て行けぬと云ふこと」であり、「立派なものさへ書けましたらこれも亦一つの形式として許して貰へる」はずであることを、真剣至極に、めんめんと訴えるように述べている。

「さうしなければ私として立て行けぬ」といったつきつめた言い方に目をひかれるのだが、それは谷崎が「春琴抄」の成功に至る諸作をふり返り、みずからのマゾヒスト性を文学的に深める機縁について十分に考え、あらためてこれしかないというものを見出していたということでもあろう。その関係からしかいい仕事は生まれないという確信めいたものがあったのにちがいない。

松子さんとのマゾヒスティックな関係には、わきからそれを見ている第三者が必要になる。千葉氏はマゾヒズムの関係には「芝居」がつきものだとして、「観客ないし証人として、谷崎がこの芝居の共演者によびこんだのが松子の妹の重子だった。」といっている。

谷崎と松子さんの夫婦関係が事実上いつ始まったかがわかるものも残されていた。それは昭和八年五月二十日付の松子さんあて「誓約書」で、「今回御寮人様の御情を蒙り夫婦之契を御許被下候段勿体なき事に存候」と書き出されている。五月半ばまでに丁未子さんとの別居と事実上の離婚が決まり、律義にもその直後からの夫婦関係だったということになる。千葉氏によると、「谷崎は自己の欲望をギリギリまで遅延させ」その欲望の高まりの絶頂において「春琴抄」が生まれたことになるが、「その直後の『顔世』の弛緩ぶりは好対照」だということで、そこがまたたいへん面白いのである。

実際、戯曲「顔世」は筆が進まず大いに書き悩み、松子さんにすぐにもそばへ来てほしいと訴える手紙を書いて、こうつけ加えている。「御みあしを頂かねばもう魂が抜けかゝつてゐるので

ございます」（七月十二日付）

「御みあしを頂」くといったようなフェティシズムの快楽が、直接創作につながるというところが独特かもしれない。この時期、谷崎は金策のため何度も上京しており、東京滞在がやむなく長びくこともあり、早く関西へ帰って思う存分親しみあいたいと、こんな手紙を書いている。「せめて二日か三日の間、お金のこともお仕事のことも完全に忘れてお側に置いて頂き、御身の廻りの御用ばかりさせて頂きたいのでございます、御体を揉み、お爪を取り、御洗濯をいたし、御てうづの御世話を致しモウ〳〵眼の廻るほどさういふ御用をさせて下さいませ、これだけがお願ひでございます、それを楽しみに働いで《ママ》居るのでございます」（昭和八年十二月十四日付）

本書は谷崎家に残されていた未発表書簡に、すでに全集や谷崎松子『倚松庵の夢』『湘竹居追想』のなかで発表されていたものを加え、そのほか芦屋市谷崎潤一郎記念館や大学図書館などさまざまな場所で保管されてきたものを探し出し、そのすべてを時系列順に並べ直したものである。谷崎潤一郎全集はすでに二度出ているのに、大量の谷崎書簡が未発表のまま谷崎家に残されていたというのは信じがたいことであった。そのうえ、長いあいだにかなりの量の谷崎書簡がひそかに世間へ流出していたとは。千葉氏は、松子さんが形見分けのように谷崎書簡を人に贈っていたうえ、「ある事情」から相当数が古書店へ流出するということがあったと説明している。

谷崎家の書簡類は松子さん及び娘の恵美子さんから中央公論新社に託され、同社の前田良和氏がそれを丹念に整理、管理してきたもので、専門家の千葉俊二氏があらたに加わって、このたびはじめて本格的な「恋文」書簡集が成った。谷崎の「恋文」はすでに有名ではあっても、実際はそのごく一部が知られているにすぎなかったということになる。

本書収録の書簡の数は、谷崎書簡二四三通、松子書簡九五通、重子書簡一三通である。谷崎書簡は二四三通のうち未発表のものがじつに一八〇通にも及ぶ。

ただ、それらの書簡は日付がはっきりしないものが多く、時系列順に並べるための年月日の特定にたいへんな苦労があったようだ。しばしば他の資料との関係から推定してあり、特に松子さんの手紙の日付はほとんどすべて（推定）となっている。谷崎のものも、力を入れてしっかり書かれた手紙は年月日がしるされているが、急いで書いた短いものやいわゆる「持たせ文」は年や月を省略したものが多い。

年月日の確定の苦労のうえに、手書きの文章を読みとる苦労も大きかったと思われる。特に松子さんの手紙は、日常のさまざまな些事をくわしく奔放に綴っていて、その女性的な文脈をたどる苦労も少なくなかったにちがいない。松子さんの手紙からは、戦時下の生活、特に食料難の様子がよく読みとれる。年ごとに窮屈になる暮らしの変化も見えてくる。

前述のように、今回日の目をみた書簡群は、完全な往復書簡にはなっていない。松子さんとの関係の初期には松子さんの書簡のみ、昭和七年から昭和九年に至る恋愛高揚期は谷崎の書簡のみ、昭和十年の結婚後太平洋戦争が始まるまではやはり谷崎の書簡のみだが、妹の重子さん宛てのものがまざってくる。その後の戦時中は松子さんの書簡が主で、それに対する谷崎の手紙はない。が、重子さん宛てのものがかなりあり、時に重子さんの返信もある。戦後は、谷崎と松子さん重子さんの三人のやりとりが入りまじるかたちになるが、松子さんが受けとったはずの谷崎書簡はほとんど含まれていない。

今回の書簡集で最も読みごたえがあるのは、「恋愛高揚期」としてまとめられた昭和七年から九年に至る時期の谷崎書簡である。じつに頻繁に、しばしば日をおかずに長い手紙を松子さんに書き送っている。どれもこれも「恋文」で、しっかり書きこまれていて惹きこまれる。それに対する松子さんの手紙がそっくり失われているのが残念である。

太平洋戦争が始まってからは、恋愛高揚期とは多分に違うやりとりになったはずだが、この時期は松子さんの手紙のみで谷崎書簡は見つかっていない。いまのところ、松子書簡から谷崎の動静を思い描くことしかできない。

戦時中の暮らしの最大の問題は食料難で、早くも開戦直後から食料の入手に苦労しているのが松子書簡からわかる。結婚後東京住まいの重子さんの夫君が埼玉の会社に勤めていた関係で、はじめは埼玉から食料をとり寄せたりしている。

谷崎は昭和十七年三月、熱海に別荘を購入し、「細雪」を書くため関西の松子さんから離れて熱海で暮らすことが多くなるが、やがて熱海で手に入る食料を松子さんのもとへ送るようになる。

当初熱海は魚も野菜も豊富で、阪神間の住宅地とは事情が違っていた。住吉では配給もどんどん少なくなったようだ。松子書簡から拾ってみる。「こちらは御野菜とう〳〵《ママ》隔日となり　御百姓も最近どういふものか来てくれません　隔日に貰ひますものが御大根半分位のもので　熱海を思ふと一寸本当に出来ない程で厶います」（昭和十七年十月六日付）「今日は御みおつけに入れる御野菜さへ厶いませぬ　御かへりになると召上る物厶いませんから　チエツキで御もちかへり被下まし」（十月二十二日付）「もし御みかんそちらに豊富なれば御送り下されたく果物一切この十日余入手致さず　野菜物も相変らずあはれにて御送りいたゞきしおさつを昼も夕も頂き居候」（十一月二十三日付）「お魚が一日から愈〻登録制　是までの様にとれなくなりました　たゝみいわしかまぼこ　御干物いづれか御持ち帰りねがひます」（十二月三日付）

開戦後一年間の松子書簡から拾ったが、野菜不足から沢庵などつけものを欲しがってもいて、開戦早々にもかかわらずその食料難がどんなものだったかがわかる。食料ばかりでなく、ガスや電熱器なども使用制限され、炭やたどんも手に入らず、冬はひどく寒い思いをしなければならない。草履や下駄などのはきものや、衣料切符で買う衣類も足りず、生理用品の「代用綿」も製造禁止で「女たち大恐慌」である。栄養不良のため結核などの病人が増えていく。やがて女中さんたちにも徴用の知らせが来て、人手不足がはなはだしい。関西と熱海と、二軒に分かれて暮らすという贅沢も役所に禁じられかねず、結局谷崎一家は全員熱海へ疎開することになる。昭和十九年の四月である。

以後谷崎は東京へ出ることが増える。ひとりでなく、松子さん親子や女中さんも連れて熱海と東京を往復するようにもなる。汽車の切符が手に入りにくくなっても、何とか手に入れてじつによく動いている。谷崎の生涯をつうじて自らいう「転居癖」がはなはだしかったが、窮屈な戦争の時代にも彼は小まめに移動することをやめていない。

東京では竹馬の友・笹沼源之助宅に泊まることが多かったが、上目黒（祐天寺）の重子さんの新居に泊まることもあり、その際の食事の負担を気づかうことばがしばしば手紙に出てくる。たとえば、「時節柄決して御馳走の御心配なさらぬやう願升」（昭和十八年二月八日付）「食事ハオカズの心配はなさらないで頂きます御茶漬で結構です」（四月二十七日付）「お米は持て参りますが絶対に御馳走はいりません」（昭和十九年一月二十一日付）等々である。

そんな日々のあいだに、「細雪」の雑誌発表に対して軍部の介入があり、「細雪」は連載二回のみで掲載中止となった。その後私家版『細雪』上巻を刊行するがそれもまた軍部にとがめられ、中巻は刊行できなくなる。にもかかわらず谷崎は書きつづけ、中央公論社は書けたぶんの稿料を払うということにして谷崎を助けた。そのころから谷崎家ではやむなく「売り食い」を始めることにもなったようだ。

谷崎は生活費を工面して熱海から関西へ送金しつづけているが、留守をまもる松子さんが金に詰まって悲鳴をあげているような手紙がいくつかある。「こちらはないときたら十円のお金も銀行へ走れるといふわけに行かず　実際心細い限りで厶います　どんなに心細くもあなたが御在宅のをりは豊な心持で居る事が出来ます　あてどもなくこんな風に暮してゐるのはつく〴〵厭はしく独り泪をぬぐうて居ります（略）私の気のひがみか何につけてもあるじのいまさぬ家はばかにされ易くつけ込まれ易く不愉快な事実に出あひます　未亡人の境界とはと思ふ事も厶いますが今からそのやうな境界を味ひたくは厶いません」（昭和十七年十一月二十八日付）「師走に入ると俄に出費が多く　植木屋さんから（略）御正月までこないからと請求いたしまして　現金にて払ひました　ガスもきびしく　超過はどこの家もですが　集金の時に渡せぬ事があると　とめられる恐れもあり　創元社もそんなでとりたくなく気が狂ひさうになる位です」（十二月三日付）「是で当分送金願ハずにすミますと存じますが　原稿料でお高いものを食べてるかと思へばの御述懐をきいてから胸痛く送金も願ひ難くなりました」（昭和十九年一月十七日付）

これが谷崎が「細雪」の上巻と中巻を書き継いでいた時期の暮らしである。女中さんを何人もかかえ、夫が失職した重子さんの家の経済も助けていたようなので、ふつうの家よりはるかに出費がかさんでいたのにちがいなく、谷崎が毎月毎月いかに金策に苦しんだかが手紙から想像できる。結局昭和二十年五月、谷崎一家は熱海の家を売って岡山県津山へ再疎開することになる。家を売ったぶんの現金を家族みんなで腹に巻いて汽車に乗ったということである。

「細雪」の物語の時間は、昭和十一年秋から十六年春までである。太平洋戦争へ向かって、精神的物質的に少しずつ窮屈になっていく時代の話で、幸子以下三姉妹ののどかで優雅な日常を夫貞之助が細心に守っているが、その経済的側面についてはほとんど何も語られることがない。

作中の貞之助にあたる作者谷崎は、「源氏物語」現代語訳に没頭していた昭和十年から三年のあいだ、前借りに頼る「貧乏暮らし」に耐えていた。「細雪」の前半はその時代の話ということになる。前夫人丁未子さんとの関係では、手切れ金の未払い分三千円を支払い、当座の生活費を毎月百五十円ずつ仕送りしている。ようやく「源氏物語」現代語訳を脱稿してからも、なお修訂と推敲に時間をかけたため、谷崎家はほとんど窮乏状態に陥っていたといわれる。「細雪」の物語の期間をつうじて、実際はそんな「貧乏暮らし」がつづいていたことが、本書の手紙からもはっきりうかがわれるのである。

そもそも谷崎の経済的苦境は、松子さんとの結婚以前からつづいてきて、「源氏」が予想外の大ベストセラーになったにもかかわらず、莫大な借金を返してようやくひと息つけたというにすぎなかったようだ。借金や前借りに追われる作家生活については、水上勉・千葉俊二『谷崎先生の書簡　ある出版社社長への手紙を読む』（増補改訂版）が、昭和初年までさかのぼってくわしく跡づけている。谷崎がもっぱら頼ることになった中央公論社の社長あての手紙だけに、仕事上の連絡に必ず金の話がからみ、常に切羽詰まっている様子がなまなましく読みとれる書簡集である。

昭和二十年五月の津山への再疎開後、勝山移転をへて終戦直後まで、ほぼ一年のあいだは手紙のやりとりがない。松子さん以下の三姉妹が疎開先へ集まり、谷崎も一緒に暮らして動かなかったからである。そのあいだのことは「疎開日記」から知ることができる。本書にある戦後の最初の手紙は、谷崎が上京して、埼玉の与野町へ疎開していた笹沼源之助のところへ泊まったときの昭和二十年十月二十七日付谷崎あて松子書簡である。

その後昭和二十一年五月から、一家は京都へ移り、やがて重子さん夫婦とは暮らしが別になるので、谷崎と重子さんの手紙のやりとりが増える。また、戦前と同様熱海を仕事場にすることにしたので、谷崎と松子さんの手紙も増えるが、夫婦間の手紙は戦後もほとんどが往復書簡になっていない。

敗戦後の食料難は戦時中にも増してひどく、勝山の疎開先にはもはや居たたまれないような状態だったこともわかる。戦時とは逆転して、都会のほうが物資多く飢える心配が少ないという時世になりつつある。松子さんあて谷崎書簡には、「断然勝山にハ住むべからず一日も早く都会地へ御出でなされ候やう極力工作仕るべく候」（昭和二十一年四月三日付）とある。

谷崎は疎開先で「細雪」の仕事も滞りがちだったが、京都へ移ってから力を入れ直し、二年ほどかけて仕上げることができた。間借り住まいのあと、南禅寺下河原の「潺湲亭《せんかんてい》」を手に入れて戦後の生活が定まるまでのことがいちいち手紙からわかり、多事多端ながら長い戦争から解放された喜びがよく伝わってくる。

重子さんが戦後はじめて京都へ出、原智恵子のピアノを「涕涙滂沱として聴き入つ」たということも、谷崎の重子さん宛て手紙にあって印象深い（五月八日付）。

ただ、平和な日常が戻ると、おのずから手紙の中身も変わってくる。痴話喧嘩めいたものをうかがわせるものも出てくる。昭和二十一年四月三日付谷崎宛て松子書簡は、たしかに「人前では御読ミになれぬやうな御手紙」になっている。どうやら女中さんのことで悶着があったらしく、「自らの誇も捨てゝ嫉いたりして情無う存じました」とあり、そのあと、長く恋愛至上で生きてきた自分のいまのつらさを訴えている。「情愛のこまかに過ぎ深いのも幸福でない様な気がして参りました（略）子供に愛情の一番必要な時さへあなたのことでいつも一ぱいで厶いました　余りにもローマンチストで永遠の幸福を夢見て醒めぬので厶います（略）今日の私の不幸は気持の若〻しいことで　是が心持が自然に老けるものならよろこんで老けも致しませう（略）先夜も一寸御話申上た通り　気持とは相反した矛盾が生理的に起つて苦しいのでございます　更年期は誰しもひどい被害妄想に悩まされるもので　それの制御と云ふものは男の到底想ふ可くも無いもので厶います」

妻にとって、ふつうの夫婦とは違う多少距離をおいた関係が時につらくなるのと、いわゆる更年期の苦しさが耐えがたいのとで、「苦しみの代償に値す可きでないものニ妬いたりする」ということにもなったようだ。

やがて戦後の出版ブームが来て、谷崎家は豊かになり、金策の苦労からようやく解放されていく。前借りを重ねに重ねて書きつづける「貧乏暮らし」が終わり、谷崎は昭和初年の円本景気以来の余裕ある経済状態で「細雪」以後の新しい仕事にとりかかることができた。

だが同時に、六十代に入った谷崎の健康状態は悪くなりつつあった。まだ「細雪」が完成していない昭和二十二年秋、彼は高血圧症のため一時書くのをやめている。その期間の手紙はもちろんない。阪大の布施博士の治療が奏功し、おかげで「少将滋幹の母」「新訳源氏物語」といった大仕事が可能になった。が、昭和二十七年に至りまた症状が悪化、三年ほどのあいだ大きい仕事はできなくなる。その後回復して「鍵」や「幼少時代」を書くが、やがて脳梗塞の症状も出、右手の疼痛が始まり、その痛みがひどく、もう自筆では手紙が書けないことを重子さんに伝えている（昭和三十四年十月九日付）。しかも翌昭和三十五年には狭心症で入院しなければならなくなる。以後口述筆記により再起をはかり、ほとんど奇跡的に、「夢の浮橋」「瘋癲老人日記」「雪後庵夜話」といった最晩年の代表作が残ることになった。

谷崎の文学的生涯は、日本の近代文学の歴史のなかで最もみごとな、比類のないものである。芸術家としての自己を豪胆に貫いた、ある意味で挑発的な、そして一種華麗な生涯だったといえる。だが、それを支えた身体的、経済的側面を見ていくと、決して悠然たる安泰な人生だったとは思えない。むしろ、なかなか真似のできない偉大な綱渡りの人生だったともいえ、そのことをこの書簡集は時にたいへんなまなましくわからせてくれる。

千葉俊二、アンヌ　バヤール・坂井編『谷崎潤一郎　境界を超えて』

いま日本の文学、文化全体を扱うシンポジウムなら欧米でも珍しくないであろうが、日本の作家ひとりをとりあげ、その人をテーマに大きなシンポジウムが開かれるということは、従来なかなか考えにくかった。

それが一九九五年にイタリア・ヴェネツィアで「谷崎潤一郎国際シンポジウム」がはじめて実現し、その十二年後の二〇〇七年、フランス・パリで二度目のシンポジウムが開かれ、このたびその記録が大部の本になった。開催に尽力したフランス国立東洋言語文化大学のアンヌ　バヤール・坂井氏と、日本側から協力した早稲田大学の千葉俊二氏が、六カ国十七人のパネリストの多彩な論文をうまくまとめて、重厚かつリーダブルな本にしている。

現在、日本文化というとマンガやアニメや村上春樹のことがいわれがちだが、アンヌ　バヤール・坂井氏は「国際的な作家」谷崎潤一郎について、グローバル化の世界でだれにでも受け入れられるという意味で国際的なのではないといっている。谷崎文学は「どこででも、誰にでも読まれる、無味乾燥で中和された文章世界とは全く無関係」なものである。谷崎文学には一般向きとはいえない危険な「毒性」が含まれているが、その毒性を熱狂的に好む読者が世界中にいる。谷崎は「人間の持つ最も根源的な欲望、歪み、要するに商品化不可能な人間性の作家」なのである。

十二年前のヴェネツィア大学におけるシンポジウムの記録も、すでに『谷崎潤一郎国際シンポジウム』という本になっている（中央公論社刊）。それと比べてみると、今回は「谷崎潤一郎　境界を超えて」というタイトルどおり、パネリストの専門分野が文学外にも及んでいて、境界を超えた幅広い論議が仕組まれているのが特徴的である。それから、パネリストたちの年齢が若くなっている。個々の発表の時間も長くなったのか、くわしく突っこんで緻密に論じた重厚な論文が増えた。千葉氏は国際的な谷崎研究の「第二ステージの幕開き」という印象だったと書いている。

最新の文芸理論のことばで論じたものもあり、そうでないものもある。目のつけ方もアプローチもさまざまで、多様多彩な論議の広がりに充実感がある。谷崎文学がどの方向から読んでも読みとれるものが多いこと、そんな豊かさによって多数の論者をお互いに近づける力をもつことが、おのずと確認できるような本になっている。

谷崎の作品は戦前ヨーロッパでいくつか翻訳されたが、戦後になって翻訳の数は一挙に増え、一九八八年にイタリアで、文学の「古典」のシリーズの一冊として、十六の作品から成る谷崎選集が刊行された。フランスでは、一九九七年と九八年に、「世界文学の殿堂」たるプレイヤード叢書に二巻本の谷崎選集が加わった。日本の作家としては、森鷗外も夏目漱石もまだ十分に知られていないために、谷崎潤一郎が唯一の「殿堂入り」ということになったのである。

そのような評価の確立があって、谷崎文学のシンポジウムがまずイタリアで開かれ、次いでフランスで実現された。そんな積み重ねで国際的論議のための土台が築かれつつある。今後同様の機会が増えて、論議がいっそう深まることを期待してやまない。

II

谷崎潤一郎の「西洋体験」

1

明治大正の作家の西洋体験は、調べてみて興味のつきないものがあるが、谷崎潤一郎のように西洋へ行きたくて行けなかった人の場合も、洋行経験者同様、あるいはそれ以上に興味深いものがある。

西洋へ行ったことのない谷崎潤一郎の「西洋体験」というと、おかしく聞こえるかもしれないが、彼の文学の大もとにあるものを指して、それをあえて「西洋体験」と呼び、少していねいに考えてみると、谷崎文学の見え方が変わってくるということがある。過去の多くの論者のように、谷崎にとっての「西洋」をごく軽い、他愛のないようなものにしてしまうのではなく、ひとつの基本的な体験として、多少とも重視する立場に立ってみると、かなり違うものが見えてくるはずである。

私が前著『青年期　谷崎潤一郎論』で彼の大正期を論じる際にとった基本的な立場がそういうものであった。谷崎潤一郎は、少年のころの「サンマー英語学校」にはじまる「英語体験」によってつくられたものが大きかった人である。東京府立一中、一高という選良教育の場で英語力をみがき、一高、東京帝大時代には洋書を多読して、西洋世紀末の思潮に触れたことで彼の道が定まった。彼が大学は国文科を選んだのは、小説を書いて世に出るために、それがいちばん楽な学科だったからだ。

国文科が楽だというのは、国文方面の素養が豊かだったからだし、小学校時代の一種の英才教育で漢文の力も養われていたから、彼の処女作時代は国漢方面の素養が表に出ている。「誕生」とか「象」とか「信西」とかは、国文の素養だけで出来ているともいえる。だが、「刺青」や「麒麟」となると、国漢の知識を駆使しながら、「英語体験」から得たものがはっきり顔を覗かせている。というより、それが作品を基本的に支えている。「悪魔」以後の大正期になると、「饒太郎」「金色の死」「人魚の嘆き」「魔術師」「ハッサン・カンの妖術」など、英語で読んだものに触発された世紀末趣味の作が一挙に増える。本格的「西洋かぶれ」の時代である。

かつてその「西洋かぶれ」は揶揄的に評されることが多く、谷崎潤一郎の「西洋体験」をまじめに考える習慣は永らくなかったといっていい。戦後間もないころの中村光夫『谷崎潤一郎論』(昭和二十七年)は、単なる揶揄にとどまらぬ苛烈さで、谷崎の西洋理解を「浅薄な誤解」にすぎないと断じている。谷崎は西洋の植民地が好きだっただけだと中村はいい、「彼にとつてヨーロッパの文化とは、それを生んだ自然とも、またそこに培はれた思考とも切りはなされた外面的な形態のみ」のもので、「理解の程度が気の毒なほど幼稚」だと呆れている。「子供の心」でとらえられた西洋だというのである。

そんな軽んじ方、否定の仕方は、他の論者たちにも引き継がれていった。本物の「西洋」ではない植民地で満足する人、あるいはアメリカ映画の「西洋」でよかった人というような、からかい半分の言い方をされることが多かったと思う。谷崎の語学力がすぐれていたことは、彼の残した翻訳作品を見ればわかるが、そういうこともあっさり無視されていくのである。

中村光夫の『谷崎潤一郎論』では、「外面的」や「外形」といったことばがくり返されている。「一面的」とか「皮相」とかも同様である。中村は、谷崎が衣食住をつうじて「西洋」を身体的に受けとめようとしたことに彼の欠点を見ている。外面的なものに感覚で反応するだけの受けとめ方だというのである。「彼が生活の外形には、きはめて気軽に、かつ徹底した形で、『西洋』をとり入れることができたのは、それが彼の内生活と関係をもたぬ表面の趣味であつたことにもとずく」のだという。

中村は「内生活」「内面の倫理」「知性」「思想」といったものを常に問題にしている。佐藤春夫の有名な「思想のない芸術家」説を踏まえているわけで、谷崎の西洋理解の皮相さ、空疎さは、「生活を感覚的な外形においてしか受取れぬ彼の資性」からくるものだとくり返す。

生活や衣食住について、「外形」というような言い方ができるものかどうか、考えてみるだけでいい。中村説の時代的制約といったものがわかるはずだ。佐藤春夫の大正時代と変わらぬことばの古さだけではない。「西洋」との関係に追いつめられて自滅的な戦争にはしり、すべてを失った時代の知識人にとって、「西洋」とはことさらに精神的に語るしかないものだったのかもしれない。もっといい時代に谷崎が自然に享受したような「西洋」を、虚心に認める余裕はなかったのであろう。

大正時代、震災前の横浜で、谷崎は英国人が住んだ家を居抜きで借り、料理の上手なアマ（女中）さんに残ってもらい、七面鳥のローストやキドニー・パイのような英国家庭料理を毎日食べながら、一日中靴を脱がない暮らしをした。そんなことをした作家は、谷崎のあとにも先にもまずなかったであろう。いまのわれわれにもちょっと真似のできないことである。

昔の知識人には珍しく、異文化を直接肌身に受けとめてとことん味わうやり方で、それが享楽的にも見え、中村光夫のような人の批判をまねくことになったが、中村の批判には、横浜の外人居留地を植民地のように見る見方がからんでいる。横浜山手の英国人の家は「本物」ではないのである。戦前のヨーロッパを経験している中村が、横浜神戸のほか上海天津などの植民地都市しか知らない谷崎を、「本物」を知らずに「外形」や「形骸」に触れて喜んでいる人と軽く見るところがあるのがわかる。

植民地都市だけではない。谷崎の西洋イメージがアメリカ映画によってつくられているらしいこと、「映画ファンの子供でも考へさうな風俗」を想像しているように見えることが、また中村の嘲弄のタネになっている。米軍占領下の日本、アメリカ映画が圧倒的な文化的優位を印象づけ、アメリカン・ウェイ・オブ・ライフとその風俗が羨望と反発をかき立てていた敗戦後の現実があった。そのなかで書かれた谷崎論だからだともいえるのである。

中村光夫と同世代の福田恆存も、谷崎と「西洋」の関係について、似たような見方をしている。むしろ、もっと思い切った言い方をする。谷崎はヨーロッパ文学およびヨーロッパ近代とは無縁な作家だと言い切っている。谷崎というのは、ヨーロッパを「自己のうちにたゝかひと」ったうえで「非ヨーロッパ的＝前近代的な」日本の現実とたたかう知識人の苦労を勝手に免れた「処理に困る」存在だというのである。（「谷崎潤一郎」昭和二十四年）

長い戦争の時代の苦しみをへて、無惨な敗戦の現実を前にした中村や福田が、上の世代の問題点をあげて問いつめたくなるのも、無理はないことだったのかもしれない。ヨーロッパを「自己のうちにたゝかひと」るという言い方が、いま見るとおかしいようでも、西洋近代をほんとうに自分のものにできないまま戦争に負けてしまったという敗北感、力及ばずという無念の思いが、ともかく切実なものだったことは疑いない。

中村光夫の『谷崎潤一郎論』は、その前の『風俗小説論』とともに、その無念の思いから出たような「日本文学奇形論」になっている。中村の考えでは、谷崎には知的青春というべきものが見つからず、「少年期から青年時代を経ずに、ぢかに大人になつてしまつたやうな畸形性が感じられ」るという。「成熟と幼年期」が直結しているような「異常な個性」による「比類のない芸術」

といった見方の論である。

谷崎潤一郎は、東京下町の庶民世界から出て、山の手の高等教育機関で「西洋」を学んで人となった。私は『青年期　谷崎潤一郎論』で、そのことを彼の「西洋体験」としてとらえるような書き方をした。江戸的な下町世界とははっきり異る体験があり、そこでの外国語の勉強は、谷崎にとって常に心をそそるものでありつづけた。当時の文系の学生の多くと同じく彼は語学にうち込み、英語をつうじて多くの情報を得、中年期に達してなお、多忙な執筆生活のなかで英語を読みつづけている。そして、みずから翻訳を手がけて発表もしている。

谷崎潤一郎は、明治三十年代にほぼ固まった「旧制」学校制度の第一世代の人である。中村光夫や福田恆存は第三世代ぐらいに当たる。同じ官立学校のシステムによって外国語をたたき込まれ、第一世代よりも西洋の情報が格段に増えるなかで学んでいる。彼らは先輩の「西洋体験」を、自分たちにくらべて初歩的なものと見るきらいがある。特に、江戸的な下町の「町人気質」にとって真の「西洋体験」はあり得るのかと疑うところがある。

だから福田は、谷崎は「西洋」とは無縁だと言い切っている。中村もまた、谷崎のような「町人」に真の青春はなく、その勉学の中身も疑わしく、谷崎は「西洋」の「外形」しか見ていないとあっさり断じているのである。

もうひとつ下の世代の論者には三島由紀夫がいる。三島は谷崎の死に際して、「谷崎朝時代の終焉」など多くの文章を書き、その後彼自身の死の直前に、きわめて独特な「金色の死」論を書き残している。

　三島は、谷崎が「感覚的といふよりは、むしろ思想的な作家であることは、私には昔から自明の事柄だつた」と明言し、「氏の生涯のやうに、文学者として思想的一貫性を持ち、決してその『発展』などに意をもちひず、言葉を、ただ徐々に深まる人間認識に沿うて深めてゆくことのできた、幸福な事例は、おそらく絶後であらう。」と述べ、芸術家の「思想」のかたちが「日本のへんぱな社会科学者流の批評家」には見えないのだといった。

　いまの引用の前半は「谷崎潤一郎氏を悼む」から、後半は「谷崎文学の世界」からだが、三島由紀夫は「谷崎潤一郎について」で、「谷崎潤一郎氏のやうな芸術的完成を完うした天才が、一つの綜合的教養人の相貌を帯びなかつたこと」を問題にしている。大教養人にして大芸術家というタイプが大正以後見られなくなったこと、谷崎は初期作品において「あらゆる知的教養に対する不信」を表明し、それが「氏の思想の中軸をなすもの」になり、結局彼は「他への批評では三流の批評家」にすぎなかったことを、近代日本に固有の問題だとしたらそれはなぜかと考えている。谷崎の「批評精神の薄弱」については、小林秀雄、中村光夫らの批評家の考えと同じだったように見える。

「谷崎文学の世界」で三島は、谷崎の「幸福な敗北の独創」を語り、なおこんなふうにいっている。「あへて忖度すれば、大多数の日本人が、敗戦を、日本の男が白人の男に敗れたと認識してガッカリしてゐるときに、この人一人は、日本の男が、巨大な乳房と巨大な尻を持つた白人の女に敗れた、といふ喜ばしい官能的構図を以て、敗戦を認識してゐたのではないかと思はれるふしがある。」

日本と「西洋」の関係を男女関係のアナロジーで考えた場合、特に敗戦後の現実のなかでは、日本を弱い女にし相手を強大な男にするのが自然なのに、それを逆にするとおのずから、ごくわかりやすい谷崎論になっていく。「あへて忖度すれば」と留保をつけた三島のそんな言い方は、たとえば磯田光一のような後輩に、もっと単純化されて引き継がれることになる。「痴人の愛」の新潮文庫解説で、磯田はいまあげた三島の文章を引用しながら、「痴人の愛」を文明批評として読む読み方を示している。明治以来日本人は「西洋という悪女」を崇拝してきたのだから、「『痴人の愛』は西洋化をめざして生きた近代の日本人にたいする、一種の戯画であり鎮魂歌とさえいえるのではないか。」という。

こんなふうに言いきると、一挙に通俗的になるので、いまの若者にもわかりやすいのか、大学生のレポートには、「西洋という悪女」に屈服する話だとあっさり説明したものが多くなる。「痴人の愛」は新潮文庫で読むのがふつうだからである。

「西洋という悪女」という磯田光一の考えは、直接三島由紀夫から来ているというより、もともと中村光夫のナオミ＝西洋という見方に由来するものであろう。「譲治にとつては西洋は完全にナオミに客体化され、彼は臓腑をすべて抜かれたやうに、彼女を崇拝してゐ」るが、「ナオミの浅薄さと卑しさは、結局作者が憧憬し、生活した『西洋』の浅薄さと卑俗さに帰着する」と中村はいう。谷崎の「西洋崇拝の頂点」で生み出された「生きた『西洋』」としてのナオミは、こともあろうに映画なんかに深入りした谷崎の、浅薄卑俗な「夢の結晶」にすぎないというわけである。

だが、これはむしろ、読むほうが作品に勝手な限界をもうけているようなもので、ナオミ＝西洋という読み方自体が、いわば作品を貧しくしているのである。批評家の自縄自縛の見やすい例だというほかない。

中村光夫の世代が理解しようとしなかった谷崎潤一郎と映画との関係は、近年興味をもつ人が増えているが、映画ばかりでなく「外国語」との関係からも谷崎を見ようとする論が出ている。フランス文学および映画論が専門の野崎歓氏の『谷崎潤一郎と異国の言語』（人文書院）である。もうひとつ、ほぼ同時に、比較文化・文学専攻の西原大輔氏の『谷崎潤一郎とオリエンタリズム　大正日本の中国幻想』（中央公論新社）が出たが、こちらは谷崎の中国との関係をくわしく検証し、彼の中国体験の意味を問うものである。

西洋体験にせよ中国体験にせよ、谷崎の場合、衣食住の身体的経験が大事で、そこをしっかり押さえて考えていく必要がある。総じてブッキッシュな大正文士たちのなかで、外国のものを着たり食べたり、西洋風中国風の家に住んだりすることに彼ほど本気で興味をもった人はいない。

たとえば中国料理の経験は、竹馬の友笹沼源之助の家が明治十六年創業の高級中華料理店「偕楽園」で、少年のころそこの料理をいろいろ食べたことに始まり、彼は生涯食べつづけて、料理の知識がじつにくわしかった。まず「食」のほうから外国を体験するというのは、いまではふつうのことになり、むしろそれが自然の道で、谷崎の体験を「感覚的」といっておとしめる人はもはやいないであろう。

野崎歓氏の論は、谷崎と外国語の関係を扱って、身体的経験のようなとらえ方になっている。谷崎大正期の諸作は、「実際にその言葉（外国語）を自らの舌に乗せ、自らの体をまるごとその言葉へとすり寄せていこうとする姿勢によって、きわめて貴重な『言語をめぐる冒険』を描き出している。」という。それらの小説の人物は、「外国語の魅惑に対する抵抗力の弱さによって特徴づけることのできる存在だ。」ともいう。

そんな考えで、この本は大正四年の「独探」から論を始めている。「独探」は、これまでだれもが無視してきたといっていい作品だが、作者自身フランス語を習うつもりで正体不明のオーストリアの青年とつきあったことが材料になっている。谷崎自身の外国語体験を、具体的にあけすけに語ったものである。外国語を西洋人と話したり聞いたりすることにまつわる「恥ずかしさ」の経験が語られる。オーラル・コミュニケーションの不能感に悩みながらつきあう話で、そんなことを好んであからさまにする作家は、当時もいまもめったにいるものではない。

中村光夫や福田恆存の世代にとって、おそらくこれは読んで恥ずかしい小説だったにちがいないが、中村は谷崎の「西洋崇拝」の「幼稚さ」を説明するためにとりあげている。この小説の谷崎の書き方は、マゾヒスト的に身を低くして「西洋」を仰ぎ見ようとするもので、その崇拝心理が誇張的だからである。

それに対し野崎氏は、「外国語の授業は、生徒および教師の身体にまつわる特異性を照らし出さずにいない。」という考えで、レッスンの関係のなまなましさに興味をもつ読み方をしている。外国語という「異物」に誘惑されることの恥ずかしさやみっともなさや滑稽さに無関心ではいられないというところから、まず「独探」を面白がって、一冊の論が始まっているのである。

かつて中村光夫がその「幼稚さ」を恥ずかしがった「独探」は、いまフランス語に訳されてプレイヤード叢書に収められている。日本の出版社のアンソロジーにはおそらく収録されたことがない作品である。野崎氏はフランスで「独探」の「なまなましい面白さ」を知り、「『外国語』との出会いと学習というモチーフ」で谷崎を論じてみたいと思ったと書いている。

2

西原大輔氏の『谷崎潤一郎とオリエンタリズム　大正日本の中国幻想』は、エドワード・サイード『オリエンタリズム』の考えに基き、大正期の谷崎文学の中国・インド幻想がどういう性質のものだったかをくわしく検証している。欧米をモデルにした近代化に成功しつつある日本の作家が、欧米の作家にならい、当時の中国やインドの後進性を「古代的で迷信的で非合理な」ものと見ることによって「幻想のオリエント」をつくり出していく事情が分析される。「ロティのような西洋人作家によって、オリエントとして表象されていた日本は、オリエンタリズムの『客体＝観られる側』に立っている。しかし大正時代に入ると、今度は『オリエンタリズムの主体』として、『観る側』にまわった。このような意味で、谷崎潤一郎の『印度趣味』や『支那趣味』は、日本の近代化や帝国としての領土拡張と、不可分な関係にある。インドや中国は、谷崎にとっての文学的フロンティアとなり、異国趣味文学の格好の素材を提供したのである。」

谷崎が主に英語の原書をつうじて当時の西洋人の「オリエンタリズム」を学んでいたことは、彼自身作品中に少なからぬ書名をあげていることからも明らかである。学生時代以来彼は熱心に英語で西洋を知ろうとし、好奇心を燃やして西洋人の考えをよくつかんだ。その学び方は、基本的に当時の高等教育によって定まったといえるが、そのうえに新帰朝者永井荷風の影響を強く受けた。西原氏はその点を強調し、特に「ふらんす物語」中の諸篇に見られるフランス文学経由の「オリエンタリズム」を谷崎が学んだことを、文章の比較によって明らかにしている。この場合は主に、中東、アフリカ、インドを対象とした「オリエンタリズム」である。

外国語の習得と「オリエンタリズム」の習得が重なったその体験は、すべて引っくるめて彼の西洋体験というべきものであった。荷風愛読も、おそらくその外国語体験と切り離すことができない。

野崎歓氏の『谷崎潤一郎と異国の言語』は、谷崎の外国語体験をはじめてまともに扱おうとしたものである。野崎氏は、谷崎の大正期の作品を、その「オリエンタリズム」的安易さにもかかわらず、いわばそれを攪乱するようにはたらく「言語をめぐる冒険」の相に目をつける読み方をしている。

おそらく、紋切型の「オリエンタリズム」の相と、手ごわい異物としての外国語にかかわる「冒険」の相とがあり、その後者に深入りしようとする読み方である。谷崎は「言語をめぐる冒険」をとおして西洋作家の「紋切型」を身につけていく。同時に、四年余の欧米体験をへて美しい「紋切型」を語るようになる永井荷風に刺激されるが、そちらは学校秀才の勉学の範囲に収まり得る単純明快かつ安定した世界である。一方、外国語の「冒険」そのものは、しばしば自己を揺るがし混乱させ変身させる、危険な、生身の体験になるにちがいない。

野崎氏は、「いわゆるマゾヒスト谷崎と言葉の学習のあいだに結ばれる絆の深さ」を見てとり、それをありありと示す作品としてまず「独探」をとりあげる。「独探」は、大正四年、人情本的江戸趣味の小説「お才と巳之介」の直後に書かれている。その二作は、まったく性質が異っている。「お才と巳之介」は、江戸文化の紋切型にぴったりはまった物語である。

「お艶殺し」とともに一般受けのした「お才と巳之介」を、谷崎はみずから「悪小説」と呼んだ。書きあげたあと、自己嫌悪の思いが残ったらしい。江戸文化の紋切型に対する彼の羞恥心にはきわめて独特なものがある。自作に対する嫌悪感から、性質がまるで違う「独探」が書かれたとも考えられる。「お才と巳之介」は、江戸的常套句《クリシエ》の世界がきれいに出来あがっているのに対し、現代ものの「独探」は、小説というよりあけすけな体験記として自由に語られ、つくるというより崩していき、かたちを整えようともしていない。

「独探」でのっけから語られるのは、語り手の「私」が英語がしゃべれないという悩みについてである。日本の選良教育を受けてむつかしい本でも十分に読めるのに話せない。「自分が先天的に外国語を話す才能を欠いて居て、西洋人に接近する資格のない人間」だと思わざるを得ない。その思い方がまず独特である。そんなふうに悩む「私」がフランス語を習おうと思い立ち、ようやくある墺太利《オーストリア》人に接近する機会を得る。その男との奇妙なつきあいが語られるが、単に外国人とつきあう話なら、正面切って会話ができない悩みを説明しなくてもすむのに、まずその説明に熱が入るのである。

語り手ははじめにそこにこだわっておいて、そのうえで独特の「西洋崇拝」心理を語りはじめる。それから、かなり問題のある「不良外人」的な相手をリアルに描き、コミュニケーションの不全から日本人も西洋人も道化のようにならざるを得ない喜劇的な関係を語っていく。

この小説で問題にされがちなのは、語り手の「私」の「西洋崇拝」の語り方である。「私」は墺太利人G氏と浅草へ活動写真を見にいき、「欧羅巴の風俗に関するG氏の説明を聞きながら、西洋物の写真を見るのが何より好きにな」る。映画のなかのヨーロッパに魂を奪われてしまう。

フイルムの上へまざまざと現れて来る端整《たんせい》な花のやうな市街の光景や、その街上の荘麗な家屋に棲息《せいそく》する婦人達の、崇高なる容貌と燦爛たる服装や、さう云ふものを眺めて居ると、私は自分の魂が遠い夢の世界へ運ばれて行くやうに思つた。而《しか》もフイルムの上に現れた夢の世界は其の実夢でも何でもない。龍宮城や極楽のやうな架空の楼廓《ろうくわく》では断じてない。遥かな洋《うみ》の向うの、此のフイルムが現像される欧州の国土へ行けば、夢の世界は立派な現実の光景と化して展開されて居るのである。龍宮よりも更に立派な、極楽よりも更に楽しい世界が其処に存在して居るのである。映画の中に浮かび出た、さながら此の世の物としも想はれない貴い建築や天女の群が、実際其処の空に聳え、そこに動いて居るのである。（略）同じ地球の表面に生を受けながら、自分はどうして斯くも彼等から隔《へだゝ》つた辺陬《へんすう》の地に、醜い矮小《わいせう》な体軀を持つ人間として出て来たのであらう。此の国の貴族として生きるよりは、まだしも彼の国の奴隷として育つ方がどのくらゐ幸福であらう。

実際にヨーロッパを経験した夏目漱石や永井荷風も、じつは似たような言い方をしている。漱石はパリのグラン・ブールヴァールに驚いて、「夏夜ノ銀座ノ景色ヲ五十倍クラヰ立派ニシタモノ」だといい、またロンドンでクリスマスのパントマイム劇を見て「真ニ天上ノ有様極楽ノ模様モシクハ画《エガ》ケル龍宮ヲ十倍バカリ立派ニシタルガゴトシ。」といっている。永井荷風は、「現実に見たフランスは見ざる時のフランスよりも更に美しく更に優しかつた。嗚呼《あゝ》わが仏蘭西。自分はどうかして佛蘭西の地を踏みたいばかりに此れまで生きてゐたのである。」と書いた。

ヨーロッパを知らない谷崎潤一郎の語り方は、単にそれらをもう一段誇張したようなものになっている。だが、谷崎の誇張には理由がある。それは「彼の国の奴隷として」崇拝できるような未知の西洋をつくり出すためである。外国語がしゃべれないという「先天的」欠陥を誇張するのもまた同じことだ。野崎氏はこう説明している。「外国語会話について『先天的』不適応の烙印を自らに捺す小説家は好んで『Masochisten』的ポジションに身を置こうとし、その半ば捏造された不具性をてこに西洋崇拝を燃え上がらせる。」それは谷崎が喜んで演じてくれる「〈外国語〉をめぐる悲喜劇」というものであろう。

墺太利人G氏に会話を習うときも、一緒に映画を見るときも、好んでマゾヒストふうの心理を働かせ、それを誇張して語る小説家「タニザキさん」がいるのである。「独探」には「私」が軽井沢で「十人ばかりの若々しい、金髪碧眼の白皙《はくせき》な婦人の一団に包囲され」たときのことが出てくる。掲示板で第一次世界大戦の戦況報告を読もうとする女たちに囲まれてしまう場面である。

むつくりと健康らしい筋肉の張り切つた、ゆたかに浄《きよ》らかな乳房のあたりへぴつたり纏《まつ》はつて居る派手な羅衣《うすもの》の夏服の下から、貴く美しい婦人たちの胸の喘《あへ》ぎの迫るやうなのを聞いた時、私は遠い異境の花園に迷ひ入つて、刺戟の強い、奇《く》しく怪しい Exotic perfume に魂が浸《ひた》されて行くのを感じた。私は名状しがたい、云はゞ命が吸ひ尽され掻き消されてしまひさうな不安に襲はれて、あわてゝ婦人たちを掻きのけながら包囲の外へ飛び出した。丁度一匹の野蛮な獣が人間に取り巻かれた時のやうな、又は無智な人間が神々に囲繞《ゐぜう》された時のやうな、恐ろしさと心細さが突然私を捕へたのであつた。

これが谷崎潤一郎の軽井沢体験である。谷崎が軽井沢のことを語った文章はほかにないが、軽井沢を書いた作家はたくさんいても、こんなふうに書くのは谷崎だけだ。体格のいい西洋人女性が神々のように迫るとき、「命が吸ひ尽され掻き消されてしまひさうな不安に襲はれ」る。実際に西洋へ行っていれば、かえってこうは書けなかったであろうが、ここでは不安、恐ろしさ、心細さといったことばにとどめて、それを何らかの異常な「喜び」へ発展させるというようなことはしていない。

谷崎はそんな経験をした軽井沢を、おそらくその後一度も再訪しなかった。その経験は、「独探」のなかでは、“Russian Bar”のロシア女との場面に発展させられている。

野崎氏はこの文章のなかの“Exotic perfume”という英語を、ボードレールの詩「異邦の香り」の英訳タイトルを借りたものと見、「ボードレールのオリエンタリズムを、極東の作家が西洋の女性に向けて応用している」というが、おもしろい発見である。「オリエンタリズムは交換されうるし、西側と東側双方のファンタスムは互いに互いを相対化しうる。」同じことが、西原氏の本では「オクシデンタリズムとも呼ぶべき反作用」ということばで説明されている。

谷崎の「西洋崇拝」が作中露骨に語られるようになるのは、「饒太郎」「金色の死」「独探」のころからである。それらの作品中に「西洋へ行きたい」という思いが直接表明され、熱に浮かされたようにもなり、日本の現状への不満を昂じさせる。外国語をめぐる葛藤が正直に明かされもする。

その後もっと落着いてから、女性崇拝の意味の「フェミニズム」とともに、「西洋崇拝」ということばは、彼の思想の大事なイディオムのようなものになっていく。そのイディオムは、昭和期に至るまで、十分有効につかわれていくのである。

「独探」でおもしろいのは、墺太利人G氏が、次第に化けの皮がはがれるように、いやしく貧しげに、浮浪人のようになっていくさまが、きわめてリアルに描かれるところである。「西洋崇拝」の大看板とは別に、西洋人に接して見えてくる卑近な細部があからさまにされるところである。

それから、“Russian Bar”の場面がまた興味深い。

「私」は友人二人を誘い、「露西亜生れの魔性《ましやう》の女」を求めて銀座裏のバアへ乗りこむ。「私」は白人女の「肉感的な嬌態《けうたい》」に応じて「夢中になつて戯《たはむ》れ」る。「自分の膝の上で暴れ廻つた偉大な臀《しり》、首つたまへかじり着いた強い腕力《わんりよく》、鳥の嘴《くちばし》のやうに細々とした精悍な両脛《りやうはぎ》、傲岸《がうがん》にしてvoluptuousな胸部の筋肉の表情、凡べてのものが私の頭を一種の“spell”の下《もと》に囚《とら》へた。」

ところが、谷崎の竹馬の友笹沼源之助を思わせる友人浅川は、そんな「私」を「苦々しさうに眺めて」「おいもう帰らうぢやないか。なんだ馬鹿々々しい。僕は不愉快でたまらなくなつた。」という。それに対して、「私」は親友をこんなふうに見る。

「……浅川の瞳《ひとみ》の奥には、不思議な異国の情調に対して圧迫された恐怖の色が、充ち溢れて居た。柳橋や新橋辺の茶座敷に、人形のやうな女を相手に遊び馴れて居る彼としては、尤《もつと》もなことだと私は思つた。私は彼の狼狽《らうばい》した上品ぶつた態度の中に、『獣《けだもの》』に対する『人間』のつまらなさを認めることが出来た。人間――殊に日本人の小さな不正直が、彼の動作に具体化されて居るやうに感じた。」

ここには当時の谷崎の思いがよく出ている。上等な花柳界の「人形のやうな女」に対する反感、西洋的「獣《けだもの》」に対する日本的「人間」のあきたりなさ、江戸文化に養われた上品な「動作」のいつわりの感じ、といった彼の受けとめ方が、「口を揃へて私の酔興《すゐきよう》を攻撃」する友人たちには決して通じないものとして語られている。それは大正初年の日本の現実に対する彼の不満の思いでもあった。

友人浅川は、「あんな女を相手にして洋行した気分になつて居れば安直でいゝさ。」という。もう一人の友人も、「あれが面白いのは君ぐらゐだらう。」という。友人たちの皮肉なことばがよく利いているのだが、前述の中村光夫『谷崎潤一郎論』の批判があらかじめ書きこまれているような一節である。中村光夫の辛辣さも、明治のふつうの常識人の皮肉の範囲を出ないもののように見えるにちがいない。

さて、ロシア女の話はなおもつづく。友人たちの批判もものかは、「私」は今度はひとりでそのバアへ行く。そしてごく冷淡なあしらいを受ける。日本人を軽侮する心が露骨に感じられる。「私」はそれにもめげずに、西洋人のG氏が行けばどういう待遇になるか知ろうとし、三度目にはG氏を連れていく。ロシア女たちは「オオ！　ユウロオピアン！」と大喜びする。ヨーロッパに対するロシアの憧れが、胡散臭い浮浪人のようなG氏を前にあふれ出すのである。G氏はドイツ語でウィーンの「町景色」の話などをして聞かせる。それを、ロシア女より「私」のほうが、「何か外国の小説の舒景文《じょけいぶん》でも読むやうな心地で」聞くことになる。

第一次世界大戦の敵国人であるG氏は、結局スパイとして国外へ追放されることになるのだが、「独探」はそんな男とふたりで女遊びをする話にもなっているので、「私」は西洋への好奇心から戦時に危険なつきあいをしたことになるであろう。が、この作品の最後のところでもっぱら語られるのは、西洋人の前で変貌する日本女性の不思議な姿についてである。

淫売のような女たちが、しばしばG氏に接近してくる。そして、G氏の前で大胆に解放され、日本人相手では考えられないような「物好きと露骨」を発揮する。そのことを知ると、「私」は変貌した日本の女に「エキゾテイツクな感」をおぼえるようになる。それが「一つの新発見」といったものになる。

「私」も同様に解放されて、日本の現実を再発見したいのである。いわば西洋人のG氏になり代わって、よしんば淫売であろうとしろうと娘のように見、そんな女たちが仕組む「不思議な芝居」

に巻きこまれたいと思うようになるのである。「G氏は幸ひに西洋人であつたが為めに、彼等の仕組んだ芝居の役者――色男役に見立てられたのである。私に対しては容易に開かれない公園の夜の秘密が、彼には無雑作に開かれたのである。」

浅草公園の夜に「日本の女の珍らしさ不思議さ」が秘められていて、西洋人のエキゾティシズムがそれを引き出すのだということになろう。G氏にしてみれば、ロシア女の「獣」のような「嬌態」より、おとなしげな日本の淫売たちによって、はるかにエロティックなものを享楽できていたのかもしれない。そして「私」もまた、ちょうど西洋から帰った人のような目で、日本の女の「秘密」を享楽したいと思うのである。

3

谷崎潤一郎は「独探」の三年後、大正七年にはじめて海外へ旅をする。朝鮮半島から満州をへて北京から漢口、南京、蘇州、上海、杭州をめぐる中国大陸の大旅行である。彼は自費のひとり旅をあえてし、二カ月をかけている。後年の随筆「東京をおもふ」によれば、西洋へ行きたいのに行けず、その「満たされぬ異国趣味を纔《わず》かに慰めるため」の旅であった。

谷崎の印象では、中国は前近代の「お伽噺の国」であるとともに、「映画で見る西洋のそれに劣らない上海や天津のやうな近代都市」をもち、「此の二つが相犯すことなく両立してゐ」る国だったが、彼はその東洋的前近代と西洋的近代のどちらにも強く惹かれる。が、大正半ばの日本はすでに前近代の魅力をほぼ失い、近代化はいまだ途上にあって、植民地都市に見た「西洋」を国内にかかえもっているわけでもない。「で、旅行から帰つて来た私は、日本を厭はしく思ふと共に、熱心な支那好きになり、更に熱心な西洋好きになつた。」のである。

「東京をおもふ」では、その後「西洋嫌ひ」になったという谷崎が昭和九年の時点からふり返り、過去の自分をやや戯画化して語っている。「私の生活様式は、衣も、食も、住も、ひたすら西洋人の真似をして、及ばざらんことを恐れるやうになつて行つた」というふうに。

「衣服は裁縫の上手な洋服屋を捜して、これも西洋の映画で仕込まれた智識に依つてモーニングからタキシードまで一と通り揃へ、ネクタイの蒐集までして、先づ外見はハイカラな紳士が出来上るが、その恰好で何処へ押し出すと云ふアテもない。」当時の東京には洋式の社交場はなきに等しかったが、せっかくの服を持ち腐れにしないために、「モーニングや背広を着込んで、ステツキを振り振り銀座や浅草をそゞろ歩く」ことになったという。

こんな書き方は、「痴人の愛」の譲治とナオミの書き方としてすでに馴染みのものだといえる。谷崎は小説の人物と同じように自身をも戯画化しているが、そのことばを真に受けて谷崎の西洋理解の浅薄さをいうのが、中村光夫以来の通例となってきた。その見方は、日本人の論者だけでなく、西洋人研究者のなかにも見られるものだ。

その点をもっとよく考えるためには、たとえば「西洋崇拝」とか「西洋嫌い」といったことばを、谷崎独特の観念語として、彼の思想を支える独特の概念として、まともに受け止めることがまず必要ではないかと思う。

そんな「概念」が活用されている小説があるので、少しくわしく見てみたい。「痴人の愛」完成直後といっていい時期に書かれた長篇小説「友田と松永の話」である。

大和の柳生村の旧家のあととり息子が、結婚後も「歓楽を趁《お》ふ夢ばかり見て」、結局妻子を置いて東京へ出、横浜で白人女と遊び、あげくにパリまで行ってしまう。彼松永儀助は戦国時代の松永久秀の子孫だが、「面白い国があつたら日本へなんか帰らずともいゝ」と思いつめる。そして、パリで享楽しながら日本のすべてを忘れ去ろうとする。

「君も知つてゐる通り、今日の僕は日本人でありながら殆ど西洋人の生活をしてゐる。大体僕の生活と云へば酒と女に対する趣味が全部を占めてゐるやうなもんだが、日本の酒や日本の女は大嫌ひだ。一から十まで極端な西洋崇拝だ。今考へると僕が斯う云ふ傾向を持つやうになつたのは、そんな田舎の旧家に育つて、古い習慣に圧迫された反動もあるだらう。それから一二度、東京時代に或る悪友の紹介で横浜へ行き、日本人にはめつたに這入れない奇怪な夢の国、――白人の歓楽境を覗いたせゐもあるだらう。兎に角僕はその時分から凡べての東洋趣味を呪つた。ちやうど柳生村のあの家の中が薄暗いやうに、東洋の趣味は皆薄暗い。雅致だの風流だのと云ふのは、天真爛漫の反対のものだ。（略）僕はさう思つて東洋趣味を軽蔑した。東洋人の黄色い顔に不快を感じた。僕の唯一の悲しみは自分もその顔の持主であると云ふことだつた。僕は鏡を見るたびに、黄色い国に生れたことの不幸を感じた。黄色い国に居れば居るほど、自分の顔が一層黄色くなるやうな気がした。僕の願ひは一刻も早く、此の生ぬるい、気が滅入るやうな薄暗い国を飛び出して、西洋へ逃げて行くことだつた。そこにはイキだのさびだのと云ふイヂケた趣味でなく、声高らかに歓楽を唄ふ音楽がある。露骨にすれば露骨にする程なほ美しい肉体がある。そこにあるものは余情の反対、含蓄の反対、強い色彩、毒々しい刺戟、舌の爛れるアルコール、——十のものなら十二分にも味はふと云ふ積極的の享楽主義、飽くことを知らぬ陶酔の世界だ。僕はさう云ふ西洋の生粋の地として、巴里を目指した訳だつたのだ。」

谷崎の大正期の多くの作品で「善」と「悪」が対立させられていたように、ここでは「東洋」(日本)と「西洋」、「黄色い国」と「白い国」が観念的に対置させられている。そのうえで、主人公を日本の現実から遊離させる「未知の世界」の魅惑が強調される。

「……正直に云ふが僕はあの当時、到る処の港々でその土地に住む女に惚れた。いつそ巴里なんか止めてしまつて、此の女の傍で暮らしてやらうかと、何処でもさう思つたくらゐだつた。が、さてその次の港へ着くと、より新しい未知の世界が僕を迎へる。日本から遠くなればなるほど、一歩々々に僕の惑溺《わくでき》は深くなり、陶酔は強くなる。かうして僕のデカダン生活は巴里へ着いて絶頂に達した。——」

対置された「東洋」と「西洋」のあいだで、松永儀助は「酒と女に対する趣味」における「西洋崇拝」を募らせるが、彼にとっていわば「新しい未知の世界」のどんづまりにパリがあることになる。歓楽の極みの頽廃世界が待ち受けている。彼にとっての「西洋」は、その意味における究極の場所であり、日本の現実とは対極をなす別世界なのである。

それは次のように、観念的な理想境として語られる。歓楽の都としてのパリのイメージは、永井荷風の「ふらんす物語」以来谷崎の頭につくられていったものと思われるが、それを誇張した説明が、谷崎のオリエンタリズムならぬオクシデンタリズムをはっきり示すものになっている。

「東洋人の慎しやかな頭では殆ど想像することの出来ない絢爛なもの、放埒なもの、病的なもの、畸形なもの、――あらゆる手段と種類とを尽した、目の眩《くる》めくやうな色欲の渦巻、――僕の見た巴里は、全く僕が此の世に有り得ない淫楽の国として、纔《わづか》に夢に見てゐたところのそれであつた。僕は勿論身も魂も捨てる積りでその渦巻に巻き込まれた。享楽主義者が享楽のために斃《たふ》れることは覚悟の前だ。酒の毒、煙草の毒、美食の毒、女の毒、――それらの毒に五体が痺れて死んでしまふなら、寧ろ自分の願ふところだ。僕は歓楽に浸る度毎に、此れがいよ〳〵最後ではないかと云ふやうな気がした。今日は死ぬか、明日は死ぬかと思ひながら遊んだ。その『死の予覚』は僕を臆病にさせないで、却つて勇敢に奈落の底へ突進させた。『死』

を思ふが故に酒も女も一層深刻に僕を魅惑した。―――」

この話で面白いのは、そんな松永儀助が奇妙な体質をもっていて、「東洋」と「西洋」のあいだを、精神的のみならず肉体的生理的に往き来するようになるというところである。つまり、彼の体は環境次第で別人のように変化するのである。海外へ出た彼はまず、「精神的にも肉体的にも、全く『西洋』に同化してしま」う。「体質迄もガラリと変つて」、十一貫だった体が太って二十貫を超し、色も白くなり、旧知の日本人が彼とわからないほどの変身をとげる。単に「変つたと云ふよりも知らない間に、一人の別な人間になつて」しまっている。それは「自分がそのまゝ他人に化けてしまつた」ように、あるいは違う人格が「取り憑」いてしまったように、「日本人だか、伊太利人だか、西班牙人だか、人種も国籍も分らない」ようなひとりの男が生まれ出たということであった。

そうなってからの彼は名前を変え、友田銀蔵と名のるようになるが、そこから日本時代をふり返ると、それは「自分の過去の経験ではなく、或る東方の未開の人種の生活のやうに思」われる。ところが、四年ほどたつと、とつぜん目まいが始まり、「死の恐怖」に襲われて、西洋女の白い肌が恐ろしくなり、刺激の強いものはすべて受けつけなくなる。彼の「体質」が再び変わり始めるのである。体は衰え、やせ細っていく。

もとの体に戻った彼を誘惑するのは、日本の薄暗い伝統世界である。女にしても白い肌より黄色い肌のほうが「甘み」があって、「真に自分を心の底から労つてくれるやう」に思える。「見るもの聞くもの悉くが東洋趣味と比較されて、西洋の方は唯ケバケバしく、派手で薄ツぺらのやうに思へ」てくる。彼はやがて「西洋」からはじき出されるようにして日本へ帰ってくる。

「友田と松永の話」はほぼ四年ごとにそんなことをくり返す男の話で、定期的に人格が入れ替わる二重人格物語になっている。戦国時代の武将の家のあととり息子松永儀助と、伝統的な日本を捨てて近代世界の国際場裡に遊興の快楽を求める友田銀蔵との、ひとり二役の物語である。「東洋」と「西洋」を両極化して、そのあいだを往復する分裂的なあり方を、はっきりした図柄で示す書き方である。この時期の谷崎の二元論的思想が、どぎついような絵になっているのである。

主人公はその後、白人女性を売買する商売を始め、パリではなく上海と横浜を往復するようになる。つまり、往復自体が日本に近くなり、やがて彼は往復もやめて大和柳生村の伝統世界へ帰り着くことになるのかもしれない。その問題がもっと複雑微妙に扱われることになるのが昭和三年の「蓼喰ふ虫」である。

「友田と松永の話」の主人公が、海外へ出て別人のようになるのは、当時の作者自身の願望をあらわすものでもあったであろう。徹底的に外国語を勉強し、衣食住も外国のものに変えてしまえば、もうひとりの、別の自分が生まれることを期待できるかもしれない。それを熱望するということがあるかもしれない。谷崎が「西洋かぶれ」を徹底させようとしたころの思いには、もうひとりの自分を求める強い気持ちがあったはずだ。旅によって、古い自分から抜け出そうとする思いに駆られるところがあったのだ。そこが、谷崎と同時代に似た経験をした芥川龍之介や佐藤春夫と違って見えるところである。たとえば中国旅行の体験が、谷崎と芥川、佐藤とではまるで違っている。

主人公が妻子と日本を捨て、外国へ逃亡して別人のように生きたあと、やせ衰えて帰国する話が、「友田と松永の話」のほかにもうひとつある。大正十年の短篇「鶴唳」である。書き方に作者自身を戯画化する趣きがあるのも同じである。「鶴唳」の外国は中国で、中国は作者のオリエンタリズムによって「絵のやうな国」として理想化されている。

主人公靖之助は、「日本は詰まらない、日本の国に居たくない。」「自分は支那の文明と伝統の中で生き、そこで死にたい。」「自分の寂寞と憂鬱とは支那でなければ慰められない。」といって中国へ渡ってしまう。彼は六、七年間中国人のように暮らしたあと、金が尽きて帰国するが、帰国後も「支那人でもないのに、支那語を使つて、支那服を着て居る。」しかも「己は一生日本語は話さない。」と宣言する。そして、中国から連れ帰った若い女と一匹の鶴とともに、妻子から離れ中国風の楼閣にこもって暮らすのである。日本が恋しくなった「日本回帰」ではないところが「友田と松永の話」とは違っている。

前出の野崎歓『谷崎潤一郎と異国の言語』は、「鶴唳」の物語を、「反日本語の夢」（傍点著者）「自らが異なる言語によって侵され切ることを望む想像力のあり方」といった観点から説明している。「エキゾティシズムの栄光と悲惨」の物語だという。その意味では、「鶴唳」と「友田と松永の話」は瓜二つなのである。

ただ、制作年が大正十年と大正十五年であることから違いが生じているともいえる。「友田と松永の話」は大正十五年一月の二度目の中国旅行（上海のみ）と同時に連載が始まっていて、おそらく前年の後半にまとめて書かれたものらしい。海の外へ向けられた過激なエキゾティシズムは、以後次第に弱まっていくが、今度は国内の関西の地へあらたなエキゾティシズムの目が向けられるようになるのである。

その「友田と松永の話」では、主人公がパリを経験したあと、上海と日本を往復するようになり、やがて横浜に落着き、神戸へ移り、そして最後に大和の柳生村へ回帰していくことが暗示されている。柳生村に至る大和路は、「武陵桃源」をほうふつとさせる「平和の村」である。理想境の絵のなかへふと入りこんだような眺めである。そこにある「旧幕時代のまゝの豪農の構へ」の家へ、主人公松永儀助は少しずつ距離を縮めながら帰っていく。

中国の伝統社会の魅力は、日本の関西の地にも同じように存在する。前近代の「お伽噺の国」は、朝鮮も含む東アジア諸国にいまなお共通して在る。その発見によって谷崎は、移住先の関西をエキゾティシズムの対象にすることができるようになり、東京人の関西嫌いを克服していくことになる。要するに、中国に見た「永遠の伝統社会」といったものの幻を関西にも見出していくのだが、同時に谷崎自身のなかの中国、つまり彼の教養と趣味の基礎をなす「支那趣味」を、あらためて意識させられることにもなるのである。

その時期の谷崎の西洋観は、「饒舌録」によると、「人類の進歩に寄与するところが多い」「積極的な」「赤裸々な」「物質文明」といった見方である。谷崎は西洋文明の力を認めたうえで、「消極的な東洋の文化が積極的な西洋の文化の侵略を受ければ、(略)固有のものは何一つ残らなくなりはしないか。」「西洋に打ち勝つことは出来ない迄も、少くとも東洋は東洋だけの文化を発達させなければ、東洋人は生きて行かれないと云ふ気持を、近頃特に痛切に感じる。」と、珍しく突きつめた調子でいっている。これはおそらく中国体験をつうじて強められた思いだったのにちがいない。

ただ、西洋の物質文明を批判して東洋人が「空威張り」したり「負け惜しみ」をいったりしても何にもならない。「物質文明を排斥する結果自分の国が亡ぼされてしま」うのでは困る。「如何にして今の百般の社会組織と古いく〳〵伝統とを調和させることが出来るか」が問題で、それがうまくやれなければ「東洋は精神的に西洋の植民地となつてしまふ。」あくまで東洋主義に執着すればいずれは亡ぼされてしまうし、西洋主義に同化しようとすれば「猿の境涯に甘んじることになる。」その二つの岐路に立たされた東洋人は「呪はれたる運命を荷《にな》つてゐると云はなければならない」。これが二度目の中国旅行のあとの谷崎の考えであった。

「饒舌録」のなかの「東洋主義」に関する部分で強く印象に残るのは、谷崎らの世代までの教養を支えた中国文化の力が、彼を「西洋かぶれ」にさせる力と内的に拮抗させられている点である。古い中国と新しい西洋の関係が、あらためて彼の内部に浮かびあがり、リアルに生きてくるところである。もっとあとの世代の中村光夫や福田恆存らにはもはや見られなくなる葛藤が、まだ十分になまなましい。明治以来、ほんとうの意味で東洋と西洋を折衷させ調和させようとした人々の最後にこの時期の谷崎がいる、という思いを禁じ得ない。

一般に、文化的中心と周縁地域との関係は、近代ヨーロッパとロシアやアメリカとの関係、あるいは中南米との関係を考えても、文学的に複雑な表現を生んで興味深いものだが、同様に、文化的中心との関係を語りつづけて独特な思想を感じさせる作家が谷崎潤一郎だと言えるのではないだろうか。

ここで、昭和八年の「陰翳礼讃」の書き方をも見ておきたい。「陰翳礼讃」は、まずはじめに文明論的に東西の近代化を比較して、「我等が西洋人に比べてどのくらゐ損をしてゐるか」を具体的に語り、そこから本題の「陰翳」の文化の話になる。白人の美意識に対し、黄色い肌の東洋人の美意識がどういうものになるかがくわしく語られるが、それは東洋というより日本の、日本というより京都の文化の話になってくる。ただ、基本的に、東洋と西洋を両極化した図式が踏まえてあるのは「友田と松永の話」の場合と同じである。

ポール・マッカーシー「谷崎文学における他者としての西洋」(中央公論社刊『谷崎潤一郎国際シンポジウム』所収)は、主に「友田と松永の話」と「陰翳礼讃」の関係を論じている。マッカーシーは、前者の大和柳生村についての記述が、のちに「陰翳礼讃」で詳細かつ詩的に描写されることになる日本美の習作的素描になっていること、しかもまったく同じものが「わずかに言葉を換えただけでひどくけなされている」こと、それが「陰翳礼讃」とのあいだで「すべてのものを逆に映し出す鏡」を介したように価値の反転の関係になっていることを指摘している。また、谷崎の描く西洋が、常に日本の伝統的日常世界と「対峙するものとして設定されてい」て、「それ自体が重要なのではなく、それと登場人物との相互作用が重要なのであ」り、西洋の描き方が偏頗だという批判は、谷崎の描く女性の「意味と価値」に関する批判と似たところがあるといっている。

伝統的日常世界から飛び出して行く先の、対極的な場所としての西洋が、政治経済はもちろん、知的精神的側面をも切り捨てて抽象化されているようなのは「友田と松永の話」だけではない。「陰翳礼讃」のなかの西洋もまた、精神的なものの厚みは除かれ、闇や薄暗がりはないものとして、古い日本とは対極的なピカピカ光る平板な世界とみなされている。少なくともそのように設定されている。

「寡聞な私は、彼等に蔭を喜ぶ性癖があることを知らない。」ともいっているが、実際に西洋人がしばしば薄暗い灯を好み、ごく暗いところで本を読む視力をもっている、といったことを知らなかったとしても、彼がよく知っていた世紀末象徴主義絵画の暗さなど、文化的宗教的世界にまつわる闇を切り捨てているのは、近代だけに限って考えても奇妙なことかもしれない。それに、パリから帰った武林無想庵が東京や大阪の照明が明るすぎると感じた話が最後に紹介してあり、論として見ると一貫していない。一見矛盾して見えるが、谷崎はもちろん、当時の日本の大都市の現実がすでに彼の主張を否定していることを知っていたのである。

そんなところからも、「陰翳礼讃」が、そのころの谷崎自身の問題をていねいに語ろうとしたものだということがわかるはずだ。それまで彼が愛してきた西洋、というよりアメリカの、明るいモダニズム世界を一方におき、それとは対極化された伝統的東洋の薄暗がりと、あらたに向きあおうとする心が探られているのである。

谷崎の頭は、対極的な二点を往き来する小説の主人公のように働いている。ここに至って彼の愛は、アメリカ的西洋から東洋へとはっきり向きを変えるが、「陰翳礼讃」の語りが「われら」「われ〳〵」といった主語を多用していることから、単純な日本文化礼讃論のように誤って読まれることがあるかもしれない。一方的に自国の文化を称揚したもののように受けとられることがあり得るであろう。

だが、谷崎の心がどこへ向けられているか、よく見なければならない。「陰翳礼讃」の読みどころをなしているのは、京都の料理屋「わらんじや」の話にはじまる部分で、そこは主に京都の文化について語られていることがわかる。古い京都に対する谷崎のあらたな思いが、その心の没入のさまが、くわしく描き出されている。

だから、「陰翳礼讃」は伝統的京文化を礼讃しているが、その語り手は明らかに京文化の外に立っている。外から京都と関わろうとして、礼讃の辞を述べ、京都を相手にたっぷりと夢想を拡げている。

つまり、谷崎はひとりのよそ者として、伝統的京文化への夢をめんめんと語っているのである。これ以上ないほどこまやかにとらえられた細部と、そのみごとな詩的表現が、彼の心の襞を目に見せてくれるようだ。ほんの一例だが、たとえば、「諸君は又さう云ふ大きな建物の、奥の奥の部屋へ行くと、もう全く外の光りが届かなくなつた暗がりの中にある金襖や金屏風が、幾間を隔てた遠い〳〵庭の明りの穂先を捉へて、ぼうつと夢のやうに照り返してゐるのを見たことはないか。」とか、「古人は女の紅い唇をわざと青黒く塗りつぶして、それに螺鈿を鏤めたのだ。豊艶な顔から一切の血の気を奪つたのだ。私は、蘭燈のゆらめく蔭で若い女があの鬼火のやうな青い唇の間からとき〴〵黒漆色の歯を光らせてほゝ笑んでゐるさまを思ふと、それ以上の白い顔を考へることが出来ない。」とか、どの一節をとってみても、古い京都の陰翳世界への夢が、力のこもった濃密な表現になっているのがわかる。

とはいえ、生涯にわたって必ずしも京都人を好まなかった谷崎と京都との関係は、決して単純なものではない。当時の彼の生活の場は阪神間にあり、生活環境はむしろ西洋風に明るかった。彼は伝統的な古い家に住むこともなかった。岡本時代には洋式の電気風呂を彼専用にしつらえて愛用していた。「蓼喰ふ虫」の老人の、京都鹿ケ谷の家の古臭い風呂とは大違いだった。食べものは、中華料理でも西洋料理でも何でも食べ、日本料理は「見るものである以上に瞑想するものであると云はう。」といいながら、食い魔の彼の実際の食べ方は「瞑想」どころではなかった。

この「瞑想」ということばは何度も使われているが、これは明らかに英語の訳語で、京都の外の明るい近代世界から古い京都へ向けられた谷崎の夢が、あたかも外国人が語るように、英語で語られているのだともいえるのである。

4

近代日本の日常的現実に対して、その対極世界としての西洋を、大正期の谷崎潤一郎はきわめてはっきりと憧れや崇拝の対象として語った。当時でもなかなか見られなかった大胆な対極化で、その観念性が独特の「思想」を感じさせるものだったといえる。

ところで、谷崎のそんな思想を無思想として批判した中村光夫がまた、彼の留学先のフランスに対する「憧れ」を彼なりにまっすぐに語る青春をもっていた。谷崎の二世代ほどあとの、第二次世界大戦がヨーロッパで始まる直前の時代の青春である。

中村の仕事には、昭和十三年から十四年にかけての留学の記録「戦争まで」や、その三十余年後に同じ経験をフィクション化した長篇小説「平和の死」などがある。後者は、「カーキ色に塗りつぶされた国から脱出して、自由の祖国に永住することを夢見」てフランス生活を始めたインテリ青年が主人公になっている。彼はかつて「パリへの憧れが生きる目標であつた」が、それを実現した「かけがへのない生の頂点」が、戦争によって断ち切られようとするとき、恋愛問題がからんでほとんど日本を捨ててもいいと思うまでになる。

長大な滞在記「戦争まで」を読むと、二十代の中村光夫がフランス政府の給費による留学をいかに喜び、その貴重な体験をいかに大事に記録しようとしたかがわかる。昭和十四年九月一日、ドイツ軍のポーランド侵入により第二次大戦が勃発して帰国させられるまでの一年間のフランス滞在だったが、「この戦争前のフランスに一年でも暮せたのは非常な幸運だつたと思」うと彼はくり返し書いている。特にこの本の後半は、戦争によってもはや返らぬものとなったフランス生活を愛惜して、必要以上にくわしく語ったものになっている。めんめんたる筆致だといってもいいほどである。

中村はまず、パリ到着後半年あまりの時点で、西洋文明に触れて目をまわしたような自分の姿を素直に報告することから始める。留学生仲間と車でイタリアへ旅をすることがあったが、イタリアではルネッサンスの絵画を「無我夢中で見てまは」り、それらの絵の世界が「丁度お伽噺にでて来る魔法の杖で造られた花園」のようで、そこへ「夢中でまよひ込んで行くと、そのけんらんとした美しさは到底此の世のものでは」ないというふうに感じられた。「あとから考へるとまるで夢のやう」とか「夢のやうな印象」とか、「夢」ということばがくり返されている。

パリの最初の印象もまた夢のようなものであった。「見るもの聞くものがすべて珍しく新鮮」で、その印象は「実に目眩ひがするほど雑多で」「無我夢中」で過ごしたが、それは「云つてみれば初めて女を知つた時みたいなもので端からみればうはずつて見えるかも知れ」ないという一種特別な経験だったらしい。

それより四十年近く前、夏目漱石がロンドンでクリスマスのおとぎ芝居（パントマイム）を見て、その派手な色彩に驚き、「真ニ天上ノ有様極楽ノ模様モシクハ画《エガ》ケル龍宮ヲ十倍バカリ立派ニシタルガゴトシ」と手帳に書きとめたことが思い返される。おとぎ芝居とルネッサンス絵画との違いこそあれ、基本的にあまり変わっていないと見ることもできる。

谷崎潤一郎の「独探」には、「龍宮よりも更に立派な、極楽よりも更に楽しい世界」といったことばがある。輸入された映画のなかのヨーロッパのことである。「さながら此の世の物としも想はれない貴い建築や天女の群」ということばもある。そんな書き方に対して、特にそれが映画に養われたイメージだという点で、谷崎の西洋崇拝の「皮相さ」「幼稚さ」を批判したのが戦後の中村光夫だったことはすでに述べた。

ここで谷崎と中村を比べてみると、谷崎における西洋の「夢」が日本で思い描かれたもので、彼が現地で生きた「夢」ではないのに対し、中村の場合はフランスやイタリアで夢のような経験をしているということである。小説家の谷崎が衣食住や「女」をとおして西洋を体感しようとしつつ究極の「楽園」をつくりあげているのに対し、中村は西洋を学ぶ若い学徒として、きわめてナイーヴに、知的世界の「本場」で興奮の渦に巻かれている。谷崎が「友田と松永の話」で「眼の眩《くる》めくやうな色欲の渦巻」に満ちた「此の世に有り得ない淫楽の国」としてのパリで「身も魂も捨てる積りでその渦巻に巻き込まれ」る主人公を書いているのに対し、中村はパリを「本物のうぢやうぢやあるところ」だといい、「何もかも矢鱈に面白く、一寸狐につままれたやう」で、知的関心に振りまわされるその経験が「初めて女を知つた時みたいなもの」だったと書いているわけである。

谷崎と中村のあいだにあるのはそのような違いである。それを大きいと見るか小さいと見るかで話は違ってくるはずだ。むしろ中村のナイーヴさが目立っているといえるのではなかろうか。

中村光夫の留学の二年前には、新聞社から派遣された横光利一がパリで暮らしていた。横光は日本の花形作家として、ひとり敵陣へ乗りこむようなつもりでフランスへ上陸するが、パリに到着するやはなはだしく混乱させられ、のちに「神経衰弱の気味」と書くようなありさまだったらしい。彼の日記「欧洲紀行」は、パリ到着後一週間分の記事がなく、空白になっている。一週間後にはじめて横光はこう書く。「私はここの事は書く気が起らぬ。早く帰らうと思ふ。こんな所は人間の住む所ぢやない。」「着いた二三日は文化の相違のために眼をまはしたが、もう飽きてしまつた。そろそろ帰り仕度をしよう。」

固く身構えて開き直ろうとしながら、彼は正直に「眼をまはした」とも書くのだが、もっとくわしくいえばこういうことである。「実はパリーから受ける私の印象は、廻るカットグラスの面を見てゐるやうに日日変化してやまぬ。その日の結論は、前日の結論とは反対になり、次の日はまた前日とは趣きを異にしてしまふ。ぐるぐる廻る結論に絞め上げられると、思ひ悩んで黙る以外に能はなくなる。」

横光がこんなふうに振りまわされながらパリを「人間の住む所ぢやない」といおうとしたのに対し、中村光夫は逆に「人間の住む所」としてのパリを熱心に語ろうとした。たった二年のあいだに、故国の戦時体制が一挙に強まったということがある。小説「平和の死」には、昭和十年代の日本を「野蛮国」と見て、ヨーロッパに戦争さえ起きなければ「文明国」の首都パリに一日も長くいたいと思うような青年たちが登場する。主人公はナチスのドイツに抵抗してフランス側につこうとする気持ちをはっきりもっている。じつは「この十ケ月の間に、彼はむしろフランス人を嫌ふことを学んだ」のにもかかわらず、「パリへの憧れ」は「彼の心のなかでもつとも純粋な部分」でありつづけるのである。

「戦争まで」によると、実際の中村の生活は、ルーヴル美術館でイタリアのルネッサンス絵画に感嘆したり、コレージュ・ド・フランスでヴァレリーの講義を聞いて面白がったり、芝居やオペラにかよって感心するというものだったが、彼はやがてパリ生活の単調さと異邦人の孤独を意識しはじめる。自分が「なにかガラスの箱にでも入れられた動物みたい」だと感じ、「賑かな街のなかで、ひどく寂しい暮しをして」いると思うようになる。「一種の神経衰弱かも知れ」ないとも思う。

そこで、パリを離れ、ロワールの谷の中心都市トゥールへ行き、第二次大戦勃発までの三カ月ほど、トゥーレーヌ地方の生活を経験することになる。「戦争まで」には、田舎町のペンションで暮らしてフランス語学校へかよう毎日がことこまかに語られている。

この滞在記は、ロワールの城の説明など観光案内書として使えそうなほどくわしく、フランス・ルネッサンスの考察に深入りしながら、また一方で下宿や学校の日常を細大漏らさず報告していくという書き方になっている。特に若い白人女性たちの描写がていねいでほとんど小説ふうでもあり、そこが肥大して、叙述のバランスが崩れがちだというふうにも見える。

若い中村光夫がそれほど熱中して書きこんだ長い滞在記は、たしかに彼の青春の記録というべきものになった。題名から、ヨーロッパで戦争が始まるまでの経過や、日本人の一斉帰国の実際をくわしく記録したものかと思うと、必ずしもそうではない。その点はむしろ簡略で、それよりも戦争前の平穏な生活の細部をとどめる私的な記録を心がけたかにも見えてくる。中村は帰国後、故国の不愉快な現実のなかでフランスの毎日をありのままに再現すべく努力し、過去を愛惜する思いをたっぷりと表現することになったのであろう。

そこに浮かび出る中村光夫の青春は、きわめて知的でありながらナイーヴな感情のみずみずしさをたたえたものである。田舎町に落着いてからフランスの風土や歴史や文化が身に沁みてくるさまがわかり、帰国後の再検証をへて、彼の西洋理解はいっそうこまやかなものになってくる。二年前の横光利一の歪んだ受けとめ方に比べると、その歪みのなさと安定感が際立っているともいえる。

ここで中村の戦後の『谷崎潤一郎論』に話を戻すならば、彼の谷崎批判のもとには、これまでに見てきた彼の青春の体験があり、その体験にこだわる気持ちが批判のことばを強いものにしているように思われる。谷崎には「少なくも智的な意味では青春がなかつた」というのが彼の批判の最大のポイントであった。谷崎の文学には「少年期から青年時代を経ずに、ぢかに大人になつてしまつたやうな畸形性が感じられ」るという言い方で中村は谷崎文学に対する根本的なあきたりなさを表明している。それは谷崎ばかりでなく日本の多くの作家に似たような「畸形性」を見ることにつながっていく。

彼なりに西洋と向きあった青春を確認し直し、あくまでもその地点に立ってものをいうというかたちがはっきりしている。一般に、時代が悪くなれば、一方でその手の論が増えるはずで、中村光夫も例外ではなかったわけだが、『風俗小説論』『谷崎潤一郎論』『志賀直哉論』などの仕事を見ると、彼の観点は戦後さらに強められていったことがわかるのである。

大岡昇平の証言によると、中村はフランスから帰国後「おとなしい彼に似合わず、ひどく荒れていた」「目に入るものすべてが気に入らない様子だった」ということだ(中村光夫全集第十二巻解説)。その不機嫌を戦後に持ち越すようにして、彼は八つ当たり気味の『谷崎潤一郎論』を書いたのだともいえそうである。谷崎という人を、近代人の青春を知らない「町人」と見るような言い方に、帰国後から戦後に至る彼のその気分がよく出ていると思われる。

中村光夫の小説「平和の死」は、作者の「後記」によれば、パリの留学生が「男たちだけで一種の共同生活を送」ったその「一種ストイックな集団の雰囲気」を書こうとしたものだという。「二つの大戦の間」の日本の知識階級の姿、あるいはその「悲喜劇」を描こうという考えだったようだ。「昭和の初期は知識階級がもつとも無気力になり、自信を失つた時代ですが、同時にその虚心が彼らをヨーロッパに前後に例がないほど近づけたやう」だとも説明されている。日本のいちばん不幸な時代の知識人の「虚心」ということであろう。

同じその時代に、横光利一は半年間のヨーロッパ体験のあと、それを総括するための小説「旅愁」を十年かけて書き、結局書き終えることができなかった。「旅愁」では、留学生たちがパリに居据わってろくに動かず、フランス人ともつきあわず、日本人同士ヨーロッパに対する各自のポジションの違いについて延々と議論をしつづける。その議論は、一時的滞在者の思いつきめいたお粗末なもので、いくら読んでも一向に深まらないが、少なくともそれが中村のいう男たちだけの「一種ストイックな集団の雰囲気」をあらわしているのはたしかであろう。

その集団のなかから、奇妙な国粋主義者の姿が浮かび出るようなところは、中村の「平和の死」のほうにもある。主人公昌一は、パリの大学都市の日本館で、中国のフランス人神父を刀で「ぶつた斬つた」ことを自慢する軍人あがりの小倉と知りあいになる。昌一は「自分が逃れてきたつもりの日本が、その血腥い側面が、思ひがけなく身近に姿を見せ」るのに驚く。小倉はある日、昌一と議論の末に激昂して日本刀を振りまわしそうになる。

だが、国家主義を主張する小倉という男は、神がかりになっていく「旅愁」の矢代とは違って、もう少し醒めた実際家のようでもあり、叩きあげの自分とは違うエリート留学生たちに、君たちは「国家の宝だ」といったりする。フランスの自由主義を支持する優秀な「呑気坊主」の若者たちを羨ましく思うともいう。

「平和の死」は、「自分こそエリットといふ気持が、ごく自然に持てる」ように育った西洋史専攻の青年を主人公にした、第二次大戦直前のパリの日本人世界の物語である。彼がフランス人の人妻と安ホテルで関係をもったりする話も含まれているが、全体に女性関係の書き方はごくあっさりしている。

この小説は、末尾に近く、主人公昌一が「亡命」の問題に突きあたることになるのだが、そこが読みどころになりそうでならず、あいまいなままに終わっている。当時の日本の軍人支配の現実に対する知識人の「無力」という問題も、一向に追求されないままに終わる。昌一は、アメリカへ帰る日本人画家とその娘との関係で、アメリカへ逃げることができる立場にある。リスボン経由でアメリカへという、映画「カサブランカ」のような話でもある。

にもかかわらず、この小説では亡命の問題はまともに扱われることがない。昌一はパリにとどまりたいという漠然とした思いから一歩も先へ進めない。それは、たとえ彼がアメリカへ渡ったとしても、太平洋戦争の開戦とともに、強制収容所か強制帰国の運命が待っていたはずだから、そこまでは書く用意がなかったということかもしれないが。

戦時中の谷崎潤一郎は、作品の発表場所を奪われたまま、戦火をのがれて国内を転々とした。中国地方の山間の町での疎開暮らしは、ほとんど亡命生活のようなものだったといってもいい。

戦中戦後の長い年月、京の都を夢見ることこそあっても、パリへ行く夢などいだきようもないことであった。

昭和のはじめごろまで、谷崎は実際に、何度もフランス行きを計画している。彼の「洋行」は、単身の留学とは異り、すべて自費で家族を連れていく大がかりな旅になるはずであった。

もしも谷崎のパリ暮らしがあり得たとしたら、おそらく彼はパリの日本人社会とは関係をもたず、若いインテリの「一種ストイックな集団の雰囲気」とかかわることもなしに、中村光夫の小説世界とはまったく違うものをつくり出していたことであろう。

谷崎の場合、昭和の知識人を主人公にした小説など想像するのがむつかしい。彼はナイーヴなエリート意識をもった秀才青年の目を信ずることもなかったはずだから、彼のパリ小説は、おそらくもっとしたたかな、複雑で奇怪な「飽くことを知らぬ陶酔の世界」をリアルに現前させるものになっていたにちがいない。「友田と松永の話」の観念的な歓楽境が、家族連れの谷崎によって現地で体験され直して生まれるはずのあらたな対極世界を、ぜひ見たかったと思わずにいられない。

5

谷崎の「洋行」の考えは、昭和のはじめごろまで生きつづけ、その後の身辺の事情でうやむやにされていく。「洋行」が不可能になる事情が種々生じることになったのである。

だが同時に、谷崎の関心が、二度の中国旅行をへて少しずつ「西洋」から離れつつあったのも事実で、二度目の中国旅行（上海のみ）の一年後、上海で世話になった土屋計左右にあてた昭和二年一月二十七日付書簡に彼はこう書いている。「何にいたせ支那は面倒な国でありますが僕はその支那が――支那趣味が――いよいよ好きになつて参ります今年も仏蘭西行をやめてもう一度支那へ行かうかとさへ思つて居ります」

谷崎の「仏蘭西行」の考えは、これを最後にいったん消えるのだが、その後三十年以上たって、「義妹の嫁」渡辺千萬子との関係で晩年にまた出てくる。谷崎は「過酸化マンガン水の夢」や「鍵」を書き、いわゆる「伝統回帰」の作風から脱して（つまり「松子もの」を終わりにして）、再び現代ものに戻ることになるが、老年の性を主題にしながら若き日のモダニズムを甦らせ、彼のフランス好みや「仏蘭西行」の夢もまた再生されつつあったように見える。

谷崎が根津松子をはじめて知ったのは、昭和二年の春、いま引いた土屋計左右あて手紙のすぐあとのことである。彼はその後の松子とのつきあいと結婚生活をつうじて、洋行の夢をはっきり遠ざけてしまう。彼自身いうところの「西洋かぶれ」の過去を捨て、あらたに「大阪愛」を強めて、「上臈型」の松子イメージとともに生きようとする。歳をとるにつれて生理的に「洋食」のまずさを警戒するということにもなってくる。

「女」と「食」ということでは、彼の文学のなかで伝統文化のなかの女性像が極まるとともに、日本料理の好みも極められ、動かせないものになる。「陰翳礼讃」の文脈でいうならば、京・大阪の古い暗がりのなかの「女」と「食」を夢見る心が定まるのである。

ところで、「洋行」の問題を離れてフランス文学との関係を考えると、大正時代、英訳バルザック全集を耽読して大規模な長篇小説「鮫人」や「肉塊」を試みたのち、スタンダールを知った谷崎は、あらためて強い影響を受ける。「盲目物語」「武州公秘話」「蘆刈」「春琴抄」といった「伝統回帰」の諸作は、おそらくスタンダールの味読なしには生まれなかったといってもいいものである。バルザックを勉強しても結局いいものは書けなかったが、その後スタンダールに学ぶことによって彼は思いがけないほど多くを得、ほとんど豹変して、いくつも傑作を残すことになった。

谷崎は大正十五年九月二十四日付佐藤春夫あての手紙に、英訳「パルムの僧院」を読了したこと、それが「実に驚くべき作品」であることを伝えている。その後半年ほどして始まった芥川龍之介との「筋の面白さ」論争で、谷崎は読んだばかりの「パルムの僧院」についてくわしく語り、あきらかにそれを踏まえて「構造的美観」こそ小説の本領を示すものだと主張した。それに対し、芥川は「パルムの僧院」を読んでいなかったらしく、転機にあった谷崎の問題意識を理解せず、議論がはっきりズレてしまう。

小説は「物の組み立て方、構造の面白さ、建築的の美しさ」をもつべきだという谷崎の主張は、「パルムの僧院」の読後感をよくあらわしているが、それは一見西洋風の「本格小説」の主張のように見えて、必ずしもそうではない。バルザック体験のときとは違い、実際にそこから導き出されたのは、「本格小説」ならぬ歴史ものの「大衆小説」の考えであった。

一方、谷崎はみずから翻訳したスタンダールの「カストロの尼」や当時翻訳が出ていた「恋愛論」から「情熱恋愛」の考えを得て、過去の時代にはもしかしてあり得たかもしれないふしぎな「受苦の情熱《パッション》」の物語をつづけさまに書くことになる。「盲目物語」「蘆刈」「春琴抄」の系列がそれである。

昭和初年の谷崎潤一郎が、スタンダールとの関係で新境地をひらくことになる事情に無関心だったのは、芥川龍之介ばかりではない。戦後になって本格的な谷崎論を書いた中村光夫もまた同様だった。中村が専門のフランス文学の知識をつかえば簡単にわかるはずのことをわかろうとせず、共感しようともしなかったのが彼の『谷崎潤一郎論』だったといっていい。

スタンダールの影響については、谷崎の「饒舌録」のほか、スタンダールの「パルムの僧院」「イタリア年代記」（「カストロの尼」を含む）「恋愛論」といったものを読むだけで見当がついてくる。だが、谷崎との関係で長くスタンダールは問題にされず、たとえば「春琴抄」については、佐藤春夫の証言にもとづき、トマス・ハーディーの「グリーブ家のバアバラの話」（谷崎訳がある）との関係がいわれることが多かった。

おそらく最初にスタンダールの影響を指摘したのは吉田精一で、「谷崎文学と西欧文学」という小論（『近代文学鑑賞講座第九巻谷崎潤一郎』所収、昭和三十四年角川書店刊）においてである。吉田は谷崎出発時からの西洋作家との関係を網羅的に示し、そのいちいちを簡潔に説明するなかで、スタンダールについては特に「カストロの尼」と「吉野葛」「盲目物語」「覚海上人天狗になる事」

「武州公秘話」「春琴抄」との関係を指摘している。

「正史」を疑い、「野史」のたぐいの古文書に依って物語を生み出すかたちをとることや、古文書の文体を真似た古風なスタイルで書くことを、谷崎はスタンダールから学んでいる。吉田精一の指摘は主にその点に関してである。

たしかに谷崎は、「盲目物語」などでスタンダールのいう古文書の「翻訳」のような書き方を踏襲しているが、もちろんそれだけではない。彼の小説の主題そのものが、スタンダール体験をへて独特なものになってくる。先に述べた「情熱恋愛」の考えを日本の伝統社会にとり込んで、過去の制約のなかでこそ可能な「受苦の情熱《パッション》」の物語を、手を替え品を替え書いていくことになるのである。

近年になって、その点をはっきり指摘したものに千葉俊二「スタンダールと谷崎潤一郎」(『谷崎潤一郎　狐とマゾヒズム』所収、平成六年小沢書店刊)がある。千葉は「情熱恋愛」の代わりに「距離への情熱」ということばを使っているが、内容面での強い影響関係を認め、谷崎のスタンダールとの出会いは「実生活上での松子夫人との出会いにも比せられるほど決定的なもの」になったと見ている。

「カストロの尼」の主人公、ジュリオとエーレナの「情熱恋愛」は、二人の密会場面で一気に高みに達する。その場面をふり返って語ったジュリオのエーレナへの手紙がある。谷崎潤一郎訳はその少し前の第三章までで中絶しているので、谷崎訳の八年後に出た桑原武夫訳で考えてみたい。
貧しい「山賊」の青年ジュリオと貴族の娘エーレナが密会していたとき、夜があけて寺のアヴェ・マリアの鐘が鳴るのが聞こえる。ふつうは聞こえないのに聞こえてくる。すると、二人はほば同時に、「あらゆる純潔の母、聖マドンナ」にいまの瞬間を犠牲にささげたい、と思ってしまう。特にジュリオにとって、それはエーレナのためになし得る「ただ一つのほんとうの犠牲」「最高の犠牲」といったものにもなる。なぜなら、エーレナはすでにジュリオの前に身を投げ出していたからで、ジュリオはふと「かつて夢みた最大の幸福」を犠牲にする気になり、エーレナの純潔を守って二人で聖母に祈るのである。その「犠牲」あればこそ、ジュリオの情熱恋愛とその後の彼の行動は激しいものになる。何らかの「犠牲」をもとに、相手が手に入るか入らないかのきわどさのうちに高まる多分に精神的な「受苦の情熱《パッション》」を、谷崎もまた「盲目物語」以後のテーマにしていくのである。

スタンダールによれば、「情熱恋愛」は古いラテン語の詩にうたわれていて、現代においてはすでに滑稽に思えるような、「大なる犠牲の上に成長し、神秘に包まれてゐる時にのみ存在し得る、さうして常に最も恐ろしき災禍を孕む熱情的の恋愛」（谷崎潤一郎訳）である。それは十六世紀イタリアにおいてジュリオとエーレナの双方を激しく突き動かした特殊な情熱である。エーレナはジュリオと会えなくなってから、チッタディーニという美男の司教と関係をもつが、それは彼女が冷酷にふるまって司教を屈従させるといった関係で、たしかにそこも谷崎好みかもしれないが、エーレナはあくまでもジュリオへの思いを貫こうとして、多分に奇矯なふるまいに出るということのようである。

ところで、谷崎はスタンダールを読んで、もうひとつ、「大衆小説」という考えを得ている。特に「パルムの僧院」のような大きな小説は、物語が波瀾万丈で「筋の面白さ」に富み、「構造的美観」をもっている。「幾つもく事件を畳みかけて運んで来る美しさ、――蜿蜒と起伏する山脈のやうな大きさ」「物が層々累々と積み上げられた感じ」がある。(「饒舌録」)そのような構築的な小説を目ざすなら歴史ものこそふさわしい。それも大勢の読者を相手にする「大衆小説」として考えたい。日本にはきわめて少ない「高級なる通俗小説」を狙ってみたい。

谷崎はそんな考えでまず「乱菊物語」を手がける。が、その結果は、話が大がかりで筋の面白さはあるが構築的な感じに乏しい平板なものになった。「層々累々」ではなく、横へ横へと拡ってしまうような一種旧劇風の印象があり、結局話の展開が不十分なまま中絶している。

それに対して、「盲目物語」以後の諸作は、スタンダールから得たものが十分に血肉化されているのがわかる。そのなかで「盲目物語」と「武州公秘話」が歴史ものだが、「乱菊物語」のときのようにわざわざ「大衆小説」をうたうことはせず、規模を小さくして、スタンダールを換骨奪胎した独自の物語世界がつくり出されている。主に「イタリア年代記」に学び、簡素で古風な語りを心がけて、物語をコンパクトに凝縮する書き方になっている。スタンダールの、しばしば事実だけを並べたような、無味乾燥な、そっけないような調子をも見習い、「第二盲目物語」と副題のある「聞書抄」などは、むごい話を淡々と羅列的に語る「チェンチ一族」の書き方をほうふつとさせる。

この時期、いわゆる伝統回帰もので谷崎は昭和戦前期の仕事の頂点に達する。伝統回帰ものは、主に根津松子との関係とスタンダール体験によって生まれたと言い切ることもできるであろう。谷崎のフランス文学との関係は、ボードレールからバルザックをへてスタンダールに至ったが、「恋愛論」のスタンダールとの相性が特によかったということになろう。彼は結局フランスの地を踏むことのないまま、もはやフランスへ行きたいとも思わずに、フランス文学から得られるものは十分に得て、決して人に真似のできない個性的な仕事を残すことになったのである。

谷崎は若いころ、東京山の手の選良教育の場で外国語の習得にはげむとともに、西洋人の恋愛観を知ってそれを受け入れた。一方、西洋女性と関係をもちながら西洋の恋愛観は結局受け入れなかったのが永井荷風だが、谷崎はそれとは違っている。彼の書くものはすべて、基本的に、西洋起源の「恋愛」というものになっている。彼がスタンダールを読むとき、何より興味をそそられたものは、じつは作者の恋愛観だったかもしれない。あるいは、歴史物語のなかの恋愛の扱い方に強い印象を受けた、ということだったかもしれない。

「パルムの僧院」はもとより、「イタリア年代記」中の諸篇は、英訳で読んで決して読みやすいものではなかったはずである。物語の土地と歴史の馴染みのなさだけでなく、スタンダール独特のスタイルが厄介なのに、谷崎はそれに食らいついて味読し、立派な翻訳まで残している。特に恋愛観に対する強い興味から食らいついていったといえるのではなかろうか。

谷崎と芥川の中国体験

谷崎潤一郎と芥川龍之介の二人はどちらも大正時代に中国を旅しているが、谷崎の旅は、一九一八（大正七）年と一九二六（大正十五）年の二度、すべて自費による個人旅行であった。芥川のほうは、一九二一（大正十）年に大阪毎日新聞社社員の立場で中国へ渡り、四カ月ほど滞在し、派遣記者としての文章と小説を残している。

谷崎の場合は、最初の旅から芥川以上に多くの作品が生まれている。彼は旅行記のほか、中国に関わる小説を五つも六つも書いた。そのなかで、「天鵞絨《びろうど》の夢」のような夢想的な物語は、芥川が読んでやや鼻白んだようだが、南京の旅の記録「秦淮《しんわい》の夜」には端的に触発されるものがあったらしい。芥川はやがて短篇「南京の基督《キリスト》」を書き、「本篇を草するに当り、谷崎潤一郎氏作『秦淮の一夜』に負ふ所尠からず。」と附記している。彼の中国行きが実現するよりも前の作品である。同じころ、彼は唐代の伝奇小説をもとに童話「杜子春」も書いている。「南京の基督」は、現代の南京・秦淮の遊女の話を、いわば谷崎の経験を引用するようにして細部をつくりながら、きわめてリアルに語ったものである。話はよく出来ていて、短篇作家芥川の真骨頂ともいえる仕事になった。彼はむしろ実際の中国を知らないで書いたほうがうまくやれるという人だったようだ。

一九一八年の谷崎の最初の旅は、朝鮮へ渡って満州へ入り、奉天から南下、北京、漢口、九江、廬山、南京、蘇州、上海、杭州をひとりでまわる二カ月に及ぶ大旅行であった。二度目の一九二六年は、上海だけのひと月の旅である。

そこでまず谷崎の「秦淮の夜」と芥川の「南京の基督」を比べてみたい。芥川は谷崎の経験に頼って細部をつくりながら、まるで違う作品に仕立てている。小説のつくりも、その性質もまったく違う。谷崎は南京の花街・秦淮で、現地のガイドに連れられ女の家を探しまわった経験をほぼそのまま語っているかに見える。その点旅行記ふうのものといえるのだが、それが後半、語り手が秦淮の闇の小路をあちこち引きまわされるにつれ、おのずと小説らしさが出てくる。

当時は辛亥革命後の混乱がつづいていて、秦淮の花街はもぬけの殻のようになっていた。南京は「革命騒ぎで多勢の兵隊が入り込んで居」て、「河岸の芸者家には一人も女が居ない」。「芸者達は兵隊の来ないやうな、暗い淋しい何処かの路次の方へ逃げ込んでしま」っている。

そんな混乱期に、女を求めて廃れたような真暗な路地の町を行き、闇の底を探るようにして三軒の家の女を見る話なのだが、最後に一人の女と同衾するまでの不思議な探索の経験が、小説ふうのふくらみをもって描かれている。多分に不条理で不安な世界の手探りの探索が面白く読めてくる。

芥川の「南京の基督」のほうは、視点を逆にして、その種の女の側から話をつくっている。闇の奥の娼家の女の側には特に不安の気配はない。宋金花というクリスチャンの十五歳の少女が客をとる部屋には小さな基督像が壁にかかっている。谷崎の経験のなかにはなかった基督像である。その像を中心とした小世界が、薄暗いランプの明かりに照らされるさまが描き出されている。

金花のもとへは日本人の客もやってくるが、そのあと日米混血の男が来たとき、彼女はその札つきの男を基督その人のように思いこむ。少し前から彼女は梅毒に犯されていて、客をとらないようにしていたが、「基督」が現れるとすべてを忘れて交わりあう。宗教的熱狂の瞬間がある。だが、その結果、男は悪性の梅毒をうつされて発狂するに至る。金花のほうは、まるで基督の奇跡に浴したかのように、すっかり病気がなおってしまう。梅毒を男にうつしてやれば女はよくなる、という遊女仲間の迷信があり、そのとおりになったわけである。

「南京の基督」は、中期までの芥川の物語の作法をよくわからせてくれる佳作だが、それが実際の中国体験とは無関係に生まれているのが興味深い。その後彼が南京まで行って何を思ったかは、たとえばこんな文章になっている。失望の色の濃い、白けたような調子のものである。「秦淮は平凡なる溝《どぶ》川なり。」「云はば今日《こんにち》の秦淮は、俗臭紛紛たる柳橋なり。」「家家《かか》の電燈の光、妓の人力車に駕せるを照す。宛然代地《だいち》の河岸《かし》を行くが如し。されど一の姝麗《しゅれい》を見ず。」（「江南游記」）芥川はその秦淮で、谷崎のように直接「妓」を相手にすることもなかったようである。

芥川龍之介は、一九二一年三月三十日上海上陸後間もなく、医師里見義彦の里見病院へ入院することになる。風邪をこじらせた末の「乾性肋膜炎」であった。三週間入院して回復するが、その後も旅中胃を悪くして、南京からまた上海の里見病院へ駆けつけたりしている。

そんな体調不安のせいか、二十九歳の芥川の中国印象記は、基本的にはなはだ不機嫌な調子のものになっている。彼はじつのところ、大阪毎日新聞社社員になって経済的に安定し、新聞社から十分な旅の支援を得たうえ、そのころ手こずっていた不倫関係の女から逃げ出すいい機会になったのに、中国の旅を楽しんでいるという感じがあまりない。ふつうの旅好きの青年なら考えにくいような不平不満をいろいろと書きこんでいる。

それは基本的に、辛亥革命後十年という現代中国に対する彼の失望が大きかったということであろう。芥川は少年時代から古い中国の文物に親しみ、中国文明に対する敬意がおのずから養われていた。特に「西遊記」「水滸伝」などの「小説」類は、長いあいだ彼の最も手近な愛読書になっていた。

芥川は里見病院退院後はじめてゆっくり上海の街を見てまわった。彼は城内の古い街に中国人があふれているのを見て、まずこんなふうに思う。「現代の支那なるものは、詩文にあるやうな支那ぢやない。猥褻な、残酷な、食意地の張つた、小説にあるやうな支那である。」これだけ人が多くても、「杜甫だとか、岳飛だとか、王陽明だとか、諸葛亮だとかは、薬にしたくもゐさうぢやない。」(「上海游記」)

彼が長く親しんだ書物のなかの中国とは違う現実の中国は、辛亥革命後も清朝の時代の亡国的な姿のまま混乱していた。近代化の道筋ははっきりせず、全体に貧しく荒廃して見えた。芥川は旅をしながら次第に絶望的になり、「私は支那を愛さない。愛したいにしても愛し得ない。」と蕪《ウー》湖《フー》の章で書くに至る。「この国民的腐敗を目撃した後も、なほ且支那を愛し得るものは、頽唐を極めたセンジュアリストか、浅薄なる支那趣味の憧憬《しやうけい》者であらう。」(「長江游記」)

じつは芥川は、後述するように、その後たどり着いた古都北京が大いに気に入り、北京では中国服を着て歩き、あげくにそれを日本まで着て帰ろうとした。谷崎とは違い、西洋的な上海も天津も北京以外は「蛮市」だというのが彼の考えだった。彼の中国旅行記はすべて帰国後に書かれたものだが、北京以前の地の印象もあとから修正することなく、失望と不機嫌を露骨にあらわす書き方になっている。

ちなみに、上海で毛沢東ら十三名により中国共産党が結成されたのは、上海を去った芥川がまだ北京にいた一九二一年七月のことである。

芥川は旅先で、二年半前の谷崎の経験と比べて考えることが多かったらしい。杭州では、谷崎の「天鵞絨《びろうど》の夢」の「アラビアン、ナイトのやうな奇妙な物語」を思い出し、「亜剌比亜《アラビア》夜話《やわ》じみた、ロマンテイツクな気もちを弄《もてあそ》」ぼうと試みる。闇の道にふと現れる「燈火《ともしび》に満ちた白壁の邸宅」の「夢のやうな美しさ」に何か超自然なロマネスクを思い描こうとしてみる。だが、そんな心はすぐに裏切られて、「谷崎潤一郎氏のやうに、ロマンテイツクになり了《おほ》せる事」は決してうまくいかない。あげくに彼は、現代の中国を愛するなど「頽唐を極めたセンジユアリスト」（つまり谷崎のような人）にしかかなわぬことだと言うようになるのである。

谷崎の最初の旅から生まれた作品に「西湖の月」がある。前半は旅行記ふうに、上海・杭州間の車中の光景がくわしく語られる。満員の二等車は「北方の汽車などゝはまるで客種が違つて居る。此の辺の二等室のお客は、北方なら一等室でなければ出遇はないやうな立派な服装をした連中ばかりである。」しかも女性が多いので「乗客の色彩が非常に花やかである」。その女たちの衣裳は「濃厚で絢爛」、「金魚がぎら〳〵と鱗を水に光らせつゝ游いで居る」ようだ。

谷崎は豊かな江蘇浙江の地へ来て、明らかに心を浮き立たせている。芥川とは逆に、奉天、北京、漢口と下ってきた彼の目に、江南の自然と人の豊かさが強く印象づけられたのである。そのことは、のちの大作「鮫人《こうじん》」にくわしく書き込まれることになる。

「鮫人」では、南という青年画家が、学者の父親と二人で上海・杭州間を旅するのだが、それが一等車で、場面も少し違っている。その一等と二等の違いに合わせたように、お坊ちゃん育ちの南青年の思いも「西湖の月」の「私」とは変えてある。「西湖の月」では窓外の描写はくわしくないが、南青年は景色を眺めながら「まるでお伽噺にでもあるやうな楽しい国土」だと感じ入る。そこは多分に理想化されたこんな描写になっている。「……窓の外には溜らなく晴れ晴れとした青空が展《ひら》け、翡翠色に澄み渡つた川や水たまりは喜びに充ちて輝き、麗らかな太陽を浴びて幸福に光つて居る田園の緑、楊柳の枝、鵞鳥の群、丘陵、城廓、寺院の塔、――それらのものが絶え間なく続く祭礼の音楽のやうに花やかに現れて来る江蘇省の沃野の間を、汽車は終日走つて居た。走つても走つても豊饒な野の景色は尽きなかつた。……」

「西湖の月」は、前半の車中の描写がくわしいだけでなく、後半杭州西湖のホテルに着いてから翌日へかけての部分も旅行記ふうに詳細をきわめている。が、最後のところで一転、耽美的な物語に変わる。汽車のなかで見た病身の「中国式美人」が西湖に身を投げ、底の浅い水に浮かんでいるのを「私」が発見する。「私」の舟は蘇堤の望山橋をくぐって、藻が繁茂している小さな后湖へ入り、そこで仰向けに寝て眠っているような若い令嬢の死体を見つけるのである。英国ラファエル前派の画家ジョン・エヴァレット・ミレエの「オフェリア」の絵と同じ「溺死した美女」のテーマが、旅行記ふうの記述の最後に現れ、「薄命の佳人」の物語となって終わる小説である。

南京からいったん上海へ戻った芥川龍之介は再び北上し、蕪湖、九江、廬山、漢口のあと、長沙、洛陽、北京、大同、天津、奉天と渡り歩くことになる。健康もひとまず回復したのか、谷崎が行かなかったところまでいろいろと見てまわる大旅行になった。すでに名が知れていた小説家を、各地の日本人が大いに歓迎してくれたからである。

だが、それにしても、中国の古い詩文が描く理想化された境地と現実の中国はあまりに違いすぎた。蘇州と揚州の印象はよかったが、あとはどこもみすぼらしく荒涼として見え、川も湖水も多くは泥水で、名所旧跡は行ってみるとたいていがっかりさせられる。彼は「ヘルンの夢みた蓬萊のやうに懐しい日本の島山」を思わざるを得ず、「ああ、日本へ帰りたい。」と弱音を吐くこともあった。

当時の中国は、まだ街で斬首や銃殺の公開処刑が行われていた。その点だけ見ても日本とは別世界の観があった。しかも一九一九年の五・四運動後の時代で、芥川はあちこちで反日のビラを見ることになる。長沙の女学校では「存外烈しい排日的空気に不快を感じ」(「湖南の扇」)ながら校内を見てまわる。ひどい仏頂面の若い女教師に案内されて歩くが、教室では日本製の鉛筆を排して、幾何や代数さえ毛筆を使わせる授業をやっているのである。(「雑信一束」)

「長江游記」は蕪湖から廬山までの記録だが、そのあと長沙の経験から「湖南の扇」が生まれる。「湖南の扇」は一見旅行記ふうの小説で、一高同窓の元中国人留学生の案内で長沙の妓館へ行き、同席した芸者が、処刑された「土匪《どひ》」の頭目の血をしみこませた「ビスケット」を食べるのを見るという話である。芸者は斬首された頭目の情婦だったというもので、芥川の長沙の見聞を小説ふうに凝縮した小話になっている。現地で聞いた「人血饅頭《まんとう》」の話に、革命家を輩出する湖南の地の民の情熱的な気質をつなげている。谷崎の「西湖の月」に相当する一種の幻想譚と見ることもできる。

その長沙のあと、芥川の旅の記録は簡単なものになってしまう。「北京日記抄」以外は、各地の短い断片的印象が二十も並べてある「雑信一束」があるだけだ。その「雑信」は、たとえば鄭州の項では、道の柳の枝に肉が落ちた罪人の首がのっていて、青蠅がたかった二筋の弁髪がぶらさがっている、といったもので、それがすべてである。

「北京日記抄」にしても、北京が気に入ったというわりに、十分にくわしいものとはとてもいえない。それはひとつには、新聞社が手配して多すぎるほどの人に会わせ、旅が忙しくなりすぎたからであろう。四カ月にも及ぶ滞在で、旅そのものにも飽きてきて、はじめ詳細にとっていたメモも、次第に簡単なものになっていったのではなかろうか。

滞在中芥川は、新聞社特派員として多くの有名知識人と触れあうことができた。上海では清朝の革命家章炳麟（太炎）、清国の外交官・政治家鄭孝胥《ていこうしよ》、中国共産党創立者の一人李人傑、といった人々と会い、北京では清朝の「遺臣」辜《こ》鴻銘《こうめい》のほか、新進作家胡適とも会っている。いずれも過去に日本と縁の深かった人たちである。

芥川は中国の現実に触れて、「芸術なぞよりは数段下等な政治の事ばかり考へ」るようになっていた。「誰でも支那へ行つて見るが好い。必《かならず》一月とゐる内には、妙に政治を論じたい気がして来る。あれは現代の支那の空気が、二十年来の政治問題を孕んでゐるからに相違ない。」

以上「上海游記」の文章だが、章炳麟会見の部分は、章がそのとき語ったことばが一部略されていて、芥川は三年後のエッセイでその際の章の日本批判を明らかにしている。それは「予の最も嫌悪する日本人は鬼が島を征伐した桃太郎である。」というもので、芥川はそれに対し、「まだ如何なる日本通もわが章太炎先生のやうに、桃から生れた桃太郎へ一矢を加へるのを聞いたことはない。のみならずこの先生の一矢はあらゆる日本通の雄弁よりもはるかに真理を含んでゐる。」(「僻見」)と、三年後にあらためて受けとめ直している。

そこから生まれた短篇に「桃太郎」がある。そのことは関口安義『特派員芥川龍之介』が指摘している。「勃興するプロレタリア文学に刺激されて」書かれた寓話で、章炳麟の示唆に基き、罪のない鬼の国を征伐する「侵略者桃太郎(日本人)」の物語として風刺的に語られている。

谷崎潤一郎は、北方から江南地方へたどり着いて、そこを「まるでお伽噺にでもあるやうな楽しい国土」(「鮫人」)と見ようとした。英米仏の植民地都市上海は、当時の東京より西洋化近代化されていたので気に入り、上海に住んでもいいとさえ思った。それが最初の中国旅行のことで、二度目の大正十五(一九二六)年は上海だけを目指した旅だったが、八年前とはかなり違う印象を受けて失望している。八年の違いで「一面では東京よりもずつと田舎だ」と感じるようになり、「支那人の風俗なぞも、悪く西洋かぶれがして」いて、植民地都市のどこか半端な底の浅い感じが目につくようになっていた。「西洋を知るには矢張り西洋へ行かなければ駄目、支那を知るには北京へ行かなければ駄目である。」(「上海見聞録」)

芥川の「北京日記抄」は、全体に簡略ななかで、昆曲の芝居見物の章がくわしいが、谷崎も最初の旅では芥川同様芝居をたくさん見て歩いた。谷崎が芥川と違っていたのは、中華料理の食べ方だったと思われる。彼は少年時代から級友の家の高級中華料理店「偕楽園」でいろいろと食べ、料理の名前を知っていて、「支那に永く居る日本人よりも私の方が料理の事はよく知つて居る位であつた。」そう自負する彼の食の記録は非常にくわしいのだが、彼はその経験からこんなふうに語っている。「神韻縹渺とした風格を尚《たつと》ぶ支那の詩を読んで、夫からあの毒々しい料理を喰べると其処に著しい矛盾があるやうに感ぜられるが、此の両極端を併せ備へて居る所に支那の偉大性があるやうに思はれる。」（「支那の料理」）

芥川はその「両極端」を受けとめかねていたようだ。が、それでも北京でようやく肯定的な気分になり、ここなら何年か住んでもいいと思うほどになる。ただ、北京については、谷崎も芥川もなぜかことばが少ない。どちらも、今に残る「元の大都」の風格に惹かれたようで、こんな短いコメントを残している。「幽邃で冥想的な北京」（谷崎「鮫人」）「甍《いらか》の黄色い紫禁城を繞《めぐ》つた合《ね》歓《む》や槐《ゑんじゆ》の大森林、——誰だ、この森林を都会だなどと言ふのは？」（芥川「雑信一束」）。芥川の北京への思いは、故国の友人たちへ送った手紙にもっと素直にあらわれているのがわかる。

谷崎は二度目の上海で、内山書店主内山完造の斡旋により中国の新進作家たちと知りあうことができた。当時、中国の近代文学、近代演劇はようやく最初の一歩を踏み出したところだった。文学では魯迅が先頭を切っていたが、谷崎が知りあったのは魯迅より一世代下の郭沫若、田漢、欧陽予《おうようよ》倩《せん》、謝六逸といった人たちである。谷崎は八年前の最初の訪中時にも中国の新作家たちと会おうとしたが、まだ日本の明治十年代のような「政治小説」しかない時代だった。それが八年のあいだに新人たちの運動が始まり、日本文学の翻訳が一挙に進み、谷崎の名前も知られるようになっていた。

当時の新作家たちの中心は日本留学生出身者だったが、谷崎はまずその十人ほどと会い、そのあと映画畑の人も加わった「文藝消寒会」に招かれる。谷崎の来遊を歓迎する百人近い無礼講の会であった。その二度の経験が「上海交遊記」にくわしく語られている。

谷崎は親しくなった郭沫若と田漢から「現代支那の青年の悩み」を聞かされる。清朝以来近代的国民国家がなかなか出来ない中国へ、西洋諸国が勝手に入りこんで植民地都市をつくり、西洋資本は経済を支配するだけでなく、軍閥に金を貸し武器を売りつけて内乱状態を助けている。それを見ている青年たちの「絶望的な、自滅するのをじーッと待つてゐるやうな心持」について、郭、田両人はこもごも語った。「対外的の事件が起ると、学生たち迄が大騒ぎするのはそのためなんです。」

それに対し谷崎は、「私は一々尤もであると思つた。」とまっすぐ受けとめている。郭沫若らは日本の「侵略」については何も言わなかったようだが、「学生たち迄が大騒ぎ」した例としては、日本の山東半島占拠に反対する「五・四運動」（一九一九）があり、その後の排日の動きは芥川が書いているとおりだったにちがいない。すでにこの一九二六年の前年には、上海の日系紡績会社「内外綿」の工場のストライキに端を発した五・三〇事件が起こっている。

西洋諸国と中国との関係については、谷崎は旅のあいだ考えざるを得なかったようで、帰国直後の「饒舌録」などでさっそく「東洋主義」について語り始める。訪中直前の作「友田と松永の話」で考えはじめていた「東洋と西洋」のテーマを、もっと本格的に文明論として語り直し、やがてその調子がかなりつきつめた感じのものになってくる。たとえば「少くとも東洋は東洋だけの文化を発達させなければ、東洋人は生きて行かれないと云ふ気持を、近頃特に痛切に感じる」というふうに。あるいは「畢竟われ〳〵は滅ぼされても構はない気で東洋主義に執着するか、でなければ全く西洋主義に同化するか、二つの岐路に立たされてゐるのだ。此の意味に於いて東洋人は呪はれたる運命を荷《にな》つてゐると云はなければならない。」（以上「饒舌録」）といった具合に、それまでの谷崎にはまずなかったようなことばが見られるのである。

その延長線上に現れるのが、谷崎の長篇随筆の代表作「陰翳礼讃」（昭和八年）である。同じく東洋と西洋を対置させた文明論・文化論のかたちをとりながら、粗大な論にはせず、話を具体的に絞って表現をこまかくしていき、後半は古い京都への私的な思いをふくらませて文学にするという書き方である。そのため、日本の伝統文化論として、自文化中心主義的なものと誤読されることがあるかもしれない。が、その場合、論の最初の設定に立ち返り、「饒舌録」以来のモチーフが確認できれば誤読は防げるはずである。中国旅行によって強く意識された「東洋」や「東洋主義」を、谷崎自身の問題として具体化する過程で「日本」が出てくるのだといってもいいからである。

谷崎の最初の中国旅行から生まれた短篇に「鶴唳」（大正十年）がある。妻子を日本に残して六、七年中国を放浪した主人公が、とつぜん十七、八の中国娘と一羽の鶴を連れ帰り、自宅の庭に中国ふうの楼閣を建て、そこで「支那の鶴と支那の婦人とを朝夕の友としつゝ」暮らすという話である。彼は「己は一生日本語は話さない」と言い放って妻子とは別の世界を守ろうとする。

当時千代夫人の妹せい子を愛人にし、同じ家で暮らした谷崎自身の戯画のようにも見える小説である。谷崎は中国趣味を強めていくが、古い漢詩や書画など、東洋的芸術の魅力にとらわれすぎると、新しいものを生み出す力を失いかねないとひそかに怖れるところがあった。そのころ彼が怖れた事態が「鶴唳」のような小説に描かれているのだともいえるであろう。それを怖れるというところに谷崎らしさがあり、一方芥川のほうは、旅先で文句を並べながらも、中国趣味が彼の身にぴったり合うというところがあったようだ。中国服を着た芥川を見た胡適が中国人そっくりだと驚いたといわれている。

実際に谷崎の中国趣味も、中国風の大邸宅をみずから建てるところまで行くのだが、それまでの「西洋かぶれ」から中国志向を強めていく過程で、関西との関係が本格的なものになるという点を注意しておきたい。谷崎は関西特に大阪に中国の面影を重ねつつあったと見ることができる。彼ははじめ違和感のあった大阪に、かつて中国で見たものをあらためて見出していったのではないか。彼の「関西の発見」と「伝統回帰」については、中国というファクターを入れて考えるとわかりやすいのではないか、というのが私の考えである。

谷崎が愛したのは中国の「近代以前」の世界であり、伝統的な生活文化であった。その生活文化は、欧陽予倩の家の年越しの夜しみじみ感じたように、日本の古い文化と明らかに共通するものをもっていた。谷崎は生まれ育った東京日本橋の家の大晦日を思い、なつかしさに堪えず、おそらく日本の過去が中国で永遠なるものと化して目の前に現れたように感じたのである。時をへだて、場所をへだてることによって永遠なるものが現れるので、東京人谷崎は大阪の伝統文化に対してもほぼ同じものを見出していったということではないだろうか。

谷崎が十分関西に馴染んでからの随筆に「私の見た大阪及び大阪人」（昭和七年）がある。身近の大阪人とその生活文化をこまかく観察して、それが関東、特に東京人の世界といかに違うかを詳細に語ったものである。大阪人について「根強さ」「ネバリ」「つや」といったことばがくり返される。大阪には厚く積み重なった「近代以前」がいまなお生きていて、東京と違い伝統的なものとの断絶を意識せずにすむのが当時の中国と似ていたのにちがいない。十分力の入ったこの随筆には、大ざっぱに大阪人を中国人と置き換えて読んでもおかしくならないようなものが確かにある。谷崎は関西に中国を見出しているのだという思いが強く来る。大阪の生活文化についてのくわしい記述を追いながら、もし谷崎が北京のことをよく知っていたら、まったく同じような「北京及び北京人論」を、東京および東京人との比較のうえで書いたにちがいないと強く思わされるのである。

昭和十七年、「亜細亜の大陸に戦雲が捲き起ってから」、過去の中国の若い作家たちの思い出をまたくわしく書いた「きのふけふ」という随筆がある。芥川の自死後すでに十五年たっている。彼らは皆留学により日本と深く関わった人たちだったが、いまや「東亜の天地の彼方此方に四散して互に交通の方法を失ふに至つ」ている。

二度目に上海で知りあって「後年一番有名になつた」のは郭沫若であった。若い郭沫若は「いかにも親切で、当りが柔かで、おつとりしたところがあつて」「表面には少しも鋭さの見えない人物であつたが」、いまでは「中国共産党の一方の旗頭」のようになっている。彼は大正十五(一九二六)年一月に酔った谷崎の介抱をしたりしたあと、上海を去って広東へ向かい、七月には第一次国共合作時の国民革命軍の北伐に参加することになる。その一九二六年は、前年の孫文の死後、中国の国民革命といわれるものがあらたに始まった年とされている。

当時谷崎が最も親しくつきあったのは劇作家の田漢で、彼は「容貌風采は日本人に近く、而もわれ〳〵の同臭の者にそつくりの印象を与へ」た(「上海交遊記」)。谷崎は上海滞在中田漢と毎日のように会い、あちこち案内され、多くの方面へ引きまわされ、また逆に谷崎が彼の知る遊び場へ若い田漢を連れていったりした。年越しの夜に欧陽予倩の家へ連れていってくれたのも、正月に洋画家陳抱一の家へ一緒に広東犬をもらいに行ってくれたのも田漢であった。

作家ら百人近くが集まった「消寒会」の発起人も田漢と欧陽予倩で、会場は当時二人が関係していた「新少年影庁公司」という映画会社の撮影所であった。その関係で演劇映画畑の人たちや音楽家や芸人まで幅広い人たちが集まり、余興たくさんの無礼講となり、中国人が日本人と一緒になってでかんしょを怒鳴り、谷崎は胴上げをされたりして酔っ払った。

近代文学も近代演劇、映画も、日本が何十年か先んじていた時代のことで、その畑の人たちの親和の感情がわだかまりなくあらわれた会だったようだ。日中関係がけわしくなる前の最後の時期の経験だったと思われ、谷崎は芸術畑の人の親しさには特別なものがあると感じ、その時の滞在で「一番愉快だつたことは、彼の地の若い芸術家連との交際であつた。」と帰国後「上海見聞録」に書く。そしてその十七年後の「きのふけふ」でも、「もう一遍あゝ云ふ親善の光景に廻り会ひたい願望の切なるものがあ」ると書くのである。

なお、田漢も欧陽予倩もその後日本へ遊びに来、谷崎は岡本の家に泊めてあちこち案内したりしている。田漢は日本へ亡命したいといってきたりもする。が、そんな関係も、本格的に日中戦争が始まって跡切れることになる。そして両人とも「今は敵国人」となり、谷崎はなお彼らを思いながら、胡適、周作人、林語堂といった中国文人の作品の日本語訳を読みつづけ、「きのふけふ」にその読後感をくわしく書きこんでいるのである。日本の敗戦の三年前、満を持して大作「細雪」にとりかかったころのことである。

谷崎潤一郎と中国

前回の永井荷風につづいて、同じ耽美派の谷崎潤一郎の話をしたい。

森鷗外、夏目漱石らの明治第一世代に続く第二世代は、「白樺派」に代表される人道主義の方向と、耽美派たちの芸術至上主義の方向とに分かれて大正時代の文化を作り出していく。前者は西洋のヒューマニズムに学んで理想的な倫理的個性を求める方向であり、後者は個人の先鋭化した意識が生むデカダンティズムの美的世界に新しい表現を求めようとする方向である。

後者の耽美派の作家として一九一〇年ごろから華々しく活躍し、のちに大きな存在になったのが谷崎潤一郎である。彼は十九世紀末のヨーロッパで研究が始まった異常心理学、性科学などの新しい知識と、江戸伝来の頽廃的な庶民文化とを結びつけて、新しい異常性愛の物語を書くことから出発した。その出発に当たっては、前回話した永井荷風の推輓が大きかった。

魯迅と弟の周作人が共同で選び、訳した一九二三年の『現代日本小説集』に谷崎潤一郎の作品は含まれていない。異常性愛の物語は二人とも好きではなかったらしく、また当時の中国の読者が興味を持つものでもなかったようである。周作人は東京でハヴロック・エリス、ヒルシュフェルト、ヴァン・デ・ヴェルデなどの性科学書を読んで、目からうろこが落ちた、と言っている。人生と社会のことがあれでわかった、「彼らが与えた益は聖経賢伝よりも大きかった」と言っている。谷崎と同じようなものを同じような時期に読んでいたわけである。だが、彼はそれらに目を開かれて儒教的道教的モラルの偽善性を批判し、封建的女性観を否定する啓蒙運動を展開するが、谷崎潤一郎のように異常性愛の世界に文学の新境地をひらくような仕事をしようとはしなかったのである。

周作人はのちにもっぱら随筆小品文を書くようになってから、永井荷風のみならず谷崎潤一郎の成熟期の随筆類にも親しむようになった。彼は永井、谷崎両家の文章から、「谷崎氏は郭沫若のようだし、永井氏は郁達夫に生きうつしだ」という印象を得ている。

ところで、谷崎潤一郎は、一九二〇年代半ばごろ、彼の文学の上で一つの転機を迎える。それまで彼は、異常性愛の物語のほかに犯罪小説を多作し、映画づくりにも手を出し、彼の次の世代のモダニズム文学・芸術運動の先駆けをなすような仕事をしたが、行き詰まって、いいものが書けなくなっていた。一九二〇年代後半の日本は大きな変動期で、明治時代にひとまず成立した近代社会がもう一段階進んで現代的な社会に変わる境い目のような時期であった。それは工業の発展により、大量生産大量消費がはじめて可能になるとともに、都市化大衆化が急速に進んだ時代であった。プロレタリア階級の労働運動も激化した。

文学の世界では、社会の都市化に応じて、都市が生み出す二種類の文学が勢力をつくり、抗争をはじめる。その一つは都市の生産面にかかわるプロレタリア文学で、もう一つは都市の消費面が生み出すモダニズム文学である。どちらも新しく出現した大衆的、つまり現代的な都市の文学であることに違いはない。

そのころ三十代の半ばに達していた谷崎潤一郎は、一つ下の世代の新しい動きに危機感をいだかなければならなかった。彼は漱石、荷風のような留学経験はなく、西洋を知らないまま深く心酔してモダニズム路線を進めてきたが、それがいいものを生まなくなっていただけでなく、もっと新しいモダニズムによって彼自身乗り越えられようとしていたからである。プロレタリア文学派のマルキストたちからも、彼は資本主義末期の頽廃文学として完全に否定されかけていたのである。

谷崎を含む大正作家たちは、皆一様に、危機感を持たざるを得なかった。一九二三年の関東大震災のあと、時代の動きが急に速くなり、彼らは時代に取り残されそうになっていたからである。芥川龍之介のようにそのために自殺する人も出た。日本の大正作家的な特徴をはっきり身につけていた周作人が、中国で孤立し始めるのと時期をほぼ同じくしている。

谷崎潤一郎は芥川龍之介と違って、この変動期をしたたかに乗り越えて大きくなった。彼は自身のモダニズム路線を清算し、時代の動きに背を向けて、平安朝以来の日本の伝統的なことばの世界へ深く入りこみ、それまでの異常性愛の主題を伝統文化の世界に再生させ、深めて、古くもあり新しくもある物語芸術の新境地を切り開いていく。俗に「伝統回帰」と言われる作風の変化によって、その後彼は大成する。

谷崎潤一郎のこのような転機に当たって、中国体験が大きな働きをしたというのが私の考えである。谷崎はひとりで中国を旅し、近代化される前の、多分に中世的なものを残した伝統社会に触れた。それから、郭沫若ら「創造社」の若い作家たちとのつきあいをとおして、西洋列強や日本の重圧に苦しむ中国の実情を理解した。

谷崎潤一郎は大正時代に二度中国へ渡っている。一度目は一九一八年十月から十二月にかけての二カ月の旅で、朝鮮から東北地方を経て北京へ入り、天津、漢口、九江、南京、蘇州、上海、杭州とまわっている。二度目は一九二六年一月、上海だけ再訪し、ひと月余り滞在している。どちらも作家としての個人的興味で見て歩いた完全に私的なひとり旅である。

最初の旅行の一九一八年は、魯迅の「狂人日記」が発表された年に当たる。前年の一九一七年には胡適が「文学改良芻議」を発表している。中国の文学革命が始まったばかりである。日本文学の翻訳もまだ出ていなかったから、谷崎が旅をしても、中国の作家と知りあう機会はなかった。

ところが七年後の二度目の旅行のときは、谷崎は上海在住の若い作家たちや演劇・映画関係の人々に歓迎され、日本文学が知られ始めていることを喜んでいる。彼は郭沫若、田漢、欧陽予倩らと親しくつきあった。それは上海で一九一七年から日本書籍の店を出して成功していた内山書店の内山完造の仲介によるものであった。内山書店は上海の若い知識人たちのたまり場になっていた。内山完造は魯迅が一九二七年に上海へ移って以後十年間の活動を個人的に助けている。

谷崎が上海にひと月滞在した一九二六年の前年には上海で五・三〇事件が起きている。五・四運動以来の反日機運は高まっている。にもかかわらず、中国人の若い芸術家たちが九十人も集まって日本の一作家谷崎潤一郎を歓迎する会を開いてくれ、和気藹々、天真爛漫な大騒ぎになった。三十九歳の谷崎は胴上げをされ、抱きつかれ、頬擦りをされ、ダンスの相手をさせられ、すっかり酔っぱらって吐き、郭沫若に介抱された。その日のことを、谷崎はのちに日中戦争が始まってから懐かしく振り返って、「もう一遍あゝ云ふ親善の光景に、廻り会ひたい願望の切なるものがあ」ると書いた。

郭沫若はその後中国共産党の指導者の一人になるが、それを知って不思議に思うくらい、彼は表面に少しも鋭さを見せない、当たりのやわらかい、親切でおっとりとした青年だった、と谷崎は思い出を語っている。谷崎滞在時毎日のように彼を案内し、歓迎会の音頭をとったのは田漢であった。旧正月の大晦日に欧陽予倩《おうようよせん》の家へ行き、年越しの夜を過ごしたことも、谷崎にとって忘れられない思い出になった。彼は幼年時代の東京の家を思い出し、欧陽予倩の母親を自分の亡き母のように思い、中国と日本の伝統社会をほとんど一つのもののように感じたのである。

谷崎は当時、いわば時代に追い越されかけ、一つあとの世代のモダニストたち（横光利一、川端康成ら）に否定される立場にあった。新世代の代表者横光利一は、二年後の一九二八年に上海に渡り、一カ月滞在して、五・三〇事件を材料にした「上海」という長篇小説を書く。積極的に取材をし、経済や政治を理解して、一九二〇年代の国際都市上海そのものを描こうとする野心的な試みであった。人物間のドラマを読ませるのではなく、彼らの視点をとおして語られるある時点の都市の物語である。五・三〇事件のデモの群衆描写が、当時の映画を意識したダイナミックなものとなり、そこが読みどころになっている。それはたしかに大正作家にはできない新しい仕事で、「上海」は彼の表現主義時代を代表する作品になった。

ただし、横光は上海で中国の作家たちとつきあっていないし、谷崎のときのように大歓迎会がひらかれるということもなかった。たった二年の違いにすぎないが、天真爛漫な日中親善の機会は谷崎のころが最後になったようだ。

前回述べたように、日本の大正文人に似たところのある周作人は、「政治外交乃至軍事に対しては全然無知」であることを隠さなかったが、谷崎潤一郎も大正文人の一人として、政治や経済に関して無知であった。五・三〇事件の翌年に上海へ渡りながら、その事件のことも、当時の日中関係についても、何一つ書き残していない。大正作家たちは次の世代に批判される欠点を確かに持っていたのである。

要するに彼らの個人主義の限界が批判されたわけだが、谷崎潤一郎は彼の個人的な中国体験を踏まえて独りで転機を乗り越え、やがて後半生の大きな仕事を生み出していくことになる。帰国後、彼はしきりに「東洋」という言葉を使い始める。中国での見聞から、日中に共通する東洋的伝統社会のイメージを得たからだが、同時にまた、その社会が欧米型の「近代」の力に蹂躪されているという認識を、日本にいるときよりずっとはっきり持つことができたからである。若い郭沫若や田漢がしきりに谷崎に訴えたのは、主に西洋の帝国主義によって半植民地状態に追いこまれている中国の現状についての悩みであった。

その後谷崎は、「東洋人は（西洋人との関係で）呪はれたる運命を荷《にな》つてゐる」とか「少なくとも東洋は東洋だけの文化を発達させなければ、東洋人は生きて行かれないと云ふ気持を、近頃特に痛切に感じる」というような、それ以前にはなかったつきつめた言い方をするようになるのである。

谷崎の後半生の仕事は、彼が関東大震災後に移住した関西で、近代以前との歴史的断絶感の少ない、東京とははっきり違う社会と文化を発見したことから始まる。大阪を中心とする関西という地域は、東京から行くと、いまでもアジアへ一歩近づいたという感じがある。場所によってはまるで香港という感じ。私の考えでは、谷崎はほとんど「中国」を関西に見出しているといえるのである。彼にとって、当時の中国は「前近代」であるとともに「東洋」であり、関西にまさしくその「東洋」の文化が残されていたということで、彼はその発見に夢中になっていく。

地域としてのアジアと日本の関係においては、歴史的に関西が日本の中心であるという事実がよくわかってくる。そのような経過をへて、あらためて「日本」そのものへとつながる道が見えてくる。それが谷崎のいわゆる「伝統回帰」の体験である。

谷崎潤一郎は人生の半ばの転機を乗り越えるために、青年時代の西洋文化心酔のモダニズムを清算する必要があった。一九二六年の中国旅行の前後に、彼はその清算のための大きい仕事をいくつかしている。その一つが、彼の前半生の代表作といえる「痴人の愛」である。その小説に簡単に触れて終わりにしたいと思う。

「痴人の愛」(一九二四)は、西洋趣味が一般化大衆化し始めた大正時代半ば、三十近い会社勤めの真面目なエンジニア青年が、十五歳の少女と西洋風の自由な同棲生活を試みる話である。結婚にまつわるあらゆる因習から自由な、二人だけの「シンプル・ライフ」を求めて、「日本ともつかず、中国ともつかず、西洋ともつかないような」心楽しい現実離れの生活を二人は楽しもうとする。青年譲治は少女ナオミを、精神的にも肉体的にも西洋人に劣らない立派な近代女性に育てようとする。が、ナオミは成長するにつれ、肉体的には立派に育って譲治をとりこにしていくのに、精神的には一向に立派にならず、譲治を失望させる。譲治はナオミの教育をあきらめるとともに、彼女の性的な力に振りまわされ、奴隷同然にされるのをむしろ喜ぶようになっていく。

旧来の生活様式や人間関係から解き放たれた自由気儘な世界で若い娘がどう変貌するか、男女の関係はどうなるか、といったことを大変面白く語った小説で、性の力が不気味なまでに強調されている。ナオミは譲治を裏切って若い男たちとフリー・セックスのような関係を持つに至り、譲治は自分の西洋かぶれの考えを後悔して、ふつうの日本ふうの生活に切替えようとする。が、ナオミはそれを拒み、逆に西洋人たちの世界へ近づいてほとんど娼婦のようになっていく。しかもナオミはその娼婦性の「悪」によってますます美しくなるので、あきらめきれない譲治の思いは妄想めき、狂気じみてくる。「西洋」と「悪」の力によって次第に譲治の手の届かぬところへ高められていくナオミの姿と、宗教的なまでにそれを拝跪する「痴人」としての譲治の姿が語られて、この物語は結ばれるのである。

作者谷崎潤一郎自身の西洋かぶれの過去が、そのようなかたちで戯画化されているのだとも言える。彼は現実にまだ十代だった妻の妹と関係をもっていたが、その経験を材料に「痴人の愛」を書いて過去を総括しようとしたのである。中国旅行のころ、谷崎は少しずつ西洋に見切りをつけ始めていて、「痴人の愛」は彼の西洋憧憬の青年期を締めくくるための最初の本格的な仕事になったのである。

谷崎にとって、それまで重視してきた西洋風「近代」に対して、あらたに東洋風「近代以前」の意味が強まってきて、その両者の生きた関係から、彼の後半生の仕事が生み出されていくのだと言えるように思う。

谷崎潤一郎と正宗白鳥

谷崎潤一郎と正宗白鳥のとりあわせは、一見ちぐはぐなように思えるかもしれない。白鳥は自然主義の作家・批評家としてその特徴がまぎれもない人だし、一方潤一郎は、明治末年の自然主義とは対立的な耽美的新文学の代表的存在になった人だからだ。

白鳥の生年は明治十二年、谷崎を推挽して彼を花形にした永井荷風と同年である。谷崎より七歳年上になる。谷崎は生涯荷風に兄事するところがあったが、苦労の多かった大正期をへていわゆる「伝統回帰」の昭和期に至ると、正宗白鳥とのあいだが近くなってくる。白鳥は批評家として谷崎の作品への共感をはっきり語りはじめるのである。

昭和六年九月、「盲目物語」が「中央公論」に出た翌月の「文芸時評」(「文藝春秋」)で、白鳥は「盲目物語」をとりあげ、かなりくわしく論評したうえで、「『蓼喰ふ虫』以来、谷崎氏の芸術の境地は、ますく〳〵妙所に達したと思ふ。凡慮の及ぶところにあらず。」と締めくくっている。

同じ月、「中央公論」の「文芸時評」では、川端康成がやはり「盲目物語」をとりあげている。

川端が谷崎作品を論じるのはおそらくはじめてだったが、彼は先輩作家に対して多分に否定的である。川端は、「盲目物語」は作者がつくり出した特殊な文体の蔭に作者の顔が隠れてしまっているので、「近代小説的な主眼」がどこにあるのかわからない作品だといい、その古風な文体は作者の「好事」にすぎないだろう、とやや気負った調子でもどかしがっている。

「近代小説的な主眼」云々は、白鳥のいう「凡慮」のたぐいかもしれない。が、いずれにせよ、谷崎よりひとまわり年下の気鋭のモダニストは、この時期の谷崎の仕事に特に理解も共感も示してはいない。

その後、昭和八年に「春琴抄」が出て一挙に世評が高まるのだが、正宗白鳥は「中央公論」の「文芸時評」で、「春琴抄」の読後感を「私は感に堪へた。」と述べ、「『蓼喰ふ虫』以来のこの作者は、東西古今の大作家とゝもに、芸術の極致に達してゐるやうに、私には思はれてならない。」と、賞讃の度を強めている。白鳥はなおつづけていう。

……『卍』『吉野葛』『盲目物語』と、一作を重ねる毎に、この作者独特の目で凝視してゐる人生は、渾然たる芸術に融和して、我々をその境地に惹き入れるのである。『春琴抄』を読んだ瞬間は、聖人出づると雖も、一語を挿むこと能はざるべしと云つた感じに打たれた。読後は狐に憑まれてゐたかと思はれる感じがした。

谷崎という人は日常的に文壇人とつきあうこと少なく、当時正宗白鳥ともつきあいはなかったと思われる。永井荷風に兄事はしていても、日ごろ親しく接するということではなかった。奈良時代の志賀直哉とはつきあいがあり、後輩の佐藤春夫や芥川龍之介との関係が例外的だったといえるが、「盲目物語」のころになるといわゆる文壇づきあいはほとんどなくなっていたようだ。

そんななかで、「盲目物語」完成直後に、谷崎は「永井荷風氏の近業について」(のち「『つゆのあとさき』を読む」と改題)という本格評論を書いている。谷崎は荷風の「つゆのあとさき」を「西鶴――紅葉に糸を引くところの伝統的作風」による「絵巻物式」の書き方のもので、「純客観的描写を以て一貫された、(略)冷めたい写実的作品」と見ている。その「純客観的描写の手法」には中国の古い小説に通じる「虚無的な冷酷さ」がただよい、それが女主人公の廃頽と調和して成功作になったといっている。

この評論で興味深いのは、「盲目物語」を書きあげたばかりの谷崎が、荷風の新作にも「古い形式」と「旧式な表現法」を見てとり、共感を示していることである。彼は「文章の体裁、場面々々の変化配置の工合」の意図的な古めかしさに、自分の仕事と共通するものを見出しているようで、「昔ながらの東洋風な純客観的の物語、――絵巻物式の書きかたも、使ひやうに依つてはいつの時代にも応用の道があることを感ずる。」といっている。実際、谷崎は「盲目物語」で、古い物語の「応用の道」を探って、一日に二枚以上は書けずに、大いに苦労をしたところであった。

「つゆのあとさき」の荷風の文章は「昔よりも干涸らびて潤ひがなくなつてゐ」て、「そつけない乾いた書きぶり」であり、「今ではところ〴〵正宗白鳥氏を思ひ出させる迄に無愛想になつてゐるのだ。此の、両極端に立つてゐた筈の二人の巨匠の文体が何処となく接近して来た一事を思つても、私は時の推移に対してそゞろに感慨を催さゞるを得ない。」と谷崎は書く。「両極端に立つてゐた筈」なのに近くなったのは、谷崎自身と白鳥の場合も同じことである。

「無頓着な書き方」「無愛想な筆」「そつけない乾いた書きぶり」は、このころの谷崎がひそかに自分のものにしようとしていたものであった。枯淡ではないまでも、旧来の脂っ気を少なくして、せめて「無愛想」に書きたいと思うところがあり、その点で、谷崎の側からも白鳥に近づく理由があったといえるであろう。

谷崎は昭和十年に「武州公秘話」が本になるとき、わざわざ正宗白鳥に「跋」の文章を書いてもらっている。下の世代の川端康成らとは違う白鳥の親身な批評を喜んだからにちがいない。それに応えて白鳥は、「武州公秘話」は「筆が著しく緊縮してゐ」て、「変型愛欲の描写」が「シリアス過ぎるくらゐシリアスで」「普通人の愛欲心理も押詰《おしつ》めて行つたら、かういふ境地にも到達する」かもしれず、「武州公は現代人の姿をもつて現はれてゐる」と書いた。読物雑誌「新青年」連載の小説とは思えない内容の濃さを感じながら、「のんびりしたところが皆無で窮屈さう」ともいっている。

白鳥によれば、谷崎は「平安朝の文学の清冽な泉によつて自己の詩境を潤ほしてゐるとゝもに、江戸末期の濁つた趣味を学ばずして身に具へてゐる」が、「武州公秘話」は江戸趣味に流れることなく「平安朝古典伝来の描写力」を発揮している。彼はその点を評価し、江戸末期の文学は描写力がきわめて弱いが、「物語が自ら描写になつたら日本文学として至極の境地であると、私は思ふ」とつけ加えている。

以上の論のほか、白鳥には昭和七年の「谷崎潤一郎と佐藤春夫」（「中央公論」）という文章がある。「春琴抄」を絶賛する一年前である。彼はそこで「蓼喰ふ虫」以後の谷崎について、評価のことばをくり返している。どの作品も「それぐに古典的完成を遂げてゐる。」「渾然たる芸術の境地に達し切つてゐる」という評価である。

白鳥はそこで谷崎にからめて「『日本文学の伝統』といふことについて」書きたいのだといい、谷崎のことを「西洋文明模倣時代の日本に生長しながら、この作者はさほどには欧米文学に感化されず、日本の伝統美を発揮してゐることが明かだ。」と見た上で、昭和七年の現在の文学の「国粋主義」へと話を進めている。

「伝統破壊は、今なほ上つ面だけに過ぎないことを、我々もをりぐ考へさせられる。」のだが、現在、時勢の変化は大きく、「国民の他の思想に比べて、文学芸術だけが特殊の道を進む訳には行かないと見えて、いつとなしに国粋の色彩が濃厚になるものと思はれる。」その傾向に対して白鳥は、「しかし、少なくも文学の上で、伝統的日本趣味は、本当のところ有難いものなのであらうか。」と疑問を呈し、やや皮肉にこんなふうに語るのである。

……芸術や思想に国境なしといふコスモポリタン的考へは、人間の本性に適しない浅薄な考へかも知れない。だから、日本の伝統の文学芸術の真価がどうであらうとも、我々はそれに勿体をつけて讃美し、それを守立てて行くのが、正しい道であるかも知れない。そこへ行くと、谷崎君の如く、無駄な懐疑に悩まされないで、伝統的文学趣味を抱擁しながら、自分の芸術を築いて行ける作家は幸福である。

谷崎は、直接それに答えるつもりはないがとことわって、翌月の「改造」に「正宗白鳥氏の批評を読んで」を書く。白鳥は谷崎の大正期の作品をあまり読んでいなかったのか、谷崎について「さほどには欧米文学に感化されず」といっている。「伝統回帰」の名作が次々に生まれてしまえば、結局欧米文学の影響は大きくなかったのだと、結果論的に見ていたのかもしれない。

それに対し谷崎は、大正期の「西洋かぶれ」の時代の作品が「一番イヤだ。」ということから始めている。西洋の「影響の現はれ方が甚だうすつぺらで、軽率であつたのが気恥かしくてならない。」

とはいえ、谷崎がこの文章で語っているのは、この時期の彼の「伝統的日本趣味」についてではなく、依然として興味をもちつづけている西洋文学についてである。白鳥が小山内薫の新劇運動の翻訳劇の意味を認めていることにも理解を示しているように見える。

江戸末期の文学を嫌った白鳥は、谷崎がいうように、さらに進んで「母国の文学芸術の今も昔も甚だ貧弱であることに、云ひ知れぬ寂寥を感じて」いたのかもしれない。が、じつは谷崎のほうも、「蓼喰ふ虫」によれば、「今の日本趣味の大部分を占めてゐる徳川時代の趣味と云ふものが何となく気に食は」ずに、「下町趣味とは遠くかけ離れた宗教的なもの、理想的なものを思慕する」というところがあった。そこから、彼は平安時代への好みを生涯にわたって深めていくことになる。

谷崎はもともと、「蓼喰ふ虫」の主人公要と同じく江戸っ子ならぬ東京人のモダニストであり、西洋十九世紀の文学・芸術に深くとらえられた青年期をもち、やっとそこから抜け出たばかりで、西洋を「勉強」する習慣もまだ決して失ってはいない。彼はずっと英語を読みつづけ、その一年前までみずから翻訳を手がけることをも続けてきたのである。

ただ、根津松子との関係が進むにつれ、谷崎は松子の「大阪風」にすすんで誘いこまれつつあった。それまで遠くに見ていた船場の御寮人が急に近くなってきて、谷崎は彼女に合わせて「伝統的日本趣味」の世界をあらたに工夫し、そこから作品を次々に生み出していくことになる。彼の西洋世界への関心は、その過程でおのずから弱められ、あるいは意識的に抑えられていくのである。

それでも、「正宗白鳥氏の批評を読んで」で谷崎は、少なくとも西洋文学については、「白鳥氏程熱心ではないが」とことわりながら、じつはかなり読んでいることを明かしている。近年邦訳の出た現代小説につまらないものが多く、白鳥がそういうものまで評価するのは「幾分西洋びいきになり過ぎてをられはしまいか。」と、彼の読書経験を語りながら疑問を呈したりしている。谷崎は、いまや自身の「西洋びいき」時代を乗り越えつつ、白鳥の西洋文学への傾倒の深さに対し、基本的に尊敬の調子を失っていない。白鳥は昭和三年十一月から翌年十月まで、夫人同伴の「世界一周」の旅をしている。それは、少し前までの谷崎が熱望していたような旅にちがいなかった。昭和二年のころまで、彼は折をみて西洋へ行きたいという考えを持ちつづけていたが、このエッセイの昭和七年の時点では、すでに「洋行」の夢は経済的にいってても実現しにくいものになっていた。

そんな谷崎は、「泰西の文物に対する日頃の愛着の尋常でなかつた」白鳥が夫婦で自由な「洋行」を敢行し、その後「一層西洋への関心を深め」たらしいことを、半ば羨むかのように語っているのである。

谷崎は自分の小説のために、永く西洋の小説を英語で読みつづけてきた。彼の伝統回帰ものの秀作群、特につづけさまに書かれた「盲目物語」「武州公秘話」「蘆刈」「春琴抄」は、スタンダールを読みこんだ経験がもとになって生まれたものと私は見ている。どれもがスタンダールの「恋愛論」に出てくる「情熱恋愛」をテーマにしている。そう見てほぼ間違いないというのが私の考えである。

大正期のバルザック体験のあと、昭和に変わるころ谷崎はスタンダールを耽読したが、その後は英語で読む西洋の小説で感心するものに出会うことが少なかったようだ。西洋文学は十九世紀が立派で、二十世紀はつまらなくなったと感じていた。そのなかで、谷崎は前年翻訳されたばかりのレイモン・ラディゲ「ドルヂエル伯の舞踏会」（堀口大学訳）に注目し、ほとんど感服の念をいだいたことを、「正宗白鳥氏の批評を読んで」の後半でくわしく述べている。

小説の書き手の側から見て、この二十歳の青年の小説がいかによく出来ているか、早熟な作者の見識がいかに卓抜であるかを谷崎は語り、「此の作者の早熟さは神業に近いものがあり、誠に現代の奇蹟と云つても過言ではあるまい。もし日本の文壇にこんな少年が現はれたとしたら、われわれはどんなに薄気味の悪い思ひをすることであらう。」と感嘆のことばを漏らしている。そして、これを見るとフランスはよほど「小説道」が進んでいるので、「かう云ふ異常な少年作家を生み出す国は矢張り仏蘭西以外にはあるまい。」とつけ加えている。

このラディゲの論になると、すでに白鳥の批評からは離れて、谷崎は彼自身の小説家的関心に集中していく。つまり、ふだん白鳥がそこまで深入りすることはめったにない「小説道」への関心である。彼は若いラディゲの仕事に触発されて自分の小説のことを考えている。そして、ラディゲがいう「つつましい恋愛小説でありながら、同時にまた、如何なる好色本よりも猥な小説」である「ドルヂエル伯の舞踏会」のような書き方で、封建時代の日本の女性を主人公にして書いてみたいと思い立ち、こんなふうに抱負を述べている。「東洋風な、捉へどころのない風のやうな仄かな婦女子の情緒を描くことが出来れば、さういふ方面からいつかは仏蘭西風の心理小説と握手する時がありさうに思はれる。」

谷崎のその後の仕事を見ると、「女大学流の道徳や倫理を信じそれに縛られ」「感情を殺すことにばかり馴らされて」いた封建時代の女性を「真に生かして書いてみたい」という野心的な思いは、結局実現しなかったといえるであろうが、それでもこのエッセイの一年後に出た「春琴抄」の春琴の書き方は、人物の個性をつとめて曖昧化したうえで、封建時代の名残りの濃い大阪の古い商家の空気のなかに盲目の春琴を十分に生かしたものになっている。「封建時代の日本の女性の心理を、近代的解釈を施すことなく、昔のままに再現して、而も近代人の感情と理解に訴へるやうに描き出すこと」に成功しているともいえるにちがいない。

「東洋風な、捉へどころのない風のやうな仄かな婦女子の情緒」を描くということも、谷崎はのちの「細雪」で試みているように見える。彼は古風で地味な雪子を物語の中心に据えて、おそらくその「捉へどころのない風のやうな」魅力を描こうと苦心しているのである。

谷崎潤一郎の未発表原稿について

谷崎潤一郎の全集未収録作品は少なくないが、今回未発表と思われる原稿があらたに見つかった。日本大学芸術学部図書館がそれを購入する運びになっているので、ここに原稿をおおやけにし、簡単な解説を加えることにしたい。

「追憶二つ三つ」という題の四百字詰め原稿用紙八枚の毛筆原稿で、東京大手町の朝鮮銀行四階満洲興業銀行内岸巌あての封筒に入っていた。郵便局印の日付けは昭和十八年五月七日、谷崎の熱海の別荘の所在地西山五九八から出されたものである。

岸巌は谷崎の一高英法科時代の親友で、「新思潮」時代の谷崎が一緒に岸の郷里の有力者をたずねて、真冬の青森県鯵ヶ沢まで金策の旅をしたことがあった。その経験は初期の短篇「飇風《ひょうふう》」の材料になっている。「青春物語」によれば、若い岸巌は文学の批評眼にすぐれ、文壇に出られずに苦しんでいた谷崎を「兎に角君は小栗風葉くらいにはなれるよ」といってしばしば激励したということである。

その岸巌ら一高出身者を中心とする「一匡社」という同人組織があった。「一匡社」は大正二年から「社会及国家」という雑誌を長年にわたって出しつづけた。谷崎もその「社友」という立場でしばしば短文を寄稿している。雑誌「社会及国家」については、すでに細江光氏によりくわしい調査がなされている。細江氏は同誌から全集未収録作品を多数見つけ出し、ひとつひとつ解説をつけて発表している（「谷崎潤一郎全集逸文紹介1・2」平成三年三月刊『甲南国文』および『甲南女子大学研究紀要』）。細江氏の調査によると、「社会及国家」は大正二年九月に創刊され、昭和十六年四月通巻二九七号を以て廃刊となった。じつに三十年近くものあいだ、ほぼ月刊を守って着実に刊行されつづけたようだ。

「一匡社」は広く政官財界から人を集めて「社員」としていた。昭和十四年の「社員名簿」によると、常任幹事は君嶋一郎、岸巌、大村正夫の三人で、庶務部、雑誌部、研究部などをもつ組織だった。在京社員六十名、植民地などの地方社員十六名、パリ駐在の在外社員一名となっている。渋澤敬三、津島寿一、金森徳次郎、田中耕太郎、植村甲午郎など大物の名が並び、谷崎の竹馬の友、中華料理の偕楽園主人笹沼源之助も評議員をつとめていた。「社会及国家」の発行元は「一匡社雑誌部」である。

今回手に入った谷崎の未発表原稿は、「社会及国家」の廃刊のあと、昭和十八年五月に岸巌あてに送られている。常任幹事大村正夫が死に、おそらく追悼文集を出すことになって、谷崎の「追憶二つ三つ」もそのために書かれたもののようである。

編集の担当者だったらしい社員井上昇三のもとに集まった二十名の原稿がそっくり残っている。谷崎の原稿だけはたぶん井上の手でコピーがつくられている。目次の原稿も見つかっている。すべて追悼文で、追悼座談会の速記録もあるが、それ以外の原稿はないので、雑誌「社会及国家」をもう一冊出そうとしたのではなく、雑誌ではない追悼文集をつくるつもりだったのだろうと思われる。それが実現しないまま谷崎の原稿も埋もれていたのであろう。戦況悪化のため出版がむつかしくなり、紙も手に入らず、政官財界の大物を擁した一匡社といえども、追悼文集の印刷刊行は不可能ということになったのにちがいない。

君嶋一郎の原稿には一匡社結成当時のことが書かれている。大正二年津島寿一宅での会合に始まり、その後日本橋葺屋町大村正夫宅を一匡社本部とし、一匡印刷所をつくり、北軽井沢に一匡邑をつくった。開業医の大村は、途中まで一匡社の社員中最も熱心に活動した人だったらしい。

岸巌の原稿は文章が抜群にうまく、センテンスが長めののびやかな調子が谷崎の文章を思わせる。親父橋際の大村医院のこと、大村の糖尿病のこと、朝鮮銀行平壌支店支配人時代に大村が来遊したことなど、生き生きと綴られている。まだ二十代の「その頃俄かに太り出した」谷崎の糖尿病のことのほか、平壌の牡丹台とかお牧の茶屋とか、明治末の高浜虚子の長篇小説「朝鮮」に書かれた日本人の遊覧の場所が変わらずに出てくるのも興味深い。谷崎の「当世鹿もどき」によると、岸巌はこのあとほどなく亡くなったようである。

谷崎の原稿が送られた昭和十八年五月七日といえば、「細雪」の雑誌連載が陸軍報道部の干渉により中止と決まった直後にあたる。おそらくその打撃と落胆のさなかの文章である。が、谷崎がそれまで「中央公論」や「改造」に書いていた随筆類と少しも変わらぬていねいな仕事ぶりで、十分に思いのこもった追悼文になっている。

医師大村が谷崎の出生の地日本橋蠣殻町近くで開業したため、むしろ大人になってから親しくしたという関係らしく、震災前の日本橋の記憶とともに、一介の町医者として生きた大村の人となりへの共感が、過不足なく表わされているいい文章だと思う。このあと戦後まで、随筆もほとんど書かれなくなるので、谷崎の文章がごく少ない時期の貴重な作品だといえるにちがいない。

追憶二つ三つ

谷崎　潤一郎

○

一高時代の或る年、房総半島方面であつたか、場所ははつきり覚えてゐないが、野外演習があつた時に、大村君は分隊長か何かで一隊を指揮してゐたものだつた。そして、戦闘正に酣なる時、君は「突つ込め」の命令と共に先頭に立つて遮二無二突進し、前方にあつた水田の中へ身を躍らして飛び込んで行つた。然るに水田だと思つたのは泥沼であつたらしく、飛び込むと同時に大村君の体はづぶづぶと埋没し始め、あがけばあがく程深く沈んで、忽ち首のところまで漬かつてしまつた。当時私は此の光景がよく見おろされる丘の上に居合はせたので、始終の様子を遠くから望見していたが、勿論君のあとにつゞいた一隊の人々は、誰一人として飛び込んだ者はゐない。皆泥沼の岸に立つてあれよ〳〵と云ふばかりである。と、そのうち誰かゞ藁のやうなものを投げてやつたと見ると、大村君はそれに摑まつて辛うじて浮き上り、やう〳〵岸に着くことが出来た。首から上は助かつたので、鼻から泥鰌が出もしなかつたが、直ぐにその場で制服を脱いで素ツ裸の泥んこ姿になつたところは正に権九郎であつた。あとで村の人に聞くと、その沼は底なし沼で、飛び込んだら最後何処までも沈んで行くので、今迄助かつた者はないのだと云ふ。私達一部（英法科）の者共が、三部（医科）に大村正夫と云ふ勇敢な人物がゐることを知つたのは、此の事件以来であつたやうに思ふ。少くとも私は、最初に大村君をさう云ふ猪突的な人物として受け取つたのである。

○

大村君が始めて町医者の看板を掲げた家は、人形町の方から行つて親父橋の橋の手前を右に曲つた右側の二三軒目の、天ぷら屋の角をちよつと奥の方へ這入つた所、――――多分彼処は葺屋町だつたと思ふ。震災後は此の親父橋もなくなり、あの辺一帯もすつかり様子が変つてしまつたが、大村君が開業した大正の初期頃は、まだ明治時代の街の面影を殆どそのまゝにとゞめてゐた。何分あの辺は所謂「日本橋のまん中」で、魚河岸や芳町の花柳界や堀留界隈の問屋街に近く、兜町蠣殻町杉ノ森等の取引所も二三丁から七八丁の範囲内にあつて、東京中でも最も古い、まだ何処やらに江戸の匂を残してゐる一廓であつたが、静岡生れの大村君がどうしてあゝ云ふ場所で開業することになつたのか、私は知らない。しかし私は、自分が蠣殻町生れであつたし、当時は父が米の仲買をしてゐてまだ両親とも米屋町の店の奥に住んでゐたし、自然親戚や友人などの家があの辺に多かつた関係上、自分は山の手に所帯を持つてゐたけれども、始終あの辺へ出かけるついでがあつたので、大村君の所へもしば〳〵立ち寄つたものであつた。開業の当座は、君もまだ独身だつたので、よく引き留められて御馳走になつたが、あの角の天ぷら屋は何と云ふ店であつたか、ちよつとうまい天ぷらを食はした。今も残つてゐる有名な煮豆屋の宝来屋は、大村君の家と裏の方で背中合せになつてゐて、此方の二階から向うの住居の二階が見え、そこの座敷で女の子たちが長唄を唄つてゐたりしたことがあつた。牛肉屋の今清、菓子屋の新杵、清寿軒、楊枝屋のさるや、――――かう云ふ店も皆近所にあつたが、今はなくなつてゐるのもあらう。私は自分の生れ故郷である此の界隈の思ひ出に耽る時、いつも云ひやうのない懐しさを以てあの頃の大村君のことゞもを回想するのである。

○

私は二十五六歳の時から今日に至るまでずつと糖尿病であるが、私の此の病気は大村君に依つて強ひて発見されたやうなものであつた。君は自分が糖尿病であるところから、此の病気に特に関心を抱いてゐたらしく、且自分の仲間を一人でも多くしてやらうと云ふ興味を持つてもゐたのであらう。早くから私の血色や肉づきを見て、どうも君は糖尿病らしいから一つ診察してやらうと云つてゐた。私は又、自分では一向病人のやうな気がしないのに、そんな病気を発見されては迷惑であるから、何とか彼とか云つて逃げてゐたが、或る年の夏、脚が馬鹿に重くなつて、てつきり脚気に罹つたと思つたので、電話で君に相談すると、いや、脚気ではあるまい、糖尿病だとそんな風に体が大儀になるものだから、恐らく糖尿病だらう、兎に角来てみ給へと云ふ。私はいよいよ引導を渡されることゝ覚悟をきめて出かけたが、行きがけに偕楽園へ寄つたら水羊羹を出されたので、甘い物のたべ納めにそれをうんとたべて行つたことを覚えてゐる。その時の大村君の話に、糖尿病と云つたつて何もそんなに悲観するには及ばない、西園寺公望、大倉喜八郎の如き、糖尿病であるけれどもあの通り長寿を保つてゐる、米食国民の糖尿病は、西洋人の場合のやうに重くならないのが普通で、ひどい不摂生をしない限り天寿を全うすることが出来る、たゞ注意しなければならないのは、此の病気になると抵抗力が減退するので、糖尿病そのものでは死なないけれども、余病を併発して死ぬことが多い、就中肺病には最も感染し易く、一度感染すると、糖尿病の方は悪くならないでも肺病の方がどん〳〵悪くなる傾向があるので、肺病に対しては大いに警戒を要する、と云ふことであつた。然るに不幸此の言が讖をなすに至つたのは、君のために何とも傷ましい限りである。

○

夏目漱石が胃潰瘍で死んだ時に、大村君は云つてゐた、——漱石には胃病と糖尿病と二つ持病があつたが、胃病は命取りであるのに反し、糖尿病はさうでないのだから、糖尿病の方を警戒せずに、胃病の方をもつと警戒したらよかつたのではなからうか、新聞に依ると今回の発病は鶫をたべたのが誘因だとあるが、あゝ云ふものは糖尿病には無害だけれども、胃病には甚だ悪い、自分が漱石の医者であつたら、糖尿病をもつと進行させても、胃潰瘍を起させないやうな方針を取ると。医術に関しては私は全くの門外漢であるから、兎角の批評をする資格はないが、大村君は病人を治療するに方つて、さう云ふ風な策略の用ひ方が甚だ巧かつたことだけは、しろうとにもよく分つた。それと、診察は直覚だと云つてゐたゞけに、直覚力が非常にすぐれてゐたこと、感覚が鋭敏であつたことは確かで、診察のしかたは、見てゐると甚だ大ざつぱで、ぞんざいであつたが、それでゐて実に見立ての上手なお医者さんであつた。君が骨牌遊びのやうな賭け事に強かつたのは、つまり此の直覚力や感覚力がものを云つたからであるが、後年あゝ云ふ大通人になつたのも、結局はそれであつたと思ふ。たゞ惜しいのは、あれだけの素質があつたのだから、健康さへ許せば医者としてももつと偉い名医になれたであらうに、晩年茶の方に走り、故郷に隠退して逃避的生活をするやうになつたのは、それも矢張直覚で、自分の命数を早く既に予感してゐたせゐかも知れない。君に関する追懐談は、書き出せばまだいくらでもありさうな気がするが、先づこれを以て一往筆を擱くことにする。

（五月七日記）

III

谷崎潤一郎の「旅」

東京人の出不精ということを谷崎自身いい、たしかに彼は十分広く歩きまわった大旅行家というのではなかったが、谷崎潤一郎の人生というものを考えてみると、その全体をひとつの旅のように見ることができそうに思える。

若いころ、やや病的に地震を怖れるところのあった谷崎は、結婚後東京下町を離れて、より安全な山の手の小石川、本郷へんで暮らし、鵠沼、小田原、横浜と転々とするが、関東大震災で東京下町と横浜が壊滅すると、関西へ逃れて主に阪神間で暮らすことになる。

谷崎は地震がないという阪神間の土地で心から安堵し、以後彼の関西暮らしは三十年以上に及んだ。のちに阪神地方を大地震が襲うのは、彼の死後また三十年たってからのことである。その地震で谷崎が住んだ場所の多くが被害を受け、戦前彼が建てた唯一の家もみごとに崩れ去って何ひとつ残らなかった。

地震を怖れて逃げまわった人生だといえば誇張に過ぎる。が、谷崎は逃げまわるわけではなくても転居癖がはなはだしく、関西移住後もそれは変わらなかった。暮らしも決して安定せず、当時中央公論社社長嶋中雄作にあてて書かれたたくさんの手紙を読むと、原稿が書けたぶんだけ東京へ送って原稿料の送金を頼みつづけているのが、まるで旅先で金に困って助けを求めているかのようにも見えてくる。

　明治の末年、文壇へ出ようと苦労していたころ、谷崎は神経衰弱のため常陸の助川（現日立市）へ転地し、そこから勿来《なこそ》や平潟《ひらがた》へ足を伸ばし、あるいは旧湯本宿の三函《さはこ》の湯に遊ぶということがあった。彼の初恋のひと穂積フクを思う歌を「みちのくの三箱《さはこ》の御湯にゆあみして、かがやく肌を妹に誇らむ」とうたったのも、助川から湯本まで旅をしたときのことだったと思われる。

　常陸の助川は、少年期の谷崎の進学を支えた笹沼家の別荘があったところで、不遇時代の谷崎は何度かそこの世話になったらしい。地名は助川会瀬《おうせ》入舟というところである。広大な太平洋に向きあう崖の上の高台で、彼は最初の滞在のとき、出たばかりの永井荷風「あめりか物語」をじっくり読んだようだが、神経衰弱とはいえ何人か遊び仲間もいて、常陸から陸奥のほうへ、つまり茨城から福島へと旅をしたことがあるらしい。その「浜街道」の遊び場としては、当時平潟や湯本がよく知られていた。

「みちのくの三箱《さはこ》の御湯に」の歌の三箱は、古来「佐波古《さはこ》」とも「三函」ともいった湯本宿の湯場で、平《たいら》に近い。街道唯一の温泉地として、江戸時代から遊女の多い享楽的な土地柄であった。特に戦後は常磐炭坑によって栄えた。平潟は陸奥の湯本の手前、常陸の国の北端の港町で、河村村瑞軒の東廻り海運の中継港として賑わった。こちらも同様に遊女が多かったようだ。

谷崎はその平潟の思い出を、のちに「蓼喰ふ虫」のなかで語っている。淡路島の旅の場面である。主人公要《かなめ》は洲本の旅館の縁側から目の前の小さい入江を見おろしながら、「いつぞや常陸の国の平潟の港に遊んだ時」のことを思い出す。「入り江を包む両方の山の出鼻に燈籠があつて岸にはずつと遊女の家が並んでゐる」、それが古くて「廃頽的」な感じだったという若き日の思い出である。

現在の平潟は、円い入江の奥がかなり埋め立てられているが、ほかにも播州の室の津や備後の鞆の津など、谷崎が愛した古い港町はどれも深く入りこんだ入江がくっきりと円い。彼が洲本で泊まったなべ藤旅館の前の入江も同様だったにちがいない。が、その旧港はいまではすっかり埋め立てられ、だだっ広い広場になって、「港の出口をふさいでゐる砂糖菓子のやうに可愛いコンクリートの防波堤」も「同じやうに可愛い燈籠」も消え失せ、海が遠くなってしまっている。

谷崎の若書きのひとつに「飇風《ひょうふう》」という小説がある。「刺青」発表の翌年、明治四十四年の「少年」や「幇間」のあと、永井荷風に求められて書き、掲載誌の「三田文学」が発売禁止になった作品である。谷崎の初期作品のなかで最も知られていないものではないかと思うので、少しくわしく紹介してみたい。

若い画家直彦の奇妙な東北旅行の話である。美貌の持ち主で、純潔純情、画才豊かな直彦は、ある日童貞をやぶって吉原の女と馴染んだあげく、荒色の結果の衰弱と死を怖れるまでになる。

彼は立ち直ろうとして、半年の予定で旅に出る。「恋」の相手である吉原の女には、半年のあいだ禁欲を守ることを誓って出発するのである。

谷崎は同人雑誌「新思潮」の金策のために、一高時代の友人岸巌と青森のほうへ冬のさなかに旅をしたことがあった。時には馬橇に乗って、浅虫、青森、弘前、木造、鰺ケ沢、秋田といったところをまわったらしい。その旅をともにした岸巌が「白皙の美男子」で、秀才なのに「女難と大酒飲みが祟つて割合に出世が遅く」(「当世鹿もどき」)という人だったようだが、「颷風」の直彦はおそらくその岸をモデルにして、「女難」から逃れる美男の青年のひとり旅の話にしてある。

その後の長い生涯のあいだ谷崎が書いたもののなかに、荒涼広漠たる裸の大自然が出てくることはまずないといってもいいのだが、この小説の冬の旅の自然は例外的にむきだしで荒々しい。津軽海峡を前にした港に立つと、「大理石のやうな青空の下に、暗い藍色の海の潮が寒さうに流れて、遠く函館の山影が、北極の氷山を望むやうに連なつて居」る。汽車に乗ると、津軽平野の朝の「大雪景」が「パノラマのやうに展け」る。「一望千里の皚々《がいがい》たる雪が、遠く遥かに野を蔽ひ、林を埋め、川を塞いで、人と馬とは砂糖に群がる蟻のやうに、点々として黒く小さく動いて居る。」「黒い外套頭巾に総身を包んで、藁沓を踏みしめ踏みしめ、朔風《さくふう》に逆ひながら、後ろ向きに平原を横切つて進んで行く人影もあつた。」

のちの谷崎文学に絶えてあらわれることのない自然が、ここにあるという感じが新鮮ではないだろうか。

もしも谷崎が、東北の田舎暮らしをして小説を書きはじめていたらどうなったか、どんな文学になっていたか、想像してみたくなる。「自然主義」という考えが特になくても、荒々しい大きな自然のなかの人間を見ていれば、おのずから自然主義ふうの書き方になっていくということがあったにちがいない。ここにあげた自然描写も、何となく若い谷崎の「自然主義」を思わせるようなものになっているのではなかろうか。

谷崎は「新思潮」をはじめる前に、生活に困って、秋田か山形の新聞社にほとんど勤めようとしかけたことがある。一高時代の級友たちに囲まれてひとり和服姿で写っている「都落ち」送別の会の写真が残っている。谷崎が実際に何年か東北で暮らしていたら、少なくとも彼の初期の文学は多少違ったものになっていたはずなのである。

「飈風」にも常陸の平潟が出てくる。主人公直彦の禁欲のひとり旅が終わりに近づいて、平潟でも遊女屋ではなく旅館に泊まり、尻の腫れものを女中に押してもらって膿《うみ》を絞り出す場面がある。「彼は腫物を押されながら、不思議な痴情に駆られて、苦しさうに呻いたり、女の足へ武者振り附いたり」しながらも禁欲を守り通す。「性欲」のテーマが滑稽でグロテスクなものになってくる。

この作品は、「純潔なる恋」を守るためにあらゆる誘惑に耐える青年の難行苦行が、小説というよりむしろメロドラマやオペラの台本のように語られている。少なからずそんなふうに読める。東京の都会生活に戻って書けば、全体としては「自然主義」ではなく、派手なオペラのようになってしまうのである。最後に青年が吉原の女のもとへ帰り着いたとたんに脳卒中死する「愛と死」

の物語になっている。

原稿が遅くなって、永井荷風は読まずに「三田文学」にのせたということだが、アメリカ時代にワーグナーに熱中し「タンホイザー」の物語を愛した荷風にしてみれば、これはこれでおもしろく思えたかもしれないという気もする。当時の「中央公論」の名物編集長瀧田樗陰《ちょいん》は、「颱風」がおもしろかったといって無名の谷崎を訪ねて来、その求めに応じて書いてはじめて有名商業誌にのったのが「秘密」であった。

後年、谷崎は関西で暮らしながら「東京をおもふ」という長篇随筆を書き、東京は「東北の玄関」のように見えるといった。たまに東京へ行くと「此処から東北が始まるのだと云ふ感が深い」といい、なおつづけて、東京人には「何処までも東北人の暗い陰翳が附き纏つてゐ、彼等の頓智や洒落にさへも一脈の淋しさがたゞよふのである」と書いている。

そんな言い方のもとには、関西から見た江戸・東京の食生活の貧しさ淋しさに対する一種特別な思いがあったようだ。「東京をおもふ」でも若いころの東北旅行の記憶が語られ、その旅で「モヤシのヌタや、鰰《はたはた》の味噌漬や、ナメコの三杯酢に舌鼓を打つたことがあり、今でも折々たべてみたくなるけれども、あの地酒のまづさを想ひ、それらの食物の東北らしい淋しい色合ひを想ふと、背筋が寒くなつて来て、再び彼の地へ行つてみようと云ふ気にはなれない」というのだが、谷崎はそれに加えてこう書く。「が、東京の所謂『オツなもの』を並べた食膳の色彩も、それと幾ばくの差があるかと云ひたい。」その東京の「オツなもの」とは、「今戸の煎餅や千住の鮒の雀焼や浅草海苔やタ、ミイワシ」、あるいはチュッチュッとしゃぶって食べる蟹やシャコなどである。見るからに「堪らなく淋しい、あぢきない気分」になるものばかりである。

もともと谷崎には、生まれ育った下町をなつかしみながら、同時に、自分が下町的習慣のパターンにはまること、あるいは下町文化の常套句《クリッシェ》にとらわれることに対する、きわめて独特の羞恥心があった。東京の食べものや食習慣をこんなふうに相対化するところにも、同じ羞恥心が強くはたらいているのがわかる。

かつて東京時代に「お艶殺し」や「お才と巳之介」を書き、みずから「悪小説」といって恥じた谷崎は、その後の「旅」の生涯をつうじて、その羞恥心を磨いて強いものにしていったともいえるのである。彼は親しく馴染んだものの外に立ち、あらたに未知の場所との関係を手探りしながら、「伝統回帰」時代の諸作を生み出していく。

その過程で、彼は江戸・東京の文化を相対化することばをたくさん残した。が、それは決して関西に根づいた人のことばといったものではない。彼はどこかに根をおろして語っているのではなく、日々移動をつづける旅人として、旅の途上の思いを端的にことばにしている。同様に、関西についても、彼は旅人のことばを語りつづけたのだといってもいいのである。

「蓼喰ふ虫」のような作品を読むと、そのへんの事情がよく見えてくるように思われる。その意味で、「蓼喰ふ虫」は最も魅力的な「旅の小説」だといえるのだが、旅する者の思いは随筆類にもよく出ているので、ここでは短いものをひとつ、昭和十年の随筆「大阪の藝人」をあげておきたい。

根津松子を三人目の妻として迎え、結婚式をあげる直前の文章である。谷崎は松子への愛とともに「大阪愛」ともいうべきものを深めることになったが、しばしばミナミの寄席を覗くことがあり、その経験が「大阪の藝人」のなかで語られている。大阪の寄席の空気が、明治二、三十年代の東京・日本橋の寄席に似ていて、「実に何とも不思議な心地」がしたということである。

しかも、彼はそこで東京時代の「朝寝坊むらく」が圓馬と名を改めて真打ちになっているのに出会う。そのときの驚きがこう語られる。「『明治時代の東京』がむらくと云ふ人間に化けて突然出て来たやうに感じ」「『ぎよつとした』と云つてもよい程に驚きもすれば、なつかしくもあつた。」

若いころ谷崎は、人に「むらく」に似ているといわれたことがあった。「一種の不良青年的な精悍さ」が共通していたのだが、むらくはいまや「あの生意気な、狡猾さうな輝きが消え」「一個の好々爺になつて」しまっている。「昔のむらくを藻脱けの殻にしたものが圓馬になつてゐるのである。」

大阪の寄席で過去の自分自身に直面させられたような気がしてぎょっとするというのがおもしろいが、むらくが「藻脱けの殻」なら谷崎自身も「最早争へない老人」である。彼は高座で語るむらくを見ながら、「外形的にはさう変らない一人の男を、そつくりそのまゝ老人に変へてしまつた年月の作用が考へられて、悽愴の感にさへ撲たれ」るのである。

その年月は、谷崎にあっては、東京・日本橋の故郷を離れて転々とした二十年である。「私がかうして此の土地に流れて来てゐるのも不思議なら、こんな所であの頃の寄席にめぐり遇ふと云ふのも不思議でならない」という、思ってもみなかった人生の長い年月である。

「此の土地に流れて来てゐる」者の思いは、「蓼喰ふ虫」の文楽の人形芝居を見る場面にもすでによくあらわれていたといえる。「蓼喰ふ虫」は谷崎の関西の「旅」がはじまって五年というころの作品だが、その後の「旅」から谷崎は彼の文学の最も重要な部分を生み出すことになる。それはあえていえば旅する「老人」の文学といったものになってくる。関西の地を旅しながら次第に老いていくひとりの東京人の文学である。

その「旅」の道連れであった松子夫人と妹たちに対して、谷崎は「東京人の大阪人に対するエキゾチスム」を持ちつづけたと、最晩年の「雪後庵夜話」で語っている。「東京人の眼から見ると、京大阪の女性たちは、われ〳〵に比べて幾分か人間離れしてゐるやうに感じられる。さうしてそれが、私の彼女たちに惹き寄せられた所以《ゆゑん》であり、その遠い源《みなもと》は千本桜の舞台にあったと云へないであらうか。」歌舞伎の「義経千本桜」をはじめて見た幼少のころから、はるばる七十余年をへてきた彼の「旅」が、そろそろ終わりかけようとするころの文章である。

谷崎潤一郎の神戸　夢のあと

阪神大震災後十年が過ぎた。谷崎潤一郎が昭和三年に好みのままに作らせた岡本・梅ノ谷の家が失われて十年ということになる。私は震災翌年の一九九六年に被害を見て歩き、二〇〇三年には神戸復興の様子を確かめにいき、昨年また十年目の神戸を見にいった。

岡本・梅ノ谷の家は、有名な梅園に近い高台に農家が散在していた時代、谷崎がその一軒を借りて隣りに建てた中国風の御殿のような離れである。阪神大震災では瓦の重い立派な日本家屋に倒壊したものが多く、谷崎の家も完全に崩れ落ちたが、それまでは少なくとも外見は建築当時のままよく保存されていた。長くアメリカ人が住み、めったに中を見た人がなく、谷崎の関西の足跡を調べつくしたたつみ都志氏も『ここですやろ谷崎はん』では建物の中を見ずに書いている。『谷崎潤一郎の阪神時代』の市居義彬氏が、家主の好意で中を見ることのできた数少ない一人であろう。

私は市居氏の本が出た一九八三年ごろ、市居氏の知人という人に案内されて家を見にいったことがある。が、結局借り主と連絡がつかず建物の中は見られなかったが、当時外の道からはよく見えなかった離れを、門の中へ入って外観だけは確認することができた。

その後、一九九一年に行ったときは、驚いたことに広い屋敷を囲んでいた生垣がほぼなくなり、樹木も大幅に減り、地所の半分ほどがコンクリート打ち放しのマンションふう二階建てと駐車場に変わっていた。谷崎の離れはまだ健在だったが、アスファルトの駐車場に面してほとんどむきだしになっていた。昭和初年の谷崎の中国趣味の建物の足もとへ、外から車が入りこむ狭苦しい眺めに変わってしまっていた。「蓼喰ふ虫」の斯波要の一家が上海帰りの高夏秀夫と過ごした庭が、そのときされいに消え去っていたのだ。

一九九六年、震災の一年後、私は谷崎の阪神間の住まいの跡をすべて見てまわった。梅ノ谷の家があったところは、でこぼこしたただの草地に変わっていた。そこに立つと、遠い埋立地の大橋と海がよく見えた。下方の建物が消えたために、昔谷崎家の二階から一望できた海が戻っていた。四百五十坪といわれた地所は、大地が動いて崩れたままに波打ち、石の山をなし、雑草がはびこり、南側に残ったマンションふうの二階建ては、コンクリートがまだ新しいのに無残にもひびだらけだった。

谷崎家から下る急坂は、路肩が崩れていて、歩きにくかった。坂をおりたところの旧好文園住宅地は、梅ノ谷へ移る前に谷崎一家が住んだところだが、そこもほぼ全滅、近くの天井川は護岸が崩れたまま、修復に手がついていなかった。おそらく川のあたりに活断層が走っていて、谷崎が住んだ好文園と梅ノ谷は最も激しく揺れた場所だったのにちがいない。

谷崎は転居が好きで、それまで一つ土地に二年と住んだことがなかったのに、岡本が気に入ると珍しく腰を据え、関東大震災後の東京へ戻る気をなくしていった。なかでも梅ノ谷の家には、税金の滞納などで売却を迫られるまで三年近く住んだ。梅ノ谷の家でよんだ歌がある。

をかもとの里は住みよしあしや潟海を見つつも年を経にけり

夏くれば海のながめは葉がくれてみぬめの浦となりにけるかな

岡本は、少年時代以来異常なほど地震ぎらいだった谷崎が、またとない安住の地と感じはじめていた土地だったのだ。「夢だ！　ほんたうに夢のやうな恐ろしさだ！」というのが、明治二十六年の東京ではじめて大地震を経験した少年谷崎の思ったことである。（「病蓐の幻想」）

現在の住居表示では、岡本の名は相当広い地域にわたっている。そこを歩いてみると、阪急岡本駅に近いところは破壊のあとが見られなかった。駅のすぐ裏の邸宅街も無事で、そこから北東へ登った（現）本山北町五丁目の、谷崎が二度目の妻丁未子さんと別居するため移り住んだ家も、質素な古い日本家屋に変化がなかった。

阪急の南へ坂を下ったところの本山第一小学校わきの家は、「痴人の愛」を書いた裏側の家が無事で、そのへんも特に被害はないようであった。

昭和十年、谷崎が三番目の松子夫人と結婚式をあげ、「猫と庄造と二人のをんな」を書いたのが阪神打出に近い（現）宮川町の家である。詩人富田砕花の兄の持ち家で、震災前から砕花の記念館になっていた。そこへ行ってみると、石塀が崩れたまま庭に大石がごろごろしていたが、谷崎が書斎にした門わきの納戸は、土台や壁に亀裂はあるが、残っていた。立入禁止の新しい札が出ていた。打出の駅からの道は、家々壊滅して空地がひろがり、国道へ出ると、阪神高速道路はまだ橋桁が落ちたままであった。富田邸は付近の惨状にくらべるとずいぶんましに見えた。谷崎の納戸は、母屋が昭和二十年八月の空襲で焼けた際も焼け残ったものである。

「細雪」の家として有名な阪神魚崎の「倚松庵」は、もとの場所から少し離れたところへ移築・復元したもので、移築のとき鉄の梁を入れてあったとかで無事。管理人の話では、もとのままならつぶれていただろうという。近隣の大きな屋敷は、長い塀と門を残して消え失せていた。住吉川の護岸は大きく崩れたままであった。

震災一カ月後の新聞で死者数を調べてみると、魚崎、青木《おうぎ》、住吉、岡本、御影といった谷崎に縁のある土地を含む東灘区の死者は千二百六十三人で、市区別の統計で一位、ずば抜けて多い数である。町名別に見ると、本庄町九十七人、魚崎北町八十九人、本山中町八十八人、田中町七十九人、森南町七十一人、御影石町六十七人、住吉宮町六十四人、といったところが最も死者の多かった町々で、ちなみに死者数最大の本庄町は、「細雪」の物語の設定上の舞台とされる芦屋市清水町にほとんど隣接している。その清水町は死者四十人、国道を越えた南側の津知町《つぢちょう》は死者五十三人を出し、芦屋市のなかでは被害最大の二町である。

なお、この時期に判明していた死者数は全体で五千四百人ほどで、現在わかっている阪神・淡路大震災の死者総数六千四百三十三人より千人ほど少ない。

以上に見たように、特に死者が多かったのは阪神国道をはさんだ町々であった。震災後国道から見ると、両側の建物の多くがなくなって、北は六甲の山まで見通せるようになっていた。国道沿いに残った新しいビルも、外見は一応きれいでも、内部の損傷が大きいようであった。三宮では、繁華街のビルが歯が抜けたようになったところへ人がたくさん出ていた。谷崎の時代に栄えたトーア・ロードは、古びた損傷ビルが手つかずのまま並び、人も少なく、陰気な眺めが見るに忍びない気がした。

一年後の震災都市は、高架橋の落下などで鉄道と道路が寸断されていたのがともかく復旧し、足の踏み場もなかった街がやっと片づいたという段階だった。アスファルトが至るところでこぼこし、仮設住宅が建ち並び、高層マンションは住民がまだ戻らず、暗い建物の地下の飲食店街だけきれいになって明るかったりした。そういうところで酒を飲むと、地震を経験しなかった者の立場というものを思わされた。

大地が激しく突き動かされ、壁が倒れかかってくるときそこにいなかった者が目にした一年後の眺めについて考えてみた。私にとってそれは、谷崎潤一郎が生きた神戸が完全に消え失せたあとの眺めにほかならなかった。谷崎の八十年に近い生涯は、日本の近代の成立期成長期とぴったり重なっている。その伸び盛りの時期にふさわしい自由闊達な独特の人生を享受した谷崎だったが、関東大震災のときは箱根の山中で九死に一生を得ている。その後無事に阪神間の各地で暮らすこと二十年、地震はなかったが戦災にはあい、戦後、焼けた神戸には結局戻れなかった。

私は彼の死後三十年の神戸の地で、谷崎潤一郎が生きた日本の近代がとうとう終わったのだという思いを禁じ得なかった。長い一時代が終わったあとの壊滅の眺めがここにあるのだという思いだった。

その七年後にあたる一昨々年、私はその壊滅の眺めがすでに消えたはずの神戸を確かめにいった。阪急岡本駅から旧梅ノ谷の高台へ再び登り、よくわかっているところへ向かっているつもりだった。が、私は道を間違えて迷子になったかと思った。谷崎邸のあったあたりの感じがまるで変わっていたからだ。

現在の地番、岡本七丁目十三番八号の地にともかく立ってみた。何度見ても新開の建売り住宅地としか見えなかった。マンションふう二階建てや応急のプレハブ住宅などはすべて取り払われて更地になり、地所が四等分され、そこに二軒だけ安手な小住宅が建って、まだむきだしの地面に庭木も何もなかった。いまも邸宅の多いそのあたりで、よりによってそこだけ、貧弱な宅地造成地のそぐわない眺めが出現していたのだ。

地震で家がなくなったのを確認したとき以上のショックがあった。地震のような天災は、いくら理不尽でも受けとめようがある。が、「蓼喰ふ虫」の舞台が、不動産屋の旗でも立っていそうな、どこにでもある「いま」そのもののしらじらしい眺めに変わってしまったのをどう受けとめたらいいのか。はじめ道を間違えたのかと思った私は、高いところを東へも西へも歩いてみたのだ。

今年、もう一度そこへ行ってみた。二軒の住宅は、よく見ると、いまの家としてそれなりのものではあるらしかった。ただ、規格品の建材が安っぽく、デザインも小ぎれいなだけの出来あいのもので、過去の時代の、住まいの理想をとことん求めた贅沢な家とは較べようもない。ガレージには、それぞれベンツとＢＭＷが収まっていた。不況期の震災のあとの安手な住宅と高級車というのは、要するにそこが地価の高い住宅地だということであろう。家のつくりに金をかけるより、いい車を買ってごまかすということになるのだろう。その二軒の南と北は、二年前と変わらず空地のままだった。あと二戸分の土地が売れていないらしく、雑草がぼうぼうと伸び放題になっていた。

震災の打撃は十年たっても消えることはない。たとえば市の財政は、時がたてばたつほど苦しくなっているのかもしれない。芦屋市伊勢町の市立美術博物館（小出楢重の絵がある）は維持がむつかしく、隣りの谷崎潤一郎記念館も閉鎖のうわさがあるのだ。

私は跡地を確認してから、なお梅林公園のほうへ登ってみた。旧谷崎邸の背後に、エクセル岡本という七階建てくらいのマンションがある。かなり古いががっしりした造りで、山の緑を背に無骨すぎて美しくないが、地震の被害はなかったらしく、堂々と生き延びている。そのあたりは「細雪」に書かれた昭和十三年の水害で山が崩れたところのはずで、当時すでに主がいなかった旧谷崎邸の庭も土砂で埋まったといわれる。

梅林公園は近年急斜面を整備して復活させたもので、昔のように広くはない。説明板によると、秀吉の時代以来の梅園は、明治三十年ごろ省線が臨時駅をもうけ、明治三十八年に阪神青木駅が出来て賑わうようになったが、昭和十三年の山崩れと戦災のため、梅の木が消滅して梅園はなくなった。その後昭和五十七年に小規模な新公園として復活させたものだという。

神戸には水害も戦災もあったが、地震だけはないはずであった。私は見晴らしのいい高所を歩きながら、谷崎が住んだころののどかに拡がっていた梅園を思い、その土地がある日大きく揺らいだために、百年以上つづいたものがとどめを刺されたようだとまた思っていた。震災後何度か見てきた夢のあとの眺めが、あらためて眼下に拡がるのを見るように思った。

京の夢

　京都や祇園の一般的イメージは、しばしば京都人ではない「よそもの」のことばがつくり出してきた。たとえば「かにかくに祇園はこひし」の吉井勇は、江戸っ子東京っ子を自任しながら京や祇園へのあこがれをまっすぐにうたい、そのことばがつくり出した祇園が、他の街とはちがう何か特別なものになるということがあった。

　吉井は遠くから来たひとりの旅人の「祇園愛」をうたっている。「祇園歌集」には「かにかくに」のほか、「うつくしき祇園の夜を見むとしてこのわかうどやはるばると来《こ》し」とか、「ただひとり果敢《はか》なきことを思ひつつ祇園街《まち》ゆく旅ごろもかな」といった若い旅人の歌が並んでいる。明治の伯爵の息子吉井勇の祇園讃歌はまったくみずみずしい。情痴、退廃、耽美といった最初期の歌の特徴が吉井の関東での経験から生まれたとすれば、「酒ほがひ」「祇園歌集」の京都の歌は、耽美的ではあっても平明で屈折の少ない、若い旅人の幸福をまっすぐ伝えるものになっているのがわかる。

吉井と同世代の東京っ子、長田幹彦や谷崎潤一郎もまた、明治末年の京都に遊び、忘れがたい経験を得て多くの文章を残した。二人は通人の案内者に導かれ、当時すでに失われつつあった旧時代の祇園の幽暗な情調を十分に楽しむことができた。

彼らはみな日露戦争の戦後世代に属し、新時代の若い感覚で京都をとらえたが、その世代のとらえ方がいまのわれわれの京都観のもとになっているともいえるのである。

関東の人間の京都との関わりということでは、谷崎潤一郎の例が私にはたいへん興味深い。谷崎も故郷を離れた旅人として関西を語っているが、実生活のうえでは彼と京都との相性は必ずしもよかったわけではない。花柳界や芸妓はむしろ好まないほうだったから、彼は吉井勇のように「祇園愛」をうたうということもなかった。

それでも、戦後十年間京都に住んだように、青年時代以来京都とは長く関わり、祇園には戦前から常宿にしていた家があったし、もっと前には祇園の芸妓と四年くらいも関係をもっていた。芸妓ぎらいでも祇園の女だけは特別だったことになるが、その関係から生まれたと思われるのが中期の傑作「蓼喰ふ虫」である。彼は馴染みの芸妓とともに淡路島へ旅し、洲本の河原の人形芝居へ二人でかよったらしいのである。

谷崎は祇園讃歌こそ書かなかったが、京都を讃える大きな仕事を残している。長篇随筆「陰翳礼讃」である。「陰翳」という観点から古い京の文化を「礼讃」したもので、彼の心の深みに浮かび出る京の夢がいかにもこまやかに語られている。ひとりの小説家の私的な夢が、大きな文明論につながっていく力篇でもある。

東京人の谷崎は終生関西をひとつの異文化として見ていた。彼はその異文化への愛のなかから多くの作品を生み、それらが翻訳されて欧米世界にも受け入れられている。「陰翳礼讃」のように、七十年以上前の随筆が異国で愛読されるというのも例のないことで、彼の京の夢がそれだけの深さと広がりをもっていたことに驚かされるのである。

横浜転変

八十四歳のせい子

最近、ある人の話を聞きに横浜まで出かけた。私はほんとうに浮き浮きと出かけていった。桜木町から山手の丘まで、横浜特有の日曜日の渋滞でタクシーが三十分もかかり、気が揉めてならなかった。

山手の「港の見える丘公園」に接して大佛次郎記念館がある。現在その裏のほうまで公園を拡げる工事をしているが、谷をまたぐプロムナードふうの広い橋が出来たばかりだ。その橋を渡ったところに、神奈川近代文学館が新築されている。

文学館展示室の二階に五、六十人が集まった。もっと少人数の見込みだったらしいが、駆けつける人が多くて部屋も広いほうに変わっていた。昔の大正活映の女優葉山三千子の有名な水着姿の写真など、大きく引き伸ばしたものが数枚飾ってあった。大正九年の水着美人は谷崎潤一郎の義妹せい子である。六十五、六年たった今年、八十四歳でなお健在の御本人が、その日谷崎末弟の終平氏と一緒に聴衆の前へ出てきてくれた。

横浜という町は何度か生まれ変わったが、今も大改造の最中である。その改造の結果を「舞台装置の模型を見せられたやうでなんだか擽ったい」（寺田透『わが横濱』）と思うこともあろう。大正四年生まれの寺田氏は「可愛らしく小綺麗なだけで」「おとなの来るところぢやないといふ感じもする」と言うが、大佛次郎記念館も神奈川近代文学館も小綺麗で可愛らしい。山下町に若い女性が群れている「人形の家」というのがあって、それと似たようなものである。そんなふうに文学がいわば都市計画化された姿を見せているのがおもしろいところだ。

一般に純文学関係の出版物が、地味で安定している「後衛ふう」のものかと思うと、本屋の店先にはそれとは違う造りのものがある。神奈川近代文学館は、白っぽい装丁の薄手の真新しい本のようである。そこの二階に大正九年の水着美人が八十四歳の姿を見せてくれる。彼女は大正文学にまつわる伝説のなかでも最も派手で激しい、尖端的になまめいた部分を担うことになった人だ。

谷崎潤一郎が横浜に住んだのは、大正十年九月から震災までの二年間である。彼は西洋人の居留地へ入り込み。イギリス人が住んでいた家を居抜きで借りて、その家の女中さんから教わった本式の英国家庭料理を毎日食べていた。当時西洋料理をあれほどうまがって食べ、うまそうに書いた作家はいない。

大正九年から十年にかけて谷崎が映画づくりに熱中した大正活映の撮影所は、現在の元町公園のプールのところにあった。谷崎は義妹で愛人のせい子を映画女優に仕立てたが、それ以前から音楽学校へかよわせたりしていた。彼は浅草オペラも好きで、せい子を歌手にしたい気があったらしい。いずれにせよ、十代半ばのせい子と関係をもって以来、いろいろとせい子を教育しようとしたところは「痴人の愛」の話と重なるのである。

横浜は二度壊滅して、谷崎が異国風の生活を愛した外人居留地時代の横浜と、震災後都市計画で作り変えられた「戦前」の横浜と、戦災後の進駐軍キャンプの横浜とに分かれてそれぞれが違う。昭和三十年代から今の街づくりが始まり、「港の見える丘公園」などが出来た。歌謡曲の歌詞からとったような名前だが、横浜開港のころの、いわゆる「フランス山」の先の英国軍駐屯地の跡である。

二十年以上たち、「港の見える丘公園」はいくらか眺めがよくなるように拡幅工事中である。そのはずれに建った近代文学館で、私は八十四歳になって現れたせい子に惹きつけられた。できれば口説きたいくらいだった。今は和嶋せいさんという。鼻筋のとおった色白面長の美形は七十歳くらいに見え、記憶の正確な、回転の早い頭はもっと若々しい。

和田芳恵『おもかげの人々』のなかに、三十年ほど前の、神戸時代のせいさん訪問記がある。「だめよ、だめ、だめ」と、質問も写真もてんで受けつけようとしないせいさんが描かれている。まだ谷崎潤一郎健在のころだが、以後もせいさんが過去を語ってくれる機会はなかった。今度も、大正活映の女優時代のことに限るなら、終平氏相手に思い出話をしてもいいということだったらしい。

谷崎末弟の終平氏は潤一郎によく似ている。立派な顔の人で、ひどいはにかみ屋で、律義である。まじめな優柔不断型のようにも見える。谷崎家に流れるものが明らかに見てとれる。その口ごもりがちな終平氏の隣りで、せいさんは明晰そのものの口調で、事実の間違いなんかをてきぱきと正していく。しばしば口をついて出る英語も正確である。潤一郎のことを言うときは、終平氏を顎で指して「この人の兄貴」と言う。間違いなく潤一郎が愛した女のタイプであることがわかる。

若い谷崎が熱望していた洋行も、ぐずぐずしているうちに関東大震災でだめになるのだが、せいさんの話によると、谷崎の横浜生活は洋行の予行演習を兼ねたものだったらしい。谷崎が考えていたのは、ふつうの「洋行」ではない。家族引き連れての短期移住に近いような旅である。それが異文化体験における谷崎のやり方で、全身的な体験を求めて、いかにも大胆かつ徹底的である。当時のふつうの知識人の知識偏重の西洋体験とは違っている。しかも彼の場合、ブッキッシュな洋行者のひとりきりの体験とは違うものを最初から考えている。彼は妻はもちろんせい子も連れてヨーロッパへ繰り出そうとしていたのである。

谷崎の横浜時代は、千代夫人譲渡の話がこじれて佐藤春夫と絶交した「小田原事件」のあと、夫人との関係の修復に努めた時期にあたる。家族連れの国内旅行も何度か試み、その足をヨーロッパにまで伸ばそうとしていたわけである。

千代夫人とやり直すためには、当然せい子との関係は切れていなければならない。それでも、山手の家では皆一緒に賑やかに暮らしていたようだ。せい子は谷崎が大正活映をやめてからも女優の仕事をつづけていた。

撮影所では「女王のように」ふるまい、若い男たちとのつきあいも派手だった。いろんな相手と結婚するはずだったが、実際の結婚は遅くなった。

現在のせいさんに言わせると、女優なんかになったおかげで人生が狂ってしまった、ということになる。だがそんな言い方もさばさばと晴朗で、その後の結婚生活の永い幸福が感じられるのである。

映画になんか出るんではなかったというのは、おそらく若い「せい子」の感想でもあったはずだ。そしてその部分は、「痴人の愛」のモデルからズレてしまうところである。たぶん谷崎は、草創期の映画製作現場に群らがった若い男女の乱雑な関係を見聞きして、その材料で作中のナオミをふくらませていったのである。

五姓田義松の死

日本の近代をふり返ろうとするとき、今のような横浜でも手がかりがいろいろと残されていてありがたい。歩いてみれば何かがわかる。展覧会のたぐいも人を集めている。明治初年の横浜の洋画家五姓田《ごせだ》義松の油彩素描三百点を集めた展覧会は感銘が深かった。

五姓田義松は、まだ幕末だった十二、三歳のころ油絵の技術をものにし、明治十三年に渡仏、印象派が落選していたころの官展（サロン）に何度も入選、のちに米国へ渡って明治二十二年に帰国する。黒田清輝、原田直二郎、森鷗外らの留学時期と重なるが、帰国後は黒田一派の支配する画壇に容れられず忘れられたという。

三百点も集めてあるのを見て、何より天性の描写力にうたれた。明治初年の日本人の顔と姿態が群らがり生動している。そんな実感が得られる二つとない場所だという気がした。当時の写真を集めてもなかなかそうはいかないものである。ことに横浜風俗などの素描群はまことに生彩に富んでいる。

明治はじめの洋画は、ほんものそっくりのリアリズムで人を驚かす「見世物」だったというが、五姓田義松はそんな「油絵興行」時代の天才で、チャールズ・ワーグマンから得た技法をほぼ極めつくしてパリへ行き、サロンの大家レオン・ボナに師事して堂々たるアカデミズムの大作を残す。だが、西洋伝統技法の大作が描けた充実期は、パリ到着後の二、三年にすぎない。晩年は酒乱の売り絵画家に身を落とすことになる。平板な名所絵のような油絵がたくさん残っている。

欧化初期の時代の才能の運命というものは興味深い。妙に心を惹かれるものがある。まず、五姓田義松が洋画技法をまたたく間に習得したそのす早さである。それから、その技法によって未知のパリ画壇で互角にたたかい得たという事実である。しかも、人間的には弱くて、九年もの欧米生活の苦労で人格破産的なところまで追いこまれたということである。義松はかなりひどい状態で大正四年まで生きた。

大正四年は、芥川龍之介が「羅生門」を書き、谷崎潤一郎が数え年三十歳で石川千代と最初の結婚をした年だ。

大正時代をつうじて、彼ら新世代は好んで芸術家小説を書いた。谷崎潤一郎もたくさん書き、全部失敗した。「芸術家」とか「天才」とかいうと、当時は画家を考えるのが便利で、画家がその天才によって破滅するという話も作りやすかったようだ。だが、実際に破滅した天才画家のことを作者が考えていたかというと、おそらくそうではない。そんな例を本気で探そうとすることもなかったにちがいない。

特に、欧化初期の日本人の才能の実態に立ち入ってみるとか、西洋との関係で具体的に人格の問題を追ってみるとか、破滅ということの中身をすべてつかみ出してみるとかいったことを、たぶんだれも試みなかったし、実際のところその余裕もなかった。先へ先へと進む時代を追わなければならなかった。大正四年、五姓田義松が六十歳で死んで、間違いだらけの死亡記事が新聞に出たとき、それに目をとめた作家はいなかったかもしれない。

谷崎潤一郎は、観念的な芸術家小説で失敗をつづけたあげく、芸術家の才能に欠けた芸術愛好家が破滅する話（「肉塊」）を書く。そして、それを踏み台にして、こんどは芸術とは無縁の凡庸な技術屋サラリーマンを主人公に「痴人の愛」を書き、ようやく成功して苦境を切りひらく。「肉塊」も「痴人の愛」も彼の二年間の横浜生活が生んだ果実である。

谷崎潤一郎は学生時代から横浜へ行っている。外人素人芝居のゲーテ座を見にいったのである。坪内逍遙や小山内薫がかよいつめて新劇運動のきっかけをつかんだ居留地の小劇場である。ロンドンのゲイエティ劇場と同じ名前だが、日本人はゲーテ座と呼んでいた。小山内薫に兄事する谷崎らが明治四十三年にはじめた「新思潮」の同人雑記の欄には、ゲーテ座を見てきて感激している同人和辻哲郎の姿がある。たぶん谷崎は、和辻が魅了された女優を自分も見ようと横浜まで出かけたのである。ゲーテ座跡は港の見える丘公園正面入口の手前角で、数年前服飾博物館が建てられた。中にゲーテ座という名の小ホールが作ってある。

谷崎は十九世紀的「芸術家」オブセッションを振りきれぬまま、ポーのミステリーをへて映画へむかうのだが、その映画が彼を横浜へ引き寄せることになった。本牧海岸へ引越してくる前、彼は小田原から大正活映のスタジオへかよい、千代夫人の妹のせい子を女優にして連れ歩いていた。横浜に部屋を借りていたともいう。和嶋せいさんを囲む会が神奈川近代文学館であったとき、そのへんを質す質問が出た。八十四歳の「せい子」は、谷崎は毎日小田原へ帰っていた、横浜に部屋はなかった、と簡単に答えた。そっけなくそう答えるのがむしろ当然かもしれない。せいさんは潤一郎との関係を広言するようなことは決してしてこなかった人である。

その会のあと、谷崎一家が本牧から移り住んだ山手の家のへんを歩いてみた。震災後建て替わって、今は日本に帰化したロシア人が住んでいる。神奈川近代文学館から五、六分のところである。

谷崎が書いているように、横浜山手は地形が入りくんでいて、起伏が激しく、思いがけぬ急坂が待ち受けていたりする。旧谷崎家の背後の、横浜一の金持ちといわれた広東出身のコンプラドール（買弁）鮑焜《ほうこん》の屋敷のあとは高級マンションが建っているが、そのわきはころげ落ちそうな坂道である。同じ高台の、英国人の家「赤マーテン」のあったところも相当な急坂だ。旧谷崎家はだらだら坂に面していて、家の奥の潤一郎の書斎は上の道の蔭になっていた。今も上の道に立つとロシア人の家の平屋が見おろせる。

そこから街へ出るのは一苦労である。谷崎は仕事を終えて編集者に原稿を渡すと、みんなを連れて南京町（中華街）まで食べに行った。家の食事は、英国人の家にいた女中さんが作る本式の英国家庭料理だった。「林檎とパンとを細かく刻んでスタツフにした七面鳥のローストや、ダンプリングと栗と松茸とを沢山入れた肉のシチュウや、キドニー・パイやチキン・パイや、犢やソール・フィツシュのフライや、ロースト・マトンやマトン・チョツプ」などを「貪り食つた。」（「港の人々」）

音楽学校へかよったことのあるせい子が始終歌をうたい、ウクレレを弾き、谷崎も不器用にマンドリンやギターを習った。末弟の終平氏によると、谷崎は耳のよい、音楽の好きな人で、レコードはたとえば「カルメン」なら序曲とハバネラというふうに、好きなところだけ買っていたという。それらのレコードは震災で灰になり、谷崎の洋楽趣味も一区切りついた。「震災で家が焼けた時、親戚のKと一緒に焼け跡を見に行きましたが、ビクターの蓄音器と重なったレコードの残骸と、書斎の本の山の残骸が棒を突込んだらズブズブと、どこまでも這入ってしまいました。」（谷崎終平「回想の兄・潤一郎」）

和嶋せいさんは、戦後、人の病気を治すといわれる掌の霊力を信ずるようになった。晩年谷崎は、「おせいには会いたいなあ」と松子夫人に漏らしていたそうだ。せいさんを囲む会で、河野多恵子氏がそのことを言い、晩年の潤一郎がその痛みに苦しんだ右手に掌を当てて治してあげる気はなかったかと聞いた。せいさんは、むこうが頼んできたら治してあげたのにと答えた。

谷崎が結婚させようとした俳優岡田時彦について聞かれ、せいさんは率直なことを言ったが、佐藤春夫のことは聞かれないのに、自分から嫌いだったと言った。そう聞けばいかにもよくわかることだった。「むこうもこっちもお互いに好きじゃなかった」というのは、そのひとことで谷崎と佐藤の性質の違いまで照らし出す言葉になっていた。潤一郎に連れられて佐藤春夫のところへ寄ったりするときも、せいさんと春夫は「こんにちは」と「さよなら」しか言わないような相性の悪さだったらしい。それに反して姉の千代夫人と春夫は、「秋刀魚の歌」のようによく気持ちがかよいあうのである。

「せい子」との相性のよさを佐藤に告白したこともある谷崎だが、せいさんは潤一郎には叱られてばかりいたという言い方をした。それが二人の「関係」を語った唯一の言葉だった。潤一郎の手紙はみんな持っているが、千代夫人との離婚のとき新聞記者にうまく答えたのをほめてくれたのが一通だけで、あとは叱られた手紙ばかりだ、全部文学館に寄贈するつもりだ、とせいさんは話した。

ヤンキー娘のような女優葉山三千子の水着姿の写真は大正九年のもので、五姓田義松が死んで五年後にあたる。大正活映を始めた東洋汽船会社はアメリカ航路をもっていたし、映画監督栗原トーマスはアメリカ帰りだったから、脚本部顧問谷崎潤一郎は「アマチュア倶楽部」のストーリーをアメリカ映画ふうに作ることにした。

実際、第一次大戦をへてアメリカ大衆文化の流入が激しくなっていた。「芸術」に行きづまった谷崎がその流れと向きあっていた。近代以前ともいえる「油絵興行」時代の天才画家五姓田義松の生涯におおいかぶさるように、二十世紀大衆社会の大波が寄せてくるのが、何か怖ろしい不条理な場面を見るようである。

谷崎映画と川端映画

谷崎の義妹和嶋せい（葉山三千子）さんを囲む会は、「谷崎潤一郎と大活の時代」というタイトルがついていた。谷崎が大正活映で作った映画は一つも残っていないので、当日は昔のスチール写真が飾ってあるだけだった。

その半年後、同じ神奈川近代文学館で、川端康成がシナリオを書いた大正十五年製作のサイレント映画「狂った一頁」（衣笠貞之助監督）を見た。半世紀たって偶然見つかったフィルムに衣笠監督が音楽を加えて、最近ヨーロッパで上映されたりしたものである。神奈川近代文学館では、川端康成展の期間中三日ほど、二階会議室で上映された。

川端康成の「新感覚派映画連盟に就て」という文章によると、芸術映画の自主製作を企てた衣笠貞之助が、片岡鉄兵、横光利一、岸田国士、川端康成のところへ話を持ちこんできて、「新感覚派映画連盟」というものが出来たらしい。「狂った一頁」のシナリオは、川端康成のほか衣笠監督らもアイデアを出しあい、撮影に並行して書き進められた。

なるべくロケなしで、セット数も少なくするという条件があり、しかも「旧套的なる情景を離れんと思ひ」、主人公を精神病院の小使いにした、と川端は書いている。（「『狂った一頁』撮影日記」）「ところが、主要なる芝居は廊下と病室でやる外はなく狂人相手の仕事なれば、甚だ窮屈にして、よい智慧も出ず、（略）ストオリイの筋らしき筋なく甚だ単純なり。撮影の結果成功せば監督その他の諸君の手柄なり」というのが、文壇の新進川端康成のシナリオ・ライターとしての弁であった。

「旧套的なる情景」でないのもプロットが弱いのも新感覚派的かもしれないが、監督やカメラ（杉山公平）はおそらくシナリオ以上に斬新で、表現主義的な鮮やかな画面がある。字幕を嫌って映像だけで勝負するモダンな芸術性が一貫してすっきりと出ている。狂った妻が収容された病院に小使いとして住みこむ老いた夫を演じる井上正夫のひとり芝居である。

「狂った一頁」は京都で撮影され、横浜とは関係がない。主人公の老人はもと外国航路の船員で、妻を置きざりにした海の上の半生だったという設定らしいが、映画には海も港も出てこない。川端は東京麻布でシナリオを書きはじめたとき、横浜港を思い浮かべていたにちがいない。が、実際の撮影は京都を一歩も出ず、神戸港ロケさえ考えなかったようだ。

谷崎潤一郎が映画づくりから手をひいたのは大正十年十一月のことで、「狂った一頁」はその四年あとの作品である。同じ芸術映画を目ざしながら、谷崎が頭にえがいていたものと若い衣笠貞之助が作ったものとのあいだには、いくばくかの距離があるのがわかる。それはおそらく、関東大震災をはさんで時代が一気に動いた、その距離にちがいない。

文壇でも、若い世代の新文学がどっと出て、谷崎らの世代がはなばなしく現れた明治末年以来の、あらたな変動期をむかえていた。川端康成は、既成文壇の権威は地に落ちた、大正十三年以前の文学はすべて棚上げにしてしまおう、と気勢をあげていた。

谷崎潤一郎の映画シナリオに「月の囁き」という大作がある。これは何らかの理由で撮影されずにおわったが、明らかに谷崎が自分ひとりの考えで書いたものだ。雑誌発表のとき、文章を少し小説ふうにしている。こちらも狂女の話で、狂った娘を気づかう老女が出てくる。舞台は精神病院ではなく、月夜の塩原や東京の屋敷である。川端のシナリオとは違って、殺人がある。谷崎は人を狂わす月光の魔力が全篇に満ちているような映画を作りたかったらしい。

彼は監督トーマス栗原のもとでシナリオの書き方を熱心に勉強して書いた。ロケの場所までいちいち指定し、監督になったようなつもりで一から十までひとりで作りあげようとしている。意気込みはすごいが、それだけに説明的なくだくだしさが目立ち、旧劇的なところも抜けず、あまり映画的とは言えない。全体がなだらかに連続的に過ぎ、映画としては無駄が多すぎるように見える。文学離れが容易でないために重い。

その五、六年あとの「狂った一頁」は、監督は本職だから当然とも言えるが、十分映画的である。その違いはやはり時代の違いなのだと思う。谷崎が「月の囁き」と同時に書いて未完におわった長篇「鮫人《こうじん》」と、川端康成の同じく未完の小説「浅草紅団」（昭和四〜五年）とを較べてみても、作のよしあしとは関係なく、同じことが言える。

どちらも浅草小説である。川端の文章は、截断《せつだん》的飛躍的でせわしない。当時のことばで言えば「ジャズ的」だ。小説の手法もまた、映画的、レビュー的、モンタージュ的、コラージュ的、都市ガイド的、といったところである。何より、人物がカメレオン式に変身し、人間的統一を拒んでいる。一方、谷崎の人物はまだ統一感を保っている。文章もゆったりと流れて決してぎくしゃくしない。むしろ十九世紀小説の雑駁な大きさを狙っている。

神奈川近代文学館で映画「狂った一頁」を見たあと、館内の川端康成展を一巡すると、「浅草紅団」の一部が収載されている一冊の本が目にとまった。昭和五年五月春陽堂刊行の『モダンTOKIO円舞曲』という本である。「新興芸術派十二人」の作品を集めたものだが、その奥付を見ると「世界大都会尖端ジャズ文学」と書いてあっておかしかった。今ならさしずめ「ロック文学」「ロック小説」というところだ。昭和のはじめが今に似て時代の変わり目だったことが、表現主義とアメリカニズムの古びたけばけばしさをつうじて理解されてくる。

大正時代に谷崎潤一郎が好んだドイツ映画「プラーグの大学生」（一九一三年）や「カリガリ博士」（一九一九年）は、今でもビデオで見ることができる。「プラーグの大学生」は三度映画化されたが、谷崎が見たのは一九一三年の最初の作品で、シュテラン・ライ監督、パウル・ウェゲナー主演のものである。それがビデオになっている。谷崎はのちに「藝談」でウェゲナーの芸についてくわしく書くことになる。

谷崎の「月の囁き」は、それらドイツの「怪奇幻想映画」の親類である。同時に谷崎は、あまり芸術的でないアメリカ映画の「音楽的滑稽の気分」をも愛していた。「劇と云ふよりも寧ろ歓ばしき諧調を持つた音楽」としての喜劇映画に「一種爽快なる恍惚感」（「其の歓びを感謝せざるを得ない」）を味わっていた。最初に手がけた「アマチュア倶楽部」はもちろんそちら側の試みである。

大正十年九月、谷崎は小田原から横浜本牧海岸へ引越してくる。そして十一月には、大正活映の製作方針変更により、映画づくりから手をひく。せい子（葉山三千子）はその後も帰山《かえりやま》教正監督の「神代の冒険」や谷崎原作鈴木ケン作監督の「本牧夜話」（大正十三年）などに出ている。

谷崎は映画「本牧夜話」を見て、あまりに出来が悪いのに呆然としてしまう。映画づくりをやめてからも彼は「活動びいき」をやめず、日本映画の進歩を信じていた。ところが何としたことだ。原作をまるで理解できない映画監督の頭は、芝居の世界で最も時勢おくれとされる新派にさえも劣っているではないか、と谷崎は嘆くのである。やがて関西生活が安定すると、洋画さえ見なくなるような時期がくる。

映画「本牧夜話」に失望して「これほどに（悪口を）云ふのはよく〳〵の事だと思つて欲しい」と書いた大正十三年、谷崎はおもしろいことに、西洋料理への失望も語りはじめる。外人や洋行経験者の味覚に不信をいだくとともに、「元来洋食と云ふものがそんなに旨い物じやないのだ」と悟り、「思ふに洋食の特長は、あのすがすがしい、瀟洒とした食堂の気分にあるのだ」（「洋食の話」）と納得するようになる。これはたしかに一理ある見方である。以後谷崎の洋行熱も冷えていくのだが、こういう味覚的判断の基には、関東大震災によって横浜生活が終わってしまったことがあると思われる。過去の横浜生活への距離が生じはじめているのだ。

自分ひとり箱根にいて大地震に出あった谷崎は、野宿した晩、小田原の大火を映した真赤な雲を見る。横浜の家族の安否は不明のまま関西へ逃げ、船で引返した横浜で、彼は上海丸の上から港の廃墟を見て涙を流す。

その涙から直接生み出されたも同然なのが「痴人の愛」である。翌年三月から新聞連載がはじまっている。佐藤春夫と絶交した「小田原事件」を材料にした「神と人との間」も同時に雑誌連載中だったが、なつかしい横浜の思い出に胸がいっぱいで、そちらはもう書きにくくなっていたようである。

　愛人せい子とともに映画づくりに熱中した時代は終わった。大正活映は松竹に併合されて姿を消した。開港以来の居留地社会は崩壊し、横浜という町も時代が変わる。震災の瓦礫で海を埋めて山下公園ができ、グランドホテルは場所を移してホテルニューグランドに生まれ変わる。

　その新しい横浜の作家大佛次郎の記念館は、市がなかなか贅沢に建てて、名所のようになっている。大佛次郎は十年ものあいだ、ホテルニューグランドを仕事場にしていた。川端康成と同世代の彼は、映画ではなく、尖端的ジャズ文学でもなく、新しい大衆小説を手がけることになる。「鞍馬天狗」を書きはじめるのは、震災直後の大正十三年である。

　映画同様大衆小説も、谷崎潤一郎がいち早く注目してみずから手を染めたジャンルであった。その仕事は「乱菊物語」「武州公秘話」と力作がつづいたが、やがて大佛ら大衆小説の専門家が育つにつれて、谷崎はそのジャンルからも手をひいていくことになる。

IV

「蓼喰ふ虫」

大正期の谷崎潤一郎には「細君もの」というべき作品がかなりある。夫婦間の葛藤の末に夫が妻を殺してしまう話が含まれている。谷崎は人生の難題に突き当たっていて、「細君もの」はその時期の彼の内的葛藤を直接反映したものになっている。それを読めば、彼が成熟するために何を乗り越えなければならなかったかがわかるが、小説としてはどれも失敗している。

その「細君もの」の系列が、昭和になって最後にただひとつ傑作を生む。それが「蓼喰ふ虫」である。

ここでいう「細君もの」とは、最初の妻千代夫人との関係を材料にしたもののことである。千代をめぐって、谷崎と佐藤春夫とのあいだに俗にいう「小田原事件」が起き、二人は五年ほど絶交した。谷崎は妻との関係に悩んでいたが、佐藤が千代を欲しがると、いったん譲るといったものを引っくり返して二人のあいだがこじれた。

その「小田原事件」は、谷崎にとって思いがけず厄介なものになった。事件の「戦後処理」が意外にむつかしかった。谷崎は夫婦関係の修復につとめるが、思うようにいかず、十年後に離婚、千代は結局佐藤春夫の妻となった。

その十年間の「戦後処理」の苦労をつうじて谷崎は作家として大きくなる。事件の「戦後処理」は何段階かを経なければならなかったが、その最初の段階からは「肉塊」や「神と人との間」が生まれ、関東大震災後つぎの段階へ進んで「痴人の愛」が生み出される。やがて、谷崎は関西定住の肚を固めるとともに、千代夫人に新しい恋愛相手を認めて最後の段階に至る。そこから生み出されたのが「蓼喰ふ虫」である。

これらの作品名を眺めただけでも、十年のあいだに谷崎がじりじりと作家的成熟に向かってにじり寄っていったさまが想像できるであろう。

千代の新しい恋愛相手和田六郎（のちの推理小説作家大坪砂男）のことは、谷崎の末弟終平の回想記『懐しき人々　兄潤一郎とその周辺』によってはじめて明らかにされた。その後瀬戸内寂聴が和田六郎の子息に取材して事実を裏づけている（『つれなかりせばなかなかに』）。谷崎は千代と和田六郎を結婚させようと動きながら「蓼喰ふ虫」を書いたが、その結婚話は結局こわれ、一年後千代はあらためて佐藤春夫と結ばれることになる。「蓼喰ふ虫」の妻美佐子の恋人阿曾は、佐藤ではなく、若い和田六郎を想定して書かれている。

「小田原事件」が谷崎にとってきわめて厄介なものだったことは、「AとBの話」「愛すればこそ」「神と人との間」「肉塊」など、事件後の諸作がどれも事件から自由になれずに失敗しているのを見ればわかる。その二年ほどのあいだ谷崎は、力作になればなるほど、「小田原事件」の人間関係をそっくり置き換えたような人物設定をせずにいられなかった。谷崎と千代夫人、佐藤春夫のほか、谷崎が関係をもっていた千代の妹せい子を含めた四人の関係が、基本的な設定になっているものが多いのである。

関西移住後「痴人の愛」を書き「蓼喰ふ虫」を書いて、谷崎はようやく事件から解放されていく。彼の前半生が締めくくられることになる。「蓼喰ふ虫」では、「性の不一致」のため十分にかかわり合えなくなっていた夫婦が、具体的な離婚へ向けて否応なくかかわり合うさまがこまかく描かれ、それによって谷崎自身、最終的に解放されていったといえるのである。

実際問題としては、要《かなめ》と美佐子が離婚の肚を固める末尾の部分にさしかかったころ、千代と和田六郎の結婚話は突然こわれた。作者夫婦の離婚は不可能になっていた。谷崎はそのころ、佐藤春夫にあてた手紙にこんな歌を書き添えている。「覆水返盆」という詞《ことば》書きがついている。「この春は庭におりたち妻子らと茶摘みにくらす我にもある哉」。これは家に平和が戻ったのを喜んでいる歌ではない。待ち望んでいた離婚が当面不可能になり、「覆水盆に返る」すなわち元の木阿弥になってしまって、仕方なく庭で茶摘みをしているよ、と彼は自嘲気味に佐藤に伝えているのである。

それでも、「蓼喰ふ虫」の作者としての谷崎は、途方に暮れてしまったわけではなかった。彼は難渋しながらも、夫婦がお互いに納得できるかたちで離婚をなしとげようとする話を書きあげいる。

た。「従弟高夏秀夫」としての佐藤春夫は、すでに千代の恋愛の助言者としての位置が定まっていた。

出来あがってみるとその小説は、「小田原事件」の十年後をみごとに描きあげたものになっていた。千代の身のふり方こそ未定だったが、事件はきれいに解決していた。十年の時の熟成があり、谷崎自身、「小田原事件」の試練をへて自由になった姿を作中に現わしている。永い青年期の葛藤の末に、一人前のひとりの男が、いまや立派に誕生しているというふうに見えるのである。

私は、谷崎潤一郎の青年期が永かったと見て、大正期の谷崎の問題が何であったかを明らかにするための論をなしたことがある。(『青年期　谷崎潤一郎論』)彼の青年期の内的葛藤の性質についてはそこでくわしく述べたのでくり返さないが、「小田原事件」はその葛藤が引き起こしたものなので重視すべきだというのが私の考えである。「小田原事件」こそ、彼が成熟するために乗り越えなければならなかった手ごわい障害だったと見えるのである。

谷崎は、昭和五年に離婚をなしとげて「過去の総決算」だといった。また、「私は不惑の齢を過ぎてから一人前の小説家になつた。」(「『蓼喰ふ虫』を書いたころのこと」)とも振り返っている。彼はこの時期に、ひとりの男としても作家としても成熟に達することになったが、同時にみずからの「再生」をはかってもいた。はっきり過去を締めくくったうえで、あらたにもうひとつの人生を手に入れようとしていた。何はともあれ性的に若返り、江戸・東京の文化を相対化できる関西の地で、彼の文学の新領域をひらこうとした。

大谷晃一『仮面の谷崎潤一郎』によると、昭和二年ごろから四年ほどのあいだ、谷崎は京都・祇園の若い芸妓と関係をもっていた。昭和二年にはどうやら一緒に淡路島へ人形芝居を見にいったらしい。おそらくその関係から、「蓼喰ふ虫」の隠居老人と妾お久が生まれる。「人形浄瑠璃と云ふものは妾の傍で酒を飲みながら見るもんだな」という要の感慨は、作者谷崎自身のものだったと思えばいかにもわかりやすい。

いわゆる「伝統回帰」を示す最初の作品とされる「蓼喰ふ虫」は、「小田原事件」の戦後処理の最終段階に、芸妓ぎらいの谷崎が関西の代表的な花街の女性とあえて関係をもった経験から生まれたことになる。「蓼喰ふ虫」の前に書き出されて中絶した「阿波の鳴門」という小説があり、淡路旅行の直接の産物だったらしいが、「蓼喰ふ虫」はそれに夫婦の話を加えて発展させたものだと考えられるからである。

作中にくわしく語られる伝統文化論は、登場人物の老人のせいもあって、ひとりよがりな骨董趣味のように誤解されることがある。が、私は「蓼喰ふ虫」を谷崎の「老境」のはじまりを示すものと見るのではなく、彼の青年期を締めくくる最後の作品として、一種の「再生」の書として読むのが自然だと考えている。そのほうが、「伝統回帰」のテーマに縛られた読み方をするより、おそらく得るものが多いにちがいないのである。

「蓼喰ふ虫」には、作者の「過去の総決算」という性質と、もうひとつ、現在関西に旅行あるいは滞在中の人の旅行記のような性質と、その二つがはっきり見てとれるように思われる。

たとえば、谷崎が愛読したスタンダールの、多分にフィクショナルなイタリア紀行（「一八一七年のローマ、ナポリ、フィレンツェ」）を思い出してみたらどうか。あるいは、スタンダールの本の直前に出たゲーテの「イタリアの旅」を思ってみてもいいかもしれない。のちの英国作家たちのイタリア体験の書を「蓼喰ふ虫」と並べてみても同じことであろう。

「蓼喰ふ虫」は、旅行者谷崎潤一郎が関西について書いた一種の「イタリアの旅」だといえるのではないか。思い切ってそう考えてみると、作品の特徴がよく見えてくるのではないか。スタンダールは生涯にわたって旅行者だったが、谷崎もまた、ローカルな一定の土地に定住する生き方の人ではなかった。定住者というより、やはり旅行者であった。

「蓼喰ふ虫」に見られる関西文化観に対しては、関西人の側からの批判がある。河野多恵子は「他愛がなくて、独善的で、仰山らしい」（『谷崎文学の愉しみ』）という見方だし、秦恒平もまた、「何を言うか程度の普通の感想、関西人が東京へ出て行って東京に感じるそれと質的に大差のない感想でしかない。」（『谷崎潤一郎 〈源氏物語〉体験』）と、その点は重視しない立場である。

「蓼喰ふ虫」を関西人が読んで感じる具合の悪さや不自然さは、いわれてみればわかりやすいことではある。それが作品評価にもかかわってくるので、そこをどう読むかという問題があるにちがいない。

読み方としては、「蓼喰ふ虫」の旅行記あるいは滞在記のような性質に注目して、それをそのまま受け止めるべきではなかろうか。谷崎はようやく愛することができるようになった関西を相手に、西洋作家の「イタリアの旅」に似た性質の小説を書いたのだと考えればいいのではないか。旅行者のいうことは、それが旅先の土地に対する讃美であれば、土地の人間にとって時に奇妙なものに見えるであろう。だが、「蓼喰ふ虫」にあるのは、関西文化に対する手放しの讃美といったものではない。東京人が関西文化をどのように受け入れ、どのように好きになれるかが、その抵抗感とともに語られている。主人公要のばあいはいまだ多分に模索的な心が、そして老人のばあいはすでに「関西に降参した男」としての一種の「演技」が、生き生きと語られている。その「模索」と「演技」の両面から、「異文化」受容の問題がふくらみをもって描き出される書き方になっている。比較文化論的な考えで活気づけられた旅行者の心といったものが、この小説を生彩あるものにしている。旅の途上の自由の風が全篇に吹きわたっている。

谷崎は大正十五年に英訳の「パルムの僧院」を読んで感心している。彼がそれ以前に読んでいたのはバルザックで、たとえば「鮫人」や「肉塊」などはおそらくバルザック的な小説を目ざしたものだったが、昭和に入るとスタンダールに触発された作品が多くなる。谷崎文学の新展開にあたって、スタンダールから得たものが大きく働いているのである。そのことについてはすでに千葉俊二氏の指摘がある（『谷崎潤一郎　狐とマゾヒズム』）。

スタンダールが「パルムの僧院」で愛するイタリアを理想化しているように、谷崎もまた関西を描くにあたって少なからず理想化するところがあった。理想化によって輪郭を太くするような書き方をした。ただ、それは単なる書き方の問題ではなく、基本的に旅行者と異文化との関係をあらわすものだったといえるはずである。旅行者は、自分にとって受け入れられるもの、夢中になれるものを手がかりにして関係を結ぼうとするわけで、手がかりにしたものをしばしば誇張したり理想化したりするように心が働く。関西移住後五年をへた谷崎にはっきりしてきたのは、そのような関係意識だったと思われるのである。

スタンダールのイタリア紀行に、ミラノのスカラ座などの観劇体験がくり返し語られているように、「蓼喰ふ虫」でも大阪と淡路島の人形浄瑠璃体験が、必要以上と思えるくらいにくわしく語られている。オペラや人形芝居こそが、両者の異文化体験にあたって、最も大きな手がかりになったものだからである。

「蓼喰ふ虫」の淡路島行きのくだりは、スタンダールばかりではない多くの西洋作家の「イタリアの旅」を彷彿とさせるところがある。谷崎はおそらくその種のものを読んでいなかったと思われ、スタンダールにしても「パルムの僧院」「イタリア年代記」以外にどれだけ読んでいたか疑わしいのだが、特に淡路島・洲本の河原の人形芝居の場面には、古いイタリアの粗野な田舎芝居の祝祭気分がみなぎっているように見えてくる。

谷崎の「伝統回帰」というものも、ヨーロッパの作家のイタリア体験に似たものがあったからだと考えればわかりやすいのではなかろうか。人生の半ばに達した谷崎は、その体験をつうじて蘇生をはかろうとしていた。生活のうえでは長年の懸案であった離婚を実現させ、あらたに若い女性の同伴者を探して、関西の旅を深めようとしていた。その同伴者は、はじめはふつうの現代女性でよかったので、鳥取生まれの古川丁未子が谷崎の二番目の妻となった。が、やがて谷崎の旅は、大阪の古い街の「上臈型」女性根津松子に導かれるものになっていく。

谷崎の関西体験は、そんなふうにいくつかの段階をへて深まっていくが、その最初の段階で谷崎が関西に見出していたものは「中国」だったのではないかと私は考えている。谷崎は大正七年と十五年に中国へ旅行しているが、中国の旅で見出したものを関西特に大阪にまた見出していくということがあったと思われる。だとすれば、中国を旅するのと関西を旅するのが同じようなことになってくる。谷崎の「伝統回帰」は、「中国」というファクターを入れて考えれば納得しやすくなる、というのが私の考えである。

それでは、「蓼喰ふ虫」のなかで、「過去の総決算」の性質と関西旅行記のような性質が、どう結びついているであろうか。そこをよく見れば、「蓼喰ふ虫」という小説のかたちがわかりやすくなるにちがいない。

「性の不一致」に悩む夫婦が、従弟の高夏秀夫をなかにして、望ましい離婚のかたちを探りあうさまが描かれる前半部分は、語りのこまやかさと充実した細部によって読者を強くとらえる。じつのところ、若い谷崎にとって、現代小説の文章をほんとうにこまやかな、細緻なものにするのはむつかしかったのだが、「痴人の愛」をへて「蓼喰ふ虫」に至ると、文章のほんとうの密度が一気に手に入ったというふうに見える。

その文章にからみとられて全体の半分ほど読み進むと、「その九」から急に、老人とお久と要の淡路島旅行の場面に切替わる。ここで戸惑う読者が昔からいて、たとえば伊藤整は、「夫婦別れという主題から作品が離れてしまったように感ずるにちがいない。」「途中から読者は、文楽を中心とする関西の古い芸術についての記述があまり詳細をきわめているので、主題がそこで変わったように感ずるであろう。ところが、後半のそういう古風な記述の中に、『その十二』で、突然ルイズという外人相手の娼婦が登場して、ナマナマしいエグゾチスムをみなぎらせる。それがまた新しい驚きとなるであろう。」といっている。(『谷崎潤一郎の文学』)

夫婦の離婚問題と、老人とお久の趣味的生活と、ルイズを相手にする要の「モダニズム的異国趣味」と、「この三つの要素が、この作品の中で細かく織り合わされないで、ほとんど別個な三つの作品を結びつけたように書かれている」というのが伊藤整の見方である。

「蓼喰ふ虫」は夫婦別れの話であるとともに、夫婦と幼いひとり息子が関西に滞在する旅の物語でもある。夫婦と息子は関西へ来て日が浅い。息子の弘は学校でようやく関西弁をおぼえたところである。従弟高夏秀夫は上海から船で神戸へ着いて要の家族と合流するが、彼もまた旅の途上にある。

「旅」という観点をひとつ加えてみれば、伊藤整のいう「三つの要素」をばらばらに読むような読み方はかえって不自然ということになるであろう。その三つが対立的に扱われているのが谷崎の転換期の「実験性」なのだと伊藤はいうが、そんな説明の必要もなくなるはずである。

要と美佐子が老人とお久につきあって大阪で文楽を見る最初の場面も、長滞在ではあるがまだ何でも珍しい旅先の一場面のように見えてくる。「その三」までの三章をつかって、夫婦の旅の一日がゆったりと語られているというふうに見えるのである。夫婦が離婚のことで思いわずらう話と旅の話は、どこかで重なっていると見ていいはずなのである。

そこがすでに旅の話でもあるとすれば、もっとあとの淡路島旅行の場面は、いよいよ要の旅の体験の真髄が明かされるような展開だと、ごく自然に受けとれるのではなかろうか。妻との緊張関係から海の彼方へ逃れ出た要の解放感がありありと伝わる。膠着状態の離婚問題は、老人とお久を見る要の心に常に引っかかっているのだが、海ひとつ越えた淡路島は「なんだか馬鹿にはるぐ〵と来たやうな心地がする」別世界である。モダニストの若い夫婦の問題は、海のむこうの近代都市の世界に残されている。洲本の古い町を歩く要の目に、「封建の世から抜け出して来た幻影」のようなお久の姿が目立ってくる。

この淡路島の場面は、「蓼喰ふ虫」という小説の絶妙な展開部をなしているが、そこでは老人とお久と要のやりとりが何とも楽しげだ。地唄や人形浄瑠璃や関西の古い町についての会話に旅の楽しさが横溢している。それこそが肝心なところで、旅行者の懐古趣味や比較文化論そのものを批評する読み方はむしろ避けなければならない。

要が老人やお久と別れて神戸へ帰り、ひとりオリエンタル・ホテルで昼食をとり、山手のミセス・ブレントの娼館へ行くところも、そこでのミセス・ブレントや娼婦ルイズとのやりとりも、淡路の場面とひとつながりのものとして読める。旅の一挿話としてごくわかりやすく出来ている。和食ばかりの旅のあと、洋食が食べたくなったのが神戸の場面で、そこに何か特別な衝突感があるわけではない。おそらくそこは作者が神戸らしくつくった部分なのだが、要のような旅人が、妻との不毛な日常へ戻る前に立ち寄るいわばトランジットの中間世界が、いかにもそれらしい軽みとともに描かれている。

谷崎潤一郎は生涯にわたって、借家を転々とする暮らし方であった。老年になってからも、熱海と京都の往復をくり返していた。生まれ育った東京へは結局帰らなかった。東京の下町人らしさを失うことはなかったが、ローカルな土地に根をおろす生き方の人ではなかった。

そこに彼の都会人性を見てもいいはずだし、また彼は生涯旅行者として人生を楽しんだ人だったということもできるであろう。特にその後半生は、旅する者の生存感覚といったものが、彼の文学を一段と精妙に磨いていくことになる。

「蓼喰ふ虫」は、谷崎の前半生の最後とも後半生の最初ともいえる位置に立つ作品である。「過去の総決算」の書でありながら、もうひとつの人生と文学の可能性を、いわば絵のように描いてみせた作品でもある。谷崎は、現実の離婚が当面不可能になったにもかかわらず、「小田原事件」の十年後というものをこの小説に描ききっている。過去から解き放たれつつある十年後の男がそこにいる。ようやく自分自身を見出した男の自由感が横溢している。

「盲目物語」

「盲目物語」を、たとえば谷崎潤一郎全集の、つるつるした真白な西洋紙のうえで現代活字によって読むばあいと、和装の初版本の褐色の和紙のうえで、大きな古い活字によって読むばあいとでは、何かしら違ってくるものがある。

少なくとも読む速度が違ってくる。和装本の和紙のうえで読むときは、ざらざらした紙質や大活字にいちいち引っかかるような読み方になるが、その渋滞気味の時間のなかでおのずから心が沈められていく。

谷崎の全作品中「盲目物語」だけは、その意味でひとつの読み方を強いてくるようなところがある。初出の「中央公論」でも全集でもなく、昭和七年版の単行本「盲目物語」で読むのが正しいといわんばかりの作品なのである。谷崎自身が装丁を考え、版型や紙質を指定した初版本の復刻版が出ているから、いまも作者が望んだとおりの読み方ができる。

それを読むとき自然に思い返されるのは、この時期の谷崎の力作随筆「陰翳礼讃」の一節である。紙について、西洋紙と和紙や唐紙を比較して語っているところがある。谷崎はいう。西洋紙は「単なる実用品と云ふ以外に何の感じも起らない」が、「唐紙や和紙の肌理《きめ》を見ると、そこに一種の温かみを感じ、心が落着く」。「西洋紙の肌は光線を撥ね返すやうな趣があるが、奉書や唐紙の肌は、柔かい初雪の面のやうに、ふつくらと光線を中へ吸ひ取る。」「それは木の葉に触れてゐるのと同じやうに物静かで、しつとりしてゐる。ぜんたいわれ〳〵は、ピカピカ光るものを見ると心が落ち着かないのである。」

「盲目物語」の初版本は、「木の葉に触れてゐるのと同じやうに物静かで、しつとりしてゐる」が、全集本の紙面は「ピカピカ光」って「心が落ち着かない」。全集本を読むときは読み方が速くなり、姉川の戦い、小谷城の戦い、本能寺の変、山崎の合戦とつづく戦国末期の動乱の歴史そのものに目が向きがちになる。つまり、ふつうの歴史小説の読み方に近づく。「お女中がたの中にをりまするたつたひとりのをとこ」としての盲法師弥市の語る話は、女の側からの戦国史ともいえ、それを楽しむ読み方になるにちがいない。

一方、和装本を読むときは、知らず知らず、弥市が同時に語っている私的な「陰翳の世界」に目を向ける気持ちになっていく。「陰翳礼讃」で谷崎はいう。「われ〳〵の先祖は、明るい大地の上下四方を仕切つて先づ陰翳の世界を作り、その闇の奥に女人を籠らせて、それを此の世で一番色の白い人間と思ひ込んでゐたのであらう。」弥市は、そのような世界と闇の奥の白い女人の物語を語るのだが、そちらを十分に受け止めるためには、和紙のうえの「繊細な明るさ」にじっと目をこらすようにして読んでいかなければならない。

この二つの読み方は、じつは「盲目物語」という作品の性質にかかわっている。つまり、作品自体にそのような二面性があるように見える。それがやや分裂的な二面性だというふうにも見えるのである。

同じ歴史ものでも、「乱菊物語」のときは、一般に馴染みが薄い応仁の乱後の混乱期の話を、史実にとらわれずに自由に語ることができた。が、「盲目物語」はよく知られた戦国末期の話なので、作者は史実に忠実に語ろうとしている。まずそのために力を尽くしているが、その結果、一介の盲法師ではない、もっと広い視野の持ち主が語る歴史談義といったおもむきのものになる。いうならば、盲法師の話を記録する同時代の史家の残した特殊な軍記資料のように読める一面がそなわることになる。

だが、一方でまた作者は、「お女中がたの中にをりまするたつたひとりのをとこ」の、きわめて私的な「陰翳の世界」を語ろうとし、その語り口と文章に骨身を削る努力をしている。弥市は盲人なので女中たちのなかに紛れていられるが、作者は条件としてそのことを重視し利用するだけで、盲人の世界そのものを描こうとはしていない。盲人独特の感覚と官能の世界が描かれるわけではない。実際に描かれているのは、必ずしも盲人の世界とはいえない独特の「陰翳の世界」なのである。

谷崎は昭和三年に、岡本梅ノ谷の家の別棟を新築する。彼はその新築に際し、隅々まで自身の好みを貫くために深くかかわるのだが、どうやらその経験から、のちに「陰翳礼讃」が生まれることになったようだ。西洋風の文明の利器と伝統的な美的感覚をどう折り合わせるか、家を造るときそのことでどれだけ苦労するか、といったことから谷崎は「陰翳礼讃」を書き出している。

近代化の後発国が西洋文明を受け入れざるを得ないことを、東洋人に課せられた「損」だとい い、それを永久に背負っていく覚悟がいると語る「陰翳礼讃」は、夏目漱石の「現代日本の開化」に匹敵する骨太の随筆である。たとえば万年筆のようなものでも、日本や中国で発明されていれば和紙や唐紙にふさわしい筆のペンになっていたはずで、「些細な文房具ではあるが、その影響の及ぶところは無辺際に大きい」と強調される。そして、「われ〳〵にだけ課せられた損」について、「たとへば文学芸術等にその損を補ふ道が残されてゐはしまいかと思ふ」「私は、われ〳〵が既に失ひつゝある陰翳の世界を、せめて文学の領域へでも呼び返してみたい。」というところへ話は運ばれる。

ここに見られる抱負はそのまま、「盲目物語」のような作品を説明したものになっているのではなかろうか。「われ〳〵が既に失ひつゝある陰翳の世界」を呼び返すための文章が、まず工夫されなければならない。江戸初期の文章の調子がつくられ、表記法もまた凝りに凝ったものになる。

古い戦国軍記資料類の引き写しとさえいわれることのあるそんな文章を、高野山泰雲院で「最後まで日に二枚と云ふ能率を越すことは出来なかつた」（「私の貧乏物語」）ほどゆっくりと着実に書きすすめ、終始緊張感を保って、いわば手でさわれるモノのように仕立てあげたのが小説「盲目物語」だといえるにちがいない。

モノとしての軍記資料のようなその本は、織田信長の妹のお市の方に仕えた座頭が、お市の方の死後三十年後に語った話をだれかが書き残したことになる。谷崎は、現代社会で小説を書くことと、そんな三百年前の本を偽造することとを同時にやっているようなところがある。もちろん偽書というには現代的すぎるが、それでも古い草子が現代に再生されているような、入念至極な偽造の仕事という印象が残る作品になっている。谷崎はまず、三百年前の時代の空気が詰まった、何らかの手ごたえあるモノを作り出そうとしているのである。

谷崎より一世代あとの川端康成は、文壇登場時から文芸時評のたぐいを書くことが多かったが、それまで谷崎の仕事に言及することはほとんどなかった。「盲目物語」が出てはじめて、彼は翌月の「中央公論」でくわしく批評している。川端は「盲目物語」を、やや否定的に、文体がすべてであるような作品と見、これは「一種の文体が物語る物語」なのだといっている（川端康成全集第三十巻）。

若い川端康成にとって、「盲目物語」は「近代小説の常識を尺度とすれば、殆ど無意味」な作品であった。だいいち、肝心の作者が文体のなかに隠れてしまっている。そして、作者が得意なはずの官能描写も、性格や心理の描写も「近代小説としては、無意味に近いほどに控目である。」「一人の美しい女をめぐる、戦国の世の有為転変を、作者はなにを主眼として描かうとしたのであらうか。作者はそれを明らかにしない。そして、近代小説的な主眼のないところに、せっかちな読者は退屈を感じる。文体の霧はものの姿を余りにつつんでゐる。」

谷崎は「盲目物語」を単行本にするとき、それをまた入念に装って、古風な和本のかたちに包みこんだ。大和国栖《くず》村の手ずきの和紙をつかった横長の表紙は、近代作家の小説本を思わせるところがまるでない。

それは、当時の東京文壇の新傾向に対する彼なりの抵抗の姿勢をあらわすものでもあった。谷崎は文壇の若い世代が困惑するようなものをわざわざ作ってみせ、騒々しいジャーナリズムのただ中へ投げこんだわけである。彼は「陰翳礼讃」のなかで、もし日本に自前の近代化があり得たならば、「我等の思想や文学さへも、或はかうまで西洋を模倣せず、もつと独創的な新天地へ突き進んでゐたかも知れない。」といっている。その「独創」のひとつに、近代小説の作者をわざと古風な文体の蔭に隠してしまう「盲目物語」の試みがあったともいえるのである。

昭和初年の谷崎の仕事を考えるときに、スタンダールの影響が無視できないことは二、三の論者によって指摘されてきた。それは、以上に見てきた谷崎の主張と一見矛盾するように見えるところがあるにちがいない。

芥川龍之介との「話のない小説」論争の際の、「物の組み立て方、構造の面白さ、建築的の美しさ」「構造的美観」といったことばが具体的に指し示していたものがあるとすれば、それは主にスタンダールの小説だったのではないかと思われる。谷崎の「大衆小説」の主張も、英訳「パルムの僧院」や「イタリア年代記」を読みふけった経験に端を発しているのはおそらく間違いのないことである。

この時期に谷崎が「大衆小説」として手がけた大作に「乱菊物語」と「武州公秘話」がある。どちらも「筋の面白さ」をもった歴史小説である。作中人物の行動や感情がきわめて明快で、すべてが芝居のように輪郭鮮明、「陰翳の世界」とは逆になっている。語りはのびやかで、話が複雑に仕組まれ、構想が大きく拡がっていく。だから簡単に収拾できず、二作とも「前篇終り」といったかたちで中絶している。

一方「盲目物語」のほうは、「大衆小説」として書かれたものではない。同じくスタンダールの刺激によって生まれたと思われ、やはり歴史小説ではあるが、盲法師弥市の私的な世界に絞るかたちをとっている。戦国末期の動乱の世を語りながら、構想は決して大きくならない。「物の組み立て方」の面白さを狙うのではなく、話は単純で、そのぶん人物の感情は複雑、微妙になる。「変態小説」的に羽目をはずすようなところもない。語りの調子がまた、抑えに抑えたものである。

スタンダールの「カストロの尼」を含む「イタリア年代記」中の諸篇は、多くが十六世紀の古記録文書を使って書かれている。古い素朴な文体を生かし、古記録の忠実な「翻訳」のように装いながら、きわめてロマネスクな物語がつくり出されている。時には、ルネッサンス期と作者の時代の十九世紀が入り混ったような語りになることもある。

古記録による古い文体の物語という点で、「盲目物語」はおそらく「カストロの尼」の書き方に学んだものと見てよいであろう。同じく十六世紀ごろの軍記資料に基くことが「盲目物語」には付記されているが、その後の「武州公秘話」や「春琴抄」では、わざわざ架空の資料をつくって、スタンダールふうの古記録の「翻訳」のような体裁をいっそう強める書き方になっていく。「盲目物語」には、内容面でも、スタンダールから「情熱恋愛」のテーマが取り込まれているといえる。多分に精神的な恋愛感情としての受苦《パッション》の情熱のテーマである。「盲目物語」の弥市は、十年ものあいだお市の方の体を「りんずのおめしものをへだてゝ揉」む仕事をしながら、憧れの相手と結ばれることは不可能である。弥市の「パッション」はいやが上にも高まっていく。「情熱恋愛」のテーマは、一年後の「蘆刈」でなお発展させられ、「春琴抄」に至って真に充実した表現を得ることになる。そのテーマによって谷崎文学のひとつの頂点が極められるのである。

「蘆刈」のばあいは、まだ「旧幕時代の習慣が残つて」いた明治初年のころの大阪船場あたりの旧家の世界に、世にもふしぎな「情熱恋愛」が設定されている。主人公慎之助の恋情が、作中最もなまなましく語られる場面で、慎之助はお遊さんの友禅の長襦袢を両手で持ちあげて、「あゝあのからだがよく此の目方に堪へられたものだといひながらあだかもその人を抱きかゝへてゞもゐるやうに頬をすりよせる」のだが、「盲目物語」の弥市同様慎之助も、憧れの相手と決して結ばれないからこそ強いパッションを持ちつづける。この場面で語られているのは、相手と一度でも結ばれたことのある男の情熱ではないはずである。

その「パッション」は、「盲目物語」ではまだきわめて不十分にしか表現されていない。川端康成のいうように、「無意味に近いほどに控目」なのだが、それは作者が主に「文体のため」に力をつかっているからでもある。スタンダールは、古記録の古風な文体をつくりながら、そこからはみ出すような独自のロマネスクな想念を語ってしまう。一方谷崎は、「日本の古典の一つの形式」としての座頭の物語の、「戦乱の国の暗さを、佛法じみた哀愁で歌ふ文体」にとりつかれ、もっぱらその「一切を拾ひ上げ」るような仕事に没頭している。

だがそれは、川端のような新世代のモダニズム作家の目には、単なる「好事」ともいうべき「殆ど無意味」なこととしか見えない。「この文体に古典の喜びを見出さうとするものがあれば、(略)私は笑ふだらう。」

ただ、スタンダールふうの「情熱恋愛」を十分に書くことは、「文体のため」に抑えられるということがなくても、最初から容易だったとはとても思えない。「盲目物語」のあとの「蘆刈」でも、お遊さんに対する慎之助のパッションは、決して十分に表現されているとはいえない。それが十分なものになるのは、ようやく「春琴抄」においてである。それは河野多恵子のいう「心理的マゾヒズム」(『谷崎文学の愉しみ』)が深まっていく過程を示している。きわめて心理的な受苦《パッション》の情熱を、谷崎は一作一作文体を工夫しながら深めていったのである。

「情熱恋愛」をテーマとした作品の系列は、いわゆる「松子もの」の系列にそのまま重なっている。だが、「松子もの」の最初の小説「盲目物語」は、昭和六年、古川丁未子と再婚後の高野山での新婚生活から生まれている。

そのことに驚く論者は昔から絶えない。野村尚吾は「丁未子との結婚によって、作風に変化が生じたように見えながら、それは丁未子によるものではなく、全然別な婦人である松子の影響によって触発されたものだ」ったことを、「皮肉で残酷なめぐりあわせ」だといっている（『伝記谷崎潤一郎』）。

谷崎は、高野山へこもる前にすでに書きはじめていた小説で、スタンダールふうの「情熱恋愛」のテーマをはじめて扱おうとしていた。それは決して結ばれることのない関係の「パッション」を語るものであった。だとすれば、盲目の座頭がその受苦の情熱の対象にする女性を、新婚生活の相手をモデルにして書くわけにいかないのは当然だったであろう。幸福な結婚生活の外にモデルを求めたとしても、不思議はないというより、むしろそうなくてはならないことであったろう。

谷崎はその二年ほど前から根津家とのつきあいを深めていたが、松子をモデルにした日本画家北野恒富の院展出品作「茶茶」を根津家で見ていて、「盲目物語」初版本の口絵にその絵が使われている。お市の方ではなく娘の茶茶の絵ではあるが、「盲目物語」の着想は根津家でそれを見たことに発しているのではないかと推測される。

もしそうだとすれば、信長や秀吉の時代の物語に没頭しながら「始終御寮人様のことを念頭に置」（松子あて手紙）いていたというのは、これまた当然だということになる。

現実の新婚生活で、満四十五歳の谷崎は、二十一歳年下の丁未子夫人を相手に「再生」の思いを味わっていた。「僕は丁未子との結婚に依つて、始めてほんたうの夫婦生活といふものを知つた。精神的にも肉体的にも合致した夫婦と云ふものゝ有り難味が、四十六歳の今日になつて漸く僕に分つた訳だ。」(「佐藤春夫に与へて過去半生を語る書」)

岡本の家の新築に贅沢をしすぎて、借金に追われる身となり、逃げこんだかたちの高野山暮しだったが、谷崎は戦乱の世のただ中でお市の方に仕えてひっそりと暮らす盲目の弥市のような心境だったかもしれない。広い世間は昭和初年の変動期で、世相の変化が激しく、特にはるかな東京文壇の若い世代の文学は、混乱の極みの騒々しさであった。谷崎は世界恐慌の時代のそんな世間に背を向け、いわば目を閉ざして、まだ二十二、三のお市の方とおなじ「にくづきのふっくらとしてやはらかな」「骨ぐみの世にたぐひもなくきやしや」な女体とともに、「陰翳の世界」へ深く沈潜する思いだったのにちがいない。

彼は「情熱恋愛」の物語を書くために、古い軍記資料のたぐいに読みふけり、北野恒富の「茶茶」の絵とそのモデルを念頭に置きつづけた。根津松子の姿は、古い資料のことばの世界に置き直されて、古風なパッションの対象にふさわしいものになる。それは、「物のあやめは、かんのよいめくらにはおほよそ手ざはりで分る」という、盲人の内なる「陰翳の世界」に浮かぶ女人像となる。「すきとほるばかり」の白さの幻がそこに生まれる。

「ながのとしつき日の眼のとゞかぬおくのまに寝雪《ねゆき》のやうにとぢこもつておくらしなされ、すきとほるばかりにおなりあそばして、たそがれどきにくらいところでものおもひにしづんでいらつしやるお顔のいろの白さなど、ぞうつと総毛《そうけ》だつやうにおぼえたさうでござります。」

ここは目あきの人間が見たお市の方の姿が語られているが、もともと盲人の「陰翳の世界」にぼんやりと浮かんでいたはずの女人像は、物語の進行とともに、白日のもとに輝く白皙の像のようになってくる。物語のなかの女人像がいよいよ大きく印象づけられるようになる。谷崎が内向的に心を沈めていくと、日常の場面で新妻の丁未子を相手にするときとは違って、しばしば膝を屈して仰ぎ視るように女性を大きくしていくことになる。彼の内向性が、結局そのような対象を生み出していくように働くのである。

実際に、現実の世界でも、大阪の古い街に生きる「上臈型」の御寮人根津松子の姿が次第に大きくなっていった。「パッション」の対象として、距離をおいて仰ぎ視られる女人の像が、伝統的な大阪文化を象徴するものになっていった。「蓼喰ふ虫」の老人が、「関西文化に降参した男」をほとんど演じていたように、谷崎自身、やがて大阪文化に降参したふりを根津松子相手に演じることになる。

「盲目物語」は、その数年前にスタンダールを翻訳までした谷崎潤一郎の、最初の「情熱恋愛」の物語である。弥市の「パッション」の中身こそ十分とはいえないが、その代わりに、スタンダールの活劇場面に似た戦国時代の合戦絵巻がみごとに描かれている。特に、最後の北の庄落城の場面は迫真的な出来である。弥市がお市の方を救い出すために、三味線の合いの手を暗号につかって敵方と通じるところなどは、いよいよスタンダールそっくりだと思わざるを得ない。

「陰翳礼讃」

谷崎潤一郎の文学のフィクション以外のものを考えるとき、昭和期に入ってからの長篇随筆の仕事が重要で、その量と質には瞠目すべきものがある。それはそれで彼のもうひとつの「文業」というべきものになっているのがわかる。谷崎が随筆の場合も小説と同額の原稿料を求めたということがうなずけるようである。

執筆後八十年にもなるのに古くならず、彼の頭脳とことばの働きが目の前に生々躍動するように感じられる。特に「饒舌録」「私の見た大阪及び大阪人」「藝談」「青春物語」「東京をおもふ」など、フィクションではない谷崎の文章を読む楽しさを満喫させてくれるが、いまなお何かにつけて話題にのぼることの多いものに昭和八年の「陰翳礼讃」がある。

文化論文明論としての「陰翳礼讃」は、分野を問わず広く現代の関心事とつながり得る。それは国内ばかりでなく、海外でも特別な興味をもって読まれることがあるようだ。自文化中心主義の論といった誤解さえなければ、谷崎の文章が浮かびあがらせるきわめて独特な文化イメージを、十分魅力的なものとして受けとめることができるであろう。
「陰翳礼讃」は、題名どおり日本の伝統文化における「陰翳」の意味について、なるほどここまで書くかと思うほど、微細な感覚を丹念にたどる書き方がしてある。実際、その繊細さ微妙さに感服させられるが、同時にこの論が一面で、繊細ばかりではなくかなり骨太の性格をもっている、ということにも気づかされるのである。

谷崎はその六年前の昭和二年に「饒舌録」を書いている。大正十五年の上海旅行の翌年の文章である。そのなかに、いわゆる「東洋主義」について力を入れて語った部分がある。「東洋主義」ということばは「東洋趣味」とも「支那趣味」とも言い換えられているが、そこに「日本」が当然のように入ってくる。日本人の場合、開国後は西洋文明に圧倒され、しばしば心酔して西洋趣味の人となるが、時を経るうちやがて「日本趣味に復り、遂には支那趣味に趨《はし》」るということになりやすい。年齢を重ねて自分のなかの「日本」を意識するようになると、「支那」をもまたそこに見出していく。そのことを谷崎は自分自身の問題としてくわしく語っている。

そこから、ひとつの問題意識が常になくはっきりと表明されることになる。それはたとえば、「西洋に打ち勝つことは出来ない迄も、少くとも東洋は東洋だけの文化を発達させなければ、東洋人は生きて行かれないと云ふ気持を、近頃特に痛切に感じる。」とか、「畢竟われ〳〵は滅ぼされても構はない気で東洋主義に執着するか、でなければ全く西洋主義に同化するか、二つの岐路に立たされているのだ。此の意味に於いて東洋人は呪はれたる運命を荷《にな》つてゐると云はなければならない。」とかである。

おそらくこの思いは、大正七年と十五年の、二度にわたる彼の中国体験を抜きにしては考えられない。日本で考えているだけでは、なかなかここまで突きつめた言い方にはならないものだからだ。谷崎は、半ば植民地化されつつあった中国ばかりでなく、日本もまた、「西洋文化の線に沿うて歩み出した以上、（略）われ〳〵にだけ課せられた損は永久に背負つて行くものと覚悟しなければならぬ。」と言い切っているのである。

六年後の「陰翳礼讃」も、この問題意識を踏まえて書かれていることは疑いない。東洋対西洋という、ことさらな対置のさせ方がそこから来ている。「饒舌録」の「東洋」が、「陰翳礼讃」ではもっと具体化され日本の京都の話になっていくが、そのため論がそれだけ精緻になり、文章がこまかくまた優美にもなって、文学として一段と魅力を加えることになるのである。


「陰翳礼讃」は、「先年身分不相応な大金を投じて家を建てた時」の作者自身の経験から書き出されている。主に美的な観点から、木と紙と砂壁の日本家屋に西洋渡来の近代設備をどう調和させるか、という問題がまずくわしく語られる。

ここでも谷崎は、西洋の科学技術をとり入れざるを得なかったために「我等が西洋人に比べてどのくらゐ損をしてゐるか」を問題にしている。開国時の日本が「他人の借り物でない、ほんたうに自分たちに都合のいゝ文明の利器を発見」するところまで来ていなかったために、西洋文明をとり入れて「いろ〳〵な故障や不便」に悩まなければならなくなったことを嘆いているのである。

だが、論が進むと、やがて京都の有名料理店「わらんじや」の話になる。そこからあと、つまり「陰翳礼讃」の中心部分であるが、そこからは一般的な日本文化の話というより、ほとんどもっぱら京都の話になってくる。「陰翳礼讃」は結局、「京文化礼讃」とイコールのようになってくるのである。

ただ、ここで考えに入れておかなければならないことがある。谷崎という人は、もともと京都や京都人と十分相性がよかったわけではない。むしろ終生あまりよくないままだったといってもいい。彼は戦後ようやく京都に住むようになるが、地つきの京都人との親しい関係はほとんど出来ないまま、十年のあいだ京都と熱海を往復する生活をつづけることになった。

「陰翳礼讃」の昭和八年、二番目の丁未子夫人と別居した四十七歳の谷崎は、阪神間の岡本に独居しながらひとり京文化を思って書いている。モダンな阪神間の明るい場所から、古都の薄暗い世界を望み見るようにしてである。それまでの京都体験を振り返り、体験のエッセンスを抽出するようにして、よそ者にとっての京文化を遠くから魅力的に描き出そうとしている。そこに現れるのは、ほとんど夢のような独特の文化イメージだといっていい。

そんなふうに、谷崎は空間的な距離を介して語るとともに、時間的にも遠い過去へさかのぼるように語っている。京文化を語るということは、すなわち京都の過去を語ることになり、過去を

「礼讃」するということにもなってくる。

谷崎は明治四十五年、二十五歳のときにはじめて京都に遊んでいるが、そのときの忘れがたい経験を甦らせている。文壇へ出て間もなく、「東京日々新聞」のはからいで京都と大阪に二カ月半ほど滞在、見聞記「朱雀日記」を新聞に連載するのだが、彼は長田幹彦とともに有力な案内者を得て一級の遊び場所の経験を積んだらしい。

古い京都の思い出は、古都ならではの古風な女たちの思い出でもある。祇園の「長谷仲」という家へ行ったときのことは「朱雀日記」のほか、のちの「青春物語」（昭和七～八年）にもくわしく回想されている。「あの時分の陰気で古風な祇園の情調」をなつかしみながら、彼は古い女性美の最後のおもかげをこんなふうに甦らせる。


……あの、鬢のところに特長のある京風の髪の結ひ方なども近頃はめつたに見られなくなつたが、あの時分にはみなあの髪だつた。そして口紅もあの玉虫色に光る、光線の加減では青く真つ黒にさへ見える、東京で云ふ「くれなゐの紅」と云ふ奴だつた。私は今にして思ふのであるが、厚化粧をしてその唇を青貝色に光らしてゐたあの時分の京の女は、何と冷めたく美しかつたことであらうぞ。今日でもそれらの美女の面ざしは一種幽鬼のやうな凄さと夢の中の幻のやうな仄かさを以て朦朧と私の眼前に浮かぶ。私は実際には見た覚えがないが、昔のうら若い女房が鉄漿《かね》を染めた口元にあの玉虫色の紅をつけてゐたとしたら、その青白い、血の気や赤味の微塵もない顔の妖《なまめ》かしさは、どんなであつたらうかと思ふ。兎に角まだあの時分までは、長い伝統を持つ封建時代の京女郎の美が、あの女たちの表情のない顔に霜のやうに寒く白々と凝結してゐた。蓋しあの時分の女はさう云ふ俤《おもかげ》を伝へてゐる最後のものではなかつたであらうか。

「陰翳礼讃」ではほぼ同じことが次のように発展させられている。

……そして私が何よりも感心するのは、あの玉虫色に光る青い口紅である。もう今日では祇園の芸妓などでさへ殆どあれを使はなくなつたが、あの紅こそはほのぐらい蠟燭のはためきを想像しなければ、その魅力を解し得ない。古人は女の紅い唇をわざと青黒く塗りつぶして、それに螺鈿を鏤めたのだ。豊艶な顔から一切の血の気を奪つたのだ。私は、蘭燈のゆらめく蔭で若い女があの鬼火のやうな青い唇の間からとき〴〵黒漆色の歯を光らせてほゝ笑んでゐるさまを思ふと、それ以上の白い顔を考へることが出来ない。少くとも私が脳裡に描く幻影の世界では、どんな白人の女の白さよりも白い。……

そのあと、京都・島原の「角屋《すみや》」で見たある特別な「闇」の記憶が語られる。

……僅かな燭台の灯で照らされた広間の暗さは、小座敷の暗さと濃さが違ふ。ちやうど私がその部屋へ這入つて行つた時、眉を落して鉄漿を附けてゐる年増の仲居が、大きな衝立の前に燭台を据ゑて畏まつてゐたが、畳二畳ばかりの明るい世界を限つてゐるその衝立の後方には、天井から落ちかゝりさうな、高い、濃い、唯一と色の闇が垂れてゐて、覚束ない蠟燭の灯がその厚みを穿つことが出来ずに、黒い壁に行き当つたやうに撥ね返されてゐるのであつた。諸君はかう云ふ「灯に照らされた闇」の色を見たことがあるか。それは夜道の闇などゝは何処か違つた物質であつて、たとへば一と粒一と粒が虹色のかゞやきを持つた、細かい灰に似た微粒子が充満してゐるものゝやうに見えた。私はそれが眼の中へ這入り込みはしないかと思つて、覚えず眼瞼をしばだゝいた。……

そんな特別な闇の記憶からいにしえの女たちの姿が浮かび出てくる。その古風な女性美を幻視するような書き方になる。「美は物体にあるのではなく、物体と物体との作り出す陰翳のあや、明暗にある」というような女性美のあり方が幻視されるのだともいえる。

……昔の御殿や妓楼などでは、天井を高く、廊下を広く取り、何十畳敷きと云ふ大きな部屋を仕切るのが普通であつたとすると、その屋内にはいつもかう云ふ闇が狭霧の如く立ち罩めてゐたのであらう。そしてやんごとない上臈たちは、その闇の灰汁《あく》にどつぷり漬かつてゐたのであらう。嘗て私は「倚松庵随筆」の中でもそのことを書いたが、現代の人は久しく電燈の明りに馴れて、かう云ふ闇のあつたことを忘れてゐるのである。分けても屋内の「眼に見える闇」は、何かチラチラとかげろふものがあるやうな気がして、幻覚を起し易いので、或る場合には屋外の闇よりも凄味がある。魑魅《ちみ》とか妖怪変化とかの跳躍するのは蓋しかう云ふ闇であらうが、その中に深い帳《とばり》を垂れ、屏風や襖を幾重にも囲つて住んでゐた女と云ふのも、やはりその魑魅の眷属ではなかつたか。闇は定めしその女達を十重二十重に取り巻いて、襟や、袖口や、裾の合はせ目や、至るところの空隙を塡めてゐたであらう。いや、事に依ると、逆に彼女達の体から、その歯を染めた口の中や黒髪の先から、土蜘蛛の吐く蜘蛛のいの如く吐き出されてゐたのかも知れない。

谷崎の想像力が内的に深められるとき、そこに必ず女の姿が浮かび出て、それが奇妙におどろおどろしいものになることがある。ここでは過去を「礼讃」する心がそんな幻影をなまなましくさせているのである。

「陰翳礼讃」を文化論として読むとき最も印象深いのは、日本の家屋のなかの陰翳世界と、そこで使われる漆器や食べものについて述べた部分であろう。

燭台の蠟燭の灯のもとで食事をする古い料理屋での経験から、「事実、『闇』を条件に入れなければ漆器の美しさは考へられないと云つてゐる。」と語り出される部分である。そこから日本の古い陰翳世界へ入りこむ谷崎の心は、やがて過去の闇のなかから幻めいた美の光景を引き出してくる。

……つまり金蒔絵は明るい所で一度にぱつとその全体を見るものではなく、暗い所でいろ〳〵の部分がとき〴〵少しづゝ底光りするのを見るやうに出来てゐるのであつて、豪華絢爛な模様の大半を闇に隠してしまつてゐるのが、云ひ知れぬ余情を催すのである。そして、あのピカピカ光る肌のつやも、暗い所に置いてみると、それがともし火の穂のゆらめきを映し、静かな部屋にもをり〳〵風のおとづれのあることを教へて、そゞろに人を瞑想に誘ひ込む。もしあの陰鬱な室内に漆器と云ふものがなかつたなら、蠟燭や燈明の醸し出す怪しい光りの夢の世界が、その灯のはためきが打つてゐる夜の脈搏が、どんなに魅力を減殺されることであらう。まことにそれは、畳の上に幾すぢもの小川が流れ、池水が湛へられてゐる如く、一つの灯影を此処彼処に捉へて、細く、かそけく、ちら〳〵と伝へながら、夜そのものに蒔絵をしたやうな綾を織り出す。……

何ともこまやかな生きた幻影というほかないが、ふと現代に立ち返って吸い物椀を手にする谷崎は、またこんなふうに思う。「(私は)掌が受ける汁の重みの感覚と、生あたゝかい温味《ぬくみ》とを何よりも好む。それは生れたての赤ん坊のぷよ〳〵した肉体を支へたやうな感じでもある。」スープ皿でも料理の皿でも手にとるということのない西洋人ならおそらく思ってもみないはずの、吸い物椀の赤ん坊のような重みを愛するということである。そしてなおこうつづけている。

私は、吸ひ物椀を前にして、椀が微かに耳の奥へ沁むやうにジイと鳴つてゐる、あの遠い虫の音のやうなおとを聴きつゝ此れから食べる物の味はひに思ひをひそめる時、いつも自分が三昧境に惹き入れられるのを覚える。茶人が湯のたぎるおとに尾上の松風を連想しながら無我の境に入ると云ふのも、恐らくそれに似た心持なのであらう。日本の料理は食ふものでなくて見るものだと云はれるが、かう云ふ場合、私は見るものである以上に瞑想するものであると云はう。さうしてそれは、闇にまたゝく蠟燭の灯と漆の器とが合奏する無言の音楽の作用なのである。

……

日本建築の陰翳世界についても、個人的な夢の体験を語るような調子でくわしく語られる。寺の「書院の障子のしろ〴〵としたほの明るさには、ついその前に立ち止まつて時の移るのを忘れる」といい、寺の奥の間の「明暗の区別のつかぬ昏迷の世界」に入ると「時間の経過が分らなくなつてしまひ、知らぬ間に年月が流れて、出て来た時は白髪の老人になりはせぬかと云ふやうな、『悠久』に対する一種の怖れを抱」くことがある、ともいう。そして寺の奥の金襖や金屏風の明るみの「沈痛な美しさ」について、こまかく的確に描写しながら、夢をともにする人に親しく呼びかけるように語っていく。

諸君は又さう云ふ大きな建物の、奥の奥の部屋へ行くと、もう全く外の光りが届かなくなつた暗がりの中にある金襖や金屏風が、幾間を隔てた遠い〳〵庭の明りの穂先を捉へて、ぽうつと夢のやうに照り返してゐるのを見たことはないか。その照り返しは、夕暮れの地平線のやうに、あたりの闇へ実に弱々しい金色の明りを投げてゐるのであるが、私は黄金と云ふものがあれほど沈痛な美しさを見せる時はないと思ふ。そして、その前を通り過ぎながら幾度も振り返つて見直すことがあるが、正面から側面の方へ歩を移すに随つて、金地の紙の表面がゆつくりと大きく底光りする。決してちら〳〵と忙がしい瞬きをせず、巨人が顔色を変へるやうに、きらり、と、長い間を置いて光る。時とすると、たつた今まで眠つたやうな鈍い反射をしてゐた梨地の金が、側面へ廻ると、燃え上るやうに耀やいてゐるのを発見して、こんなに暗い所でどうしてこれだけの光線を集めることが出来たのかと、不思議に思ふ。……

いわゆる「伝統回帰」ものの小説でも、谷崎の書き方は、よく見るとそれ以前の大正期に学んだ西洋文学が十分に咀嚼され生かされているのがよくわかるのだが、ここにあげた文章のこまかさ、くわしさ、粘りといったものにもそれが感じられる。一種の禅味を求めていくようでいて、これは淡泊、簡素、枯淡といった趣きのものではまったくない。「陰翳礼讃」という題にしてから が、当時の枯淡な日本の作家が思いつくようなものではなかったはずだ。

同様に、西洋と対比させて日本の文化的独自性を強調しているようではあっても、ありふれた自文化中心主義の日本論と同じように見ることはできないにちがいない。そんな一般的な主張とは反対の、きわめて個人的なものが一貫して生きている論だからで、しかも東京人の谷崎が、主に京都の文化を京都の外から見て語ったものだからである。その京文化も当時すでに過去のものになりつつあった。谷崎はいまや失われようとする陰翳文化を哀惜する思いを熱く語りつづけたのだといえる。

よく知られているように、谷崎は現実世界において、わざわざ古臭い薄暗い家に住もうとしたわけでは決してなかった。戦後自宅をつくるとき、「陰翳礼讃」で語られた夢を実現しようとする建築家に対して、それは困るといってはっきり断わったという話も知られているはずである。

むしろ西洋人のあいだに上品な薄暗がりを好む人が少なくないのを谷崎は知らなかったかもしれないが、すでに「陰翳礼讃」執筆時点の東京や大阪は、たとえばパリよりよほど照明過多の街になってしまっていて、「陰翳礼讃」の終わりのほうにそのことに触れた一節がある。そこまでくわしく語られてきたことが、いわば過去の幻影にも似たものであることが最後にはっきりするような運びになっているのだともいえるであろう。

はじめに述べた「陰翳礼讃」の問題意識ということに話を戻すと、それは単なる文化論にとどまらず、おのずから文学と関わってくるものを持っていた。昭和期に入って谷崎は、「我等の思想や文学さへも、或はかうまで西洋を模倣せず、もつと独創的な新天地へ突き進んでゐたかも知れない。」と思うところがあったが、その問題意識は、いわば失われた可能性をもう一度探ろうとする試みにつながっていくのである。「陰翳礼讃」の末尾はこうなっている。

……尤も私がかう云ふことを書いた趣意は、何等かの方面、たとへば文学芸術等にその損を補ふ道が残されてゐはしまいかと思ふからである。私は、われ〳〵が既に失ひつゝある陰翳の世界を、せめて文学の領域へでも呼び返してみたい。文学といふ殿堂の檐《のき》を深くし、壁を暗くし、見え過ぎるものを闇に押し込め、無用の室内装飾を剝ぎ取つてみたい。それも軒並みとは云はない、一軒ぐらゐさう云ふ家があつてもよからう。まあどう云ふ工合になるか、試しに電燈を消してみることだ。

谷崎はすでに小説のほうでも、モダンな明るい世界から過去の薄暗がりに目を向けはじめていた。二年前には、「試しに電燈を消してみ」たような盲人の語りによる小説「盲目物語」を書いている。「陰翳礼讃」のこの部分は、実際、「盲目物語」のような小説の意図をこれ以上ないほど的確に説明したものになっているのである。

「われ〳〵が既に失ひつゝある陰翳の世界」を呼び戻すためには、西洋式近代文学の文章とは違う新しい文章を工夫しなければならない。私は「盲目物語」から「春琴抄」や「聞書抄」に至る仕事を指して「文章上の薄闇の道」と呼んでいる。谷崎は文章の上に陰翳世界をもたらすためのぎりぎりの努力を重ね、「春琴抄」において戦前の「伝統回帰」の文学の頂点に達するのである。以後「文章上の薄闇の道」はいったん途切れる。そして「猫と庄造と二人のをんな」や「細雪」のようなリアリズムの散文世界が戻ってくる。が、「細雪」の場合、文章の上では暗がりが消える代わりに、物語の中心に据えられた蒔岡家の三女雪子の存在そのものが、陰翳に満ちたものになるのである。

古典的な京おんなを思わせる雪子は、引込み思案で因循で悠長で、ほとんど浮世離れしたような内気さをもっている。「細雪」全篇をとおして、そんな雪子の、容易に心をうかがわせない陰翳世界の豊かさがほめたたえられる。彼女の陰気な美しさが聖化されている。その意図は近代的リアリズムの手法とは裏腹になるが、いわば「陰翳礼讃」が物語のなかにそっくり取り込まれて、「雪子礼讃」の物語になったのが「細雪」だともいえるのである。

恋文作品

谷崎潤一郎は生涯に三度結婚しているが、三番目の妻になった根津松子への恋文がよく知られている。まったく独特の、小説家ならではの恋文で、ふつうの人ではなかなかサマにならないし、そんな恋文を受けとったほうも必ずしもありがたいとは思わないかもしれない。

実際、谷崎は小説を書くように恋文を書いている。それを受けとる松子も、谷崎文学を味読するようにしながら、谷崎の思いをまちがいなく受けとめていったらしい。つまり、文学というものが二人のあいだにあり、なまな恋心はそれを介して伝えられたのである。

根津松子は大阪・船場の木綿問屋根津商店の御寮人だったが、夫の根津清太郎が遊び人で根津家が傾き、あげくに清太郎が松子の末妹と関係をもつようになって、夫婦のあいだがこわれていた。

そのため、松子のほうにも谷崎と結婚したいという思いが早くからあったようだ。だから、松子はもっぱら受身で谷崎の唐突な求愛に接してとまどったというわけではなかった。しかも、発表されている有名な恋文は、谷崎と松子の関係が深まり、谷崎の「告白」があって、二人の結婚が考えられるようになってからのものである。

昭和七年九月、谷崎が松子を女主人公のモデルにして「蘆刈」を書きはじめたころ、松子への手紙がとつぜん新しいスタイルの「恋文」に変わる。それ以前の手紙はいわゆる恋文ではなかったのだ。九月二日付からこんな調子の手紙になる。ほとんど小説の女主人公に語りかけるような調子である。「一生あなた様にお仕へ申すことが出来ましたらたとひそのために身を亡ぼしてもそれか《ママ》私には無上の幸福でございます」「たとひ離れてをりましてもあなた様のことさへ思つてをりましたらそれで私には無限の創作力が湧いて参ります」

谷崎の恋文スタイルの手紙の特徴は、まず第一に、自分はへりくだって高貴な女性に仕えるかたちをとりたいといっていることである。谷崎自身が僕《しもべ》となるマゾヒスティックな関係を求めていることになる。それから第二に、相手を自分の芸術のためのミューズに仕立てようとしていることである。

その二点を相手にわからせ、相手を注文にはめて関係を深めようとしている。女性にしてみれば、注文どおりにふるまうのはむつかしいにちがいないが、松子という人は賢明にもそれができた人だったようだ。

いま見た最初の恋文のひと月後、十月七日付の手紙は、マゾヒスティックな関係を求める思いを燃えあがらせるような、かなり羽目をはずした文面になっている。松子を御主人様と呼び、「どうぞ〳〵御願ひでございます御機嫌を御直し遊は《ママ》して下さいまし」と懇願して、こんなふうにいう。「ゆうべは帰りましてからも気にかゝりまして又御写真のまへで御辞儀をしたり掌を合はせたりして、御腹立ちが癒へ《ママ》ますやうにと一生懸命で御祈りいたしました眠りましてからもぢつと御睨み遊ばした御顔つきが眼先にちらついて恐ろしうございました、ほんたうにゆうべこそ泣いてしまひました」

松子に叱られ、あるいは折檻されるような関係になりたくて、おそらくちょっとしたことを誇張しているのである。松子が怒ってみせたのに対して、怒られたことを喜んでいるのである。二人のそんな演技がすでにはじまっているようだ。

この手紙の翌年、昭和八年六月十七日付のものが**手紙1**である。

「春琴抄」が「中央公論」六月号にのった直後の手紙だが、「春琴抄」は発表後まもなく大評判となり、谷崎と松子はそれを喜んで「春琴抄」ごっこをしているのがわかる。

【手紙1】

御寮人様何卒〳〵先日の失礼は御ゆるし遊は《ママ》して下さりませ、私の身として飛んでもないことを申上げ御怒り遊は《ママ》すのも御道理でござります、もはや心の底の底までも召使ひになりきつた積りでをりますけれども矢張り昔のくせが出ましてつい身分を顧みぬ無礼なことを申上げたのでございます、それ故今後は必ず注意仕りますが奉公人の分際を忘れました場合には一ゝ御とがめ下されまして生意気な料簡が少しも残らぬやう御しつけ遊ばして下されますやう此の上とも御願ひ申上げまする、先日も家来といふのは形ばかりぢや心の底からあるじとしてあがめてゐないと仰つしやつてでこさ《ママ》りましたが決してそんなつもりでハござりませぬけれども唯ゝ日頃友達などに対するわがまゝなくせがヒヨイと出るのでござります、これもつまりは気が弛み心に油断があるせゐでこさ《ママ》りませう、現代の主従のやうではいかぬ封建の世の主従のやうにせよと仰つしやつていらつしやいましたのを今後は何処までも忘れぬやうに御奉公致します、そして御寮人様と私との今の世に珍しき伝奇的なる間柄を一つの美しい物語として後の世にまで伝へたうござりますほんたうにその覚悟で居るのでござります

「現代の主従のやうではいかぬ封建の世の主従のやうにせよ」というのは、幕末から明治にかけての春琴と佐助の物語のようでなくてはならないということであろう。この手紙の署名は潤一郎ではなくて、もっと丁稚《でっち》らしい順市という名前になっている。「御寮人様と私との今の世に珍しき伝奇的なる間柄を一つの美しい物語」にしたものが、完成したばかりの「春琴抄」だということになる。

この時期の二人は、まだ一緒に住んではいなかった。谷崎は二番目の妻丁《と》未子《みこ》と別居、阪神間の岡本の小さい借家を「かくれ家」にしていて、そこへ松子がかよってきていた。この手紙のもっとあとのところで、谷崎はその家を松子の「御留守宅」と呼び、お手伝いさんが松子の「御簞

笥」を修理し「御洗濯物などもきれいに皆いたしましていつ御帰り下されましても宜しいやうにしてござります」と伝えている。自分も奉公人のひとりとして松子の留守を守っているというかたちにしているのである。

手紙2は、翌昭和九年の十月五日付で、二人が阪神打出の家で同棲をはじめてからのものである。結婚式はまだだが、事実上夫婦になってからのものだから、いくらか調子が違ってきている。谷崎満四十八歳、松子は十七歳年下の三十一歳である。

谷崎は大阪の寺へこもって『文章読本』書きおろしの仕事を一気に片づけようとしていて、その寺から出した手紙である。生涯でもっとも金に困っていたころで、彼は松子やその娘と妹たちを養うためにも、仕事にかじりつかなければならなかった。松子と同棲する前の、遊び心が羽目をはずしたような手紙とは違い、ここにはあきらかに現実の厳しさが反映している。

そのため、単なる手紙というより、作家の気魄に満ちた「作品」ともいうべきものになっている。彼が高い稿料をとっていた原稿とおなじ緻密なことばの世界があり、作家の仕事がどういうものかわかってもらいたいという強い気持ちが出ている。丁稚佐助のような「順市」のなかから、作家谷崎潤一郎がぬっと顔を出しているのである。

【手紙2】

出発に際しいろ〳〵の御心づかひ難有勿体なき事に存じます又その節ハ私不注意より御機嫌を

損じましたこと御詫び申上ますたゞ
御寮人様は富貴に御育ちなされ生活の御苦労といふ御経験が御ありなさらないので、その点に関し、多少私と御考へが御違ひになりますのも御尤もと存じます、私としましてハ仕事第一主義で行かなければ心配でなりませんので、ついユツタリとした気分を失ふのでございます、それもこれも
御寮人様はじめ皆ゝ様の御ためを思ふからでありますことハ申す迄もござりません、しかし御寮人様が私同様にアクソクなさるやうにてハ御いたはしくもあり、又そんな御気分になれる筈もありません、明日が日の生計に差支るやうになつても、大名のやうな悠ゝたる御気分で御いで遊ばされるところが御寮人様の有難いところでございますし、こればかりは私のやうな卑しい生れの人間には真似が出来ません、それ故にこそ二世も三世も変らぬ御主人様とお仰ぎ申てゐるのでございます、又そんな御心配をかけないやうに致すことが私の理想でございますけれ共、何としても目下のところ力及ばず、甲斐性なきために御不自由をかけそのため余計仕事の方に気が取られます、これも決して長いことでハございませぬ故、当分の間ハ何を置いてもミツチリ仕事をさせて頂きますやうに御願申ます
次に、静かな所にゐなければ仕事が捗らぬと云ふ意味は、御寮人様に対する感激がうすらいだ意味ではございません。感化や感激を文学に移しますには、やはりそれを基礎にして或る空想を生むだけの経過が必要でございます。歓喜とか恍惚とか、その他いかなる感情でも、その興

奮の最中には表現の余裕がないものにて、それを一遍ひやゝかに沈静せしめて、始めてその感情の性質が、自分にも分り、人に伝へられるものでございます。私も御寮人様の御側にをりますす時の方が遥かに愉快でございますけれ共扨それを芸術的感興として味はひ、且表現いたしますのには、或る程度の瞑想の時間と孤独の環境とが必要になつて参ります。これハくれぐ〵も誤解遊ばさぬやう、正しく御憫察下さいますやう懇願申上げます。私は製作の仕事が好きでございますけれ共、それより一層御側において頂いで《ママ》御寮人様や御嬢様方に御奉公いたします方が好きでこ《ママ》ざいますから生計の道さへつきますならば、喜んで文学などハ放棄いたし、生活を以て直ちに芸術といたします。目下の唯一の悲しみはそれが出来ないことでございます。依て将来実際問題として、仕事の時間と、御奉公の時間とを、いかに調和させたらよいかといふことを、御考へおき願ます、私も考へることにいたします。(勿論仕事も御奉公の一部、而も重要なる一部でございますが)

手紙3は、松子の前の、二番目の妻になった古川丁未子への恋文で、昭和六年一月二十日付である。古川丁未子は大阪府女子専門学校英文科出身、同校の仲間が谷崎の「秘書」の仕事をしていた関係で、学生のころから谷崎家へ遊びにきていた。谷崎は最初の妻千代を佐藤春夫に譲り、離婚後半年もたたぬうちに、二十一歳年下の丁未子に求婚している。

英文科を卒業したばかりの丁未子あての手紙は、相手にあわせた若々しさが感じられるが、基本的には、のちの松子あての恋文とおなじことをいっている。相手を自分の芸術のためのミューズにしたいということ、「美の理想と一致するやうな女性」と結婚して、「実生活」と「芸術生活」とを重ねあわせ、相手の「支配の下に立ちたい」ということである。

まだ二十代前半の丁未子に対して、「今一度、私に青春の活力と情熱を燃え上らして貰ひたい」といっているのが、唯一松子あての手紙と違うところである。最初の妻千代とのあいだに性の関係がなくなっていた谷崎は、真剣に丁未子を求めてみずからの回生を期していたのである。

なおこの手紙は、西口孝四郎氏により「中央公論文芸特集」平成六年秋季号に発表された。

【手紙3】

目下の私は、自分の芸術については誰にも負けない自信があります。たとひ自分の書くものが、一時世間から認められないことがあつても、きつと後世には認められる、それは私には分つてゐます。しかしそれだけではあまり淋しい。私は過去に於いて恋愛の経験が二三度ありますが、ほんたうに全部的に、精神的にも肉体的にもすべてを捧げて愛するに足る女性に会つたことはなかつた。それが私の唯一の不満であつた。もつと突込んで言ふならば、私の芸術の世界に於ける美の理想と一致するやうな女性、——もしさう云ふ人が得られたら、私の実生活と芸術生活とは全く一つものになる。（略）私はあなたを、学問や趣味や技術の上では教へもし、指導することも出来ませう。けれどももつと高い深い意味に於いて、私はあなたの美に感化されたいのだ。あなたの存在の全部を、私の芸術と生活との指針とし、光明として仰ぎたいのだ。あなたとの接触に依つて、私は私の中にあるいい素質を充分に引き出し、全的に働かしたいのだ。ジヨン・スチユアード・ミルの経済学はミルの創作でなく、ミルの夫人の高潔なる愛と知恵との賜物だと云はれる。私も若し、幸ひにしてあなたが来て下されば後世に輝やくやうな作品を遺すことが出来ると信じる。そしてその功績と名誉とは、私のものでなく、あなたのものです。私の芸術は実はあなたの芸術であり、私の書くものはあなたの生命から流れ出たもので、私は単なる筆記生に過ぎない。
私はあなたと、さう云ふ結婚生活を営みたいのです。あなたの支配の下に立ちたいのです。そして今一度、私に青春の活力と情熱を燃え上らして貰ひたいのです。すでに私は、此の十年来経験しなかつた盛んな情熱の燃え上りつつあるのを感じ、それを今は出来るだけ抑制してゐます。そして一日も早くあなたと一つ屋根の下に住めるやうになるのを待つてゐます。

この手紙のあと間もなく二人は結婚するが、その結婚生活は不幸にも二年に満たなかった。若い妻との関係は、谷崎にとって性的に満足できるものであったが、丁未子が谷崎の注文にうまくはまっていけないということがあったようだ。その点、松子は丁未子より歳も上だし、結婚の経験もあり、はるかにしたたかだったということであろう。

作家による作家論・谷崎潤一郎

1

昨年（昭和五十二年）亡くなった今東光氏の遺著『十二階崩壊』に、関西移住以前の谷崎潤一郎の住まい方について書いてある。谷崎の引越し好きは相当なものだが、引越しの手伝いに行くと家財道具が少ないのに拍子抜けすること、引越しのたび古い道具はことごとく売り払われ、まるきり別なものに一新されてしまうのでこれが谷崎家かと驚くこと、蔵書の少ないこと、谷崎家には本棚というものがないこと、畳の上に大きなデスクを据えていたこと、小田原の借家の庭は植木どころか草一本生えていない赤土だけの殺風景なものだったこと等々。佐藤春夫は「よくこんな庭の家に住めるな」と言い、今東光自身、その荒涼たる庭を見ているとたまらなくいらいらしてきたそうだ。

三十代の谷崎の住まい方についてはほかにいろいろ証言もあり、大体こんなところだったらしい。谷崎自身の随筆などから判断すると、本棚はなかったわけでもなさそうだ。谷崎は数え年三十の歳に妻帯してはじめて家を構えた。それまでは旅館住まいも多く、居所不定であった。

『十二階崩壊』はおそらくホラ話も混えたおもしろおかしいものである。ポルノ小説と思えばいい部分も多いが、谷崎潤一郎が出てくるところは、当時の「私設秘書」の緊張が呼び起こされていて神妙である。今東光は谷崎の「変身」について語っている。引越すたびに家の様子をがらりと変えてしまうばかりでなく、谷崎自身しょっちゅう気まぐれに姿を変えたがったことはよく知られている。横浜時代の谷崎は、西洋人の身なりをして洋館で暮らし、背の高いベッドに寝ていた。その前は、中国へ旅行して帰ると中国服一式を作らせ、それを着込んでお椀みたいな帽子まででかぶり、平気で街へ出たりした。そしてもっと前の谷崎は、髪を剃り落として江戸時代の戯作者みたいな風体だった。食べものにしても、和洋中華何でもある程度以上うまければいいので、食い魔にはちがいないが、当時はおそらくまだ食通というのではない。

この「何でもいい」という点に私は興味を惹かれずにいられない。つまり若い谷崎の変わりやすさというか、生活様式でも何でもがらりと変えてしまって一向平気なところが親しく感じられる。平気といってもノンシャランという意味ではなく、「変身」は意識的で多分に大真面目なものだが、意志や欲求がその都度はっきり打ち出されるようでいてそれはお互いに関連が弱く、統一的に働くものもあまり見えず、だから要するに「何でもいい」し「どこでもいい」のである。基本的にとりとめがなくて一向平気である。江戸っ子のあとに来た、より現代的な都会っ子というものかもしれない。

「中央公論」の瀧田樗蔭《ちょいん》が、谷崎のことを、「こんなに顔の表情の著しく変化する人は一寸見当らない」と書いている。六代目そこのけの色男になるかと思えば、一変して不健康な顔色の悪相にもなる人だという。体にしても、太ったりやせたりは思いのままというところがあったらしい。「捨てられる迄」の中で谷崎は、「世の中に完全なる男子や完全なる女子は存在しない」というオットー・ワイニンガーの説を引き、「彼の太り方は、十七八の田舎娘や飯炊き女の体質にそツくりで、殆んど女性的であつた。（略）腰から下は全く女の姿と異らなかつた。」と説明している。精神病理学的な誇張には違いないが、谷崎自身、「自分の性《セックス》が次第々々に女性の方へ転化して行くやうに」思いたがるところがあったのかもしれない。佐藤春夫はよく谷崎と一緒に風呂に入り、谷崎の骨格が女性的なこと、骨盤が女のように扁平なことを二人で話題にしたりしたらしい。

　体質的な「変わりやすさ」、形相なんかの変化の激しさを谷崎が意識していたことは見逃せないと思う。つまり若い谷崎は、変化の一方から他方への往復を意識していてそのことを書くのだが、それを文学的問題としてもう一つ扱いきれていない。「変わり得る」という認識を生かしていくにとどまる。「往復」自体をテーマにしたもの（たとえば「友田と松永の話」）では、「往復」の意識が単なるアイデアのようにやせてしまう。その意識が浮わついてきてちょっとした夢想に飛びついてしまうこともある。

「神童」谷崎は、東京府立一中の二年生のとき、精養軒経営の北村家へ家庭教師兼書生として住みこんだ。以後まる五年のあいだ、女中たちと一緒に台所で食事をし、雑用に使われながら一中や一高へ通った。谷崎は北村家では使用人たちの「チョコ才」の世界で屈辱に耐えるというところがあったようだが、一たん学校へ出れば秀才として教師からも一目おかれる立場に変わり、その晴れがましさと屈辱とのあいだを絶えず往復する毎日であった。その上、学校の世界だけに限っても、谷崎はその種の往復を経験していた。つまり教室は天国だったかもしれないが、教練なんかでシボられる校庭は地獄で、その懸隔ははなはだしかったようである。谷崎の運動神経たるやまったくお話にならなかったとはだれもが言い、谷崎が五十近くなってから連れ添った松子夫人さえそのことを書いている。

実際、校庭では惨憺たる目にあって肉体的屈辱に耐えねばならなかったとしたら、そんな経験から、新知識の「マゾヒズム」も理解しやすかったかもしれない。少年谷崎が精神的及び肉体的屈辱感にある程度馴れ親しまざるを得なかったという事実は、その意味で大事かもしれないが、谷崎の「マゾヒズム」云々はそれらしき性向という理解だけで足りるから、あまり強調しても仕方がない。一方に「天国」が控えているので、屈辱感に負ける必要もなく適度に馴れ親しむことができるという関係で、やはり問題はその「往復」にある。

それなら「往復」の不安定さを苦にするかというと、人間必ずしもそうと決まっているわけではない。谷崎は横着なほうだから、精神的肉体的「チョコ才」の世界で苦労するのはいやでたまらないのだが、「往復」を不安定に感じて苦にしていたとも思えない。もちろん、早く偉い人間になってこんな状態を解消したいとは思っていた。だが、基本的に、谷崎はその種の不安定さに身を預けていけるタイプである。幼いころから自分の不器用さを意識せざるを得ないと、「往復」(つまり立場の変わりやすさ)はもう当然のこととして親しくなってしまう。仮りに当時の立身出世主義の圧力を除いて考えることができるとしたら、いずれ「偉い人間」として自己が統一されて現状が解消されるという期待を、あえて持つ必要もなかったかもしれない。要するに谷崎は、無理な自己統一はお預けにしておいてもやっていけるところを持っていたと思える。私の考えでは、それが若い谷崎の作家としての可能性で、谷崎は四十歳ころまでその可能性に半分しか気づいていなかった。個性万能のロマン主義的芸術家観にこだわって無理に自己統一をはかろうとするところをなかなか思い切れなかったのである。

長男らしい不器用さといったものが谷崎にはある。四つ違いの弟精二に較べても、潤一郎の幼年時代は恵まれていた。それは家がまだ裕福で、「両親が最も幸福だつた数年間」とのちに書くような時期に当たる。潤一郎は乳母の手にまかされて過保護な甘ったれ坊主として育ち、特に手先を使うような仕事は全然うまくやれない。小学校へあがっても、学校に馴染めなくて落第させられている。初期の短篇に「憎念」というのがあるが、家の奉公人である小僧を憎むようになるきっかけが、「何と云ふ醜い、汚ならしい、鼻の孔だらう」とふと思ったことにあり、「人間の顔には、どうして鼻の孔なんぞが附いて居るのだらう。あの孔がなかつたら、人間の顔はもう少し綺麗だつたらう」「お前はほんとに卑しい奴だ。醜悪な人間だ。其の無恰好な鼻を見ろ」云々と坊ちゃんである「私」は憎しみを募らせてゆく。過保護っ子のその種の酷薄さは、少年谷崎のものでもあったであろう。そういう少年は感情的にとりとめがないので、「何と云ふ醜い、汚ならしい、鼻の孔だらう」とふと思ってみる必要があるわけである。

谷崎家は次第に逼塞《ひっそく》していく。気弱な入り婿である父親はなすすべを知らず、成長していく息子をうまく扱うこともできず、貧窮のおかげでかえって一家が結束するというふうにはならない。潤一郎は自然に父親を真似るというかたちをとることができない。子供の扱い方がまったく下手くそだとか、対世間的にもおやじはたどたどしいとかいうふうに、父親を批評的に見る関係がだんだんはっきりしてしまい、おそらく潤一郎の場合、父親の生活習慣とか態度とか癖とかが染みついてしまうということがなかったはずだ。

潤一郎の不器用さというのも、要するに人の真似がうまくできないということである。往々にして長男は、親とのつき合い方が不器用になりがちなものだが、それは身近に手本がないということと、親のほうも子供の扱いに馴れていなくて身構えるところがあるということから来て、関係はぎこちなくなったり一見水くさくなったりする。しかも長男は大事に可愛がられている。潤一郎の両親との関係も、好き勝手にやれると同時に少々ぎこちなくて水くさいものだったように思える。それに反して、弟の精二のほうは、兄のうしろで見ていて、親ともっと自然につき合うやり方を覚え、密着的にすらなれたのではなかろうか。親を思う気持ちや、「親孝行」というようなことが、潤一郎にとって充分に自然なものと感じられにくく、どこか身にそぐわなくてムズムズするようなところがあったのは、精二に較べて親に対する位置が定まりにくいものだったからだろう。潤一郎の目から見て位置的に親も不安定なら自分も不安定である。だから、人が自然な感情と呼ぶようなものと折り合いをつけにくくなるわけである。

母親に対しては、伊香保にいて死に目にあえなかった潤一郎は、母の死後「自然な感情」を掘り起こし、あとから入念に「母恋い」というものに仕立てていく。それは書くことによって自分の位置を定めていく作業である。そうやって仕立ててあげてはじめて、その感情は潤一郎の身に合ったものになるのだ。

うまく人の真似ができないので、谷崎は身近の大人たちから何かを自然に教わって身につけるという具合にいかず、家風とか家の空気とかいったものも染みつかないというところがあったらしい。家の空気に染まらない代わりに、谷崎は家の外の東京下町という環境に染まっていく。家よりももう少し広い場所で教わったもののほうが身につきやすいのである。外へ出たほうが一応位置が定めやすかったからだとも言える。だから谷崎の場合、顕著な下町っ子らしさは終生変わらなかったが、江戸っ子の言葉遣いなんかのほかは、直接親から受け継いだものはあまり多くなかったのではなかろうか。彼の場合、大人になるにつれて父親そっくりの態度や習慣が目立ってくるというようなことはちょっと考えられない。親との関係より環境が大事というのは、その点だけに限ればアメリカの二世のようなもので、もし谷崎の幼いころ家が山の手へ引越すようなことがあったとしたら、谷崎はたぶん目立って山の手っ子らしくなっていたことだろう。

ここで、「何でもいい」とか「どこでもいい」とかいう変わりやすさの話に戻りたい。つまり若い谷崎の基本的なとりとめのなさの問題である。「善にも悪にも夢中になれない」とか、「克己心や人を愛する能力に欠ける」とか、「意志薄弱」とか、「道徳性の麻痺」とか、「独立した自己の情操と云ふものがなく、周囲の気分に依つて左右される」とか、「刻々に変化する気分」とか、初期の作品にはその種の言葉がいくらでも出てくる。恋愛を求めていながら、いざ女と関係が出来ると、「無精を起して飽きて了ふ事」をひたすら怖れて、「彼の女を能ふ限り非自然的な、非現実的な、非習慣的な、若しくは演劇的な性格に作り上げ」ようとする、というふうに書かれることもある。

すべて本音だと思うが、意志も欲求も感情も曖昧な状態が繰り返し説明され、それらをかなり不自然に人為的に明確化しようとする主人公の試みが書かれるといった作品が多い。若い谷崎は、女とのつき合いもかなりざっくばらんにやれたらしいのに、関係を持った女の姿をリアルに描くことができない。「痴人の愛」以前で言えば、「悪魔」「続悪魔」だけが例外である。それは、女を日常的な存在としてどう考えるか、そしてほんとうのところどういう女を好むか、欲するか、ということがあまりはっきりしないからうまくいかない、ということがあるのだろうと思う。たとえば徳田秋声のような作家なら話は違ってくるだろうが、女に夢中にならなければ女を見た気がしない人が、そこらにいる女にそのまま夢中になれないからである。谷崎の女の好みは、一見はっきりと一貫しているように見える。だがそれも、「男を男と思はぬやうな勝気な女」「美にして大なる四肢」「獣と神の美しさ」といったもので、もう一つ私の言葉でつけ加えるなら「家の中の妖婦」であるが、いずれにせよあまり具体的な説明にはなってこないような好みである。大正時代を通じて、西洋人のように活発なモダン・ガールを求めていたということは言えると思うが、それにしても抽象的なことに変わりはない。

谷崎は生涯に何度も結婚を決意する機会を持った。だがそういうときの谷崎はかなり軽率に見える。最初の千代夫人のときは、気に入っていたその姉の代わりに、妹なら性質が似ているだろうと思って、ろくに相手も見ずに一緒になってしまう。そして大いに後悔する。例の千代夫人譲渡で揉めた「小田原事件」のときも、結婚生活となるとうまくいくとは思えないせい子（千代夫人の妹）と一緒になろうとして断わられたらしい。その十年後、とうとう千代夫人を離別すると、谷崎は親友笹沼源之助の中華料理店「偕楽園」の女中と結婚したいと思い立ってただちに上京するが、相手はすでに嫁に行ったあとであった。そしてそのすぐあと古川丁未子と結婚するのだが（谷崎満四十四歳）、二十以上歳の違う相手が気に入って夢中になるのに、一年半ほどで別居、離婚してしまう。谷崎はもともと女を「選ぶ」たちでありながら、いざ実際に選ぶ段になると軽はずみにしかやれなかったようである。軽はずみだからこそそのときは夢中であり、「選ぶ」ということのスリルをひしひしと感じるほど真剣だっただろうが、あとになると自分が何を欲しがっていたのかわからなくなってしまうということの繰り返しだったのではなかろうか。

晩年の随筆「親父の話」に、珍しく父親と二人で寄席へ行った思い出がある。寄席で潤一郎が思わず声を出して笑うと、父親がたまりかねたように「見つともねえ」と言って脇をこづいたという。父親はおよそ趣味人的なところはない人だったが、「親父の眼にはその時の私がいかにも田舎者に見えて、我慢がならなかつたのだらう」と谷崎は書いている。普通の江戸っ子の眼から見れば、「都会っ子」とか「近代人」とかいうものは田舎者としか見えないはずである。「何でもいい」「どこでもいい」は異様すぎて、普段は小言一つ適切には言い得なかったに違いない。場所が寄席だったから、小言が適切になり得て、谷崎の記憶に残ったのだろう。

谷崎は、たとえば志賀直哉のように、家にまつわるいろんな問題を好んで身のまわりに引き寄せるようにして、嫡男としての自己を確かめたり作ったりして生きるというのとは反対の生き方をした。谷崎の場合、家がおちぶれて立て直しが急務だったにもかかわらず、「嫡男としての自己」を作ったりする必要を全然感じていなかった。何か作るとしたらもっと別のものだった。道徳的自己《モラル・セルフ》がない、あえて作る必要もない、官能性のほかにこれといって何もない、というのはたぶん強がりではなかった。「往復」や「変わりやすさ」の意識がはっきりしていれば、何もないぞという言い方もはっきりしてくる。

2

だが、感情的にとりとめがないのは、特にものを書くとき厄介な問題になる。状態の見きわめがつきにくいし、作家としてそのままではどうにもならないということがある。だから、自分には何もないと言いながら、同時に何かあると大声で言いもする。谷崎の「マゾヒズム」もそんなふうにして主張される。大正三年の「饒太郎」では、「空虚な頭で考へても『空虚』より外に出て来るものはない」ので書き悩んでいる二十七歳の小説家が、自分は「生来の完全な立派な、さうして頗る猛烈な Masochisten なのである」と宣言する。

天才芸術家の資質、才能、個性といったものも、「ある」と大声で主張されるものの一つである。いかにも大正時代らしいところだが、そこからロマン主義的自我といえるようなものにすがりつくところが出てきて、そういうこだわりがふっ切れないために谷崎は長いあいだ苦労する。「偉い芸術家になる」という真面目な気持ちもはなはだ強い。失敗つづきの作品の中でも力作の主人公は、たいてい変に反抗的でヒロイックで、「自我の反逆」ふうの思い入れが目立つ。芸術家と芸術家が闘う小説もいくつかある。

最初の結婚の一年後、大正五年に書かれた「父となりて」という随筆は有名だが、その正直な文章の幾分露悪的な調子も、「空虚」の意識から出てきたものと思える。生まれた子供が可愛くなったりしたら大変だ、それでなくても充分でない自分の収入が子供のために割かれるかと思うと苦痛でならない、などと書いている。

「私は何故、それ程子供を嫌がつたのであるか。――それはつまり、私が甚しいエゴイストであつたからである。飽く迄も自分独りを可愛がつて生きて来た人間だからである。私はたゞ自分の快楽の為めにのみ生きて行きたかつた。自分の所有して居る金銭を、自分の利益の為めにのみ費したかつた。私は此のエゴイズムを此れまで可なり極端に実行して居た。親兄弟に対しても甚しく冷淡であつた。交友と云ふものも頗る稀であつた。私が世間から秘密を喜ぶ人間であるとか、孤独を愛する性癖があるとか云はれたのも、実は私のエゴイズムが主たる原因をなして居るらしい。私のエゴイズムは骨肉の関係も親友の間柄も一切無視して顧みない。それ故私は、自分と他人とに不愉快な感を与へる事を恐れて、成るべく世間へ顔出しをしないやうに努めて居たのである。（略）第二に私は、子供を持つた為めに私の藝術が損はれはしないかと云ふ事をも気遣つて居た。私のエゴイズムが滅びてしまへば私の藝術も滅びてしまふに違ひないと思はれた。」

「一つには又、妻とか家とか云ふ係累がどれ程自分の性癖を牽制し、矯正する力があるものか、我から其れ等の桎梏の中へ飛び込んで試されて見ようと云ふやうな覚悟もあつた。自分の悪魔主義的傾向が、それ等の係累の為めに一変してしまふなら其れでもよい。反対に其れ等の束縛を打ち破つて、従來の傾向に突進するやうな、真剣な力が湧き上つて来るならそれでもいゝ。」

「私の心が藝術を想ふ時、私は悪魔の美に憧れる。私の眼が生活を振り向く時、私は人道の警鐘に脅かされる。臆病で横着な私は、動《やや》もすると此矛盾した二つの心の争闘を続けて行く事が出来ないで、今迄屢々側路《わきみち》へ外れた。（略）云ふまでもなく、真の藝術は生活と一致す可きものであるから、私は此の後厳重に自分の臆病を排斥して、正直な心の中の闘ひを、解決のつく迄続けて行かうと決心して居る。」

　まだ文壇的に安泰とは言えなかった時期でもあり、谷崎は神妙に、真剣な調子で語っている。

ロマン主義的な自我意識と、とりとめのなさの意識が並んで出ていて、迷いのあけすけな告白というかたちになっている。

ところで、悪魔主義的傾向を「何処迄も押し進めて、自分の宗教とする程の、充分な勇気と熱情とがまだまだ湧いて来ないのである」が、しかし結婚してもその傾向は依然として変わってこないというその悪魔主義的傾向のことに触れなければならない。谷崎はその後も繰り返し「悪」について書く。どう書いているか少し調べてみると、「Vice の藝術家」として耽美的に性愛の「悪」の価値を主張するような書き方はすぐに変わってくることがわかる。谷崎は、荷風と違って、女でも生活環境でも汚ないのが嫌いな人だったから、実際のところ頽廃美といったものには深入りできないからである。どう変わってくるかと言うと、それは「善人悪人の区別は、どうしても『誠意』若しくは『愛情』の有無に帰さなければならない」(「前科者」)という方向である。克己心も愛の能力もなく、意志もないということは、真面目不真面目の問題ではなく、むしろ宿命の問題で、世の中にはとうてい善人になり得ない性格があると考えざるを得ないが、そういう人間は今の社会に適応できないにせよ、生まれた以上は亡びるわけにはいかない(「鬼の面」)というふうに説明されるものになる。「善にも悪にも、己は夢中になれない人間である。其の為めに己はたまたま悪人のやうな外見を呈する」(同)。つまりそういう存在を「悪」と見るような言い方が入りこんでくる。それが谷崎自身の問題だったからである。

「悪人は善悪種々の気分に対して鋭敏なる感受性を具へてゐるけれども、其の気分たるや、極めて上ツ面なもので、決して彼等の魂の奥までは浸潤しない。彼等の魂の奥の方には、『自分は忌まはしい悪人である』と云ふ意識が、時々刻々に変化する気分とは無関係に、ちやんと潜在して居るのである。此の故に総べての悪人は、心中常に孤独を感じ、寂寞に悩んで居る。彼等が人に好かれたいと願ふのは、其の為めなのである」

「己なんかは悪人のうちでも余程聡明な方だから、成るたけ魂を見せ合はなければならないほどの、親密な関係を作らないやうに、始終気をつけて交際して居た。その為めに己はどんなに頭を使ひ、神経を痛めたか分らない。……（普通の善人が）接近して来る度毎に、己はいつでも一種の不安を感ぜずには居られない」（「前科者」）

大正十一年の「或る罪の動機」は、温和で正直で忠実な青年（書生）が恩師を殺す話だが、青年はまったく殺す理由がなかったから殺したのだと言う。「私のしたことは意志の働きと云ふよりは、水が自然に流れたやうなものなので、偶然にも傍に低い所があつたもんだから、つい其の方へ流れて行つた」のだと、カミュの「異邦人」のムルソーみたいなことを言う。

「精神的な物事に対してもさう云ふ無感激な状態に陥つたとしたら、その寂しさはどのくらゐであるか、恐らくあなた方には想像も付かない事でせう。あなた方は私を温和な柔順な青年だとお考へになつたでせうが、その実それは私が無感激の結果だつたのです。（略）もうさうなると人間はおしまひです、その人に取つて人生と云ふものは、唯一つの単調な、無意味な存在に過ぎなくなるんです。――あゝ、私は此の呪ふべき気持の為めにどんなに長い間苦しんだでせう、若し私の此の気持が単なる厭世観から来て居るのなら、哲学とか宗教とかに訴へる手段もあつたでせうが、困つた事には、今も云ふやうにそれは私の体質に喰つ着いて居るので、寧ろ厭世観よりも前にあつたものなのです。（略）すると自分には、何か人間として欠けて居る所があるのぢやないか。自分には人間の持つべき筈の感情と云ふものがないのぢやないか。——さうだ、自分には意志がないと同時に感情がないのだ、自分にあるものは唯つめたい理性ばかりだ。そしてその理性に従へば、世の中には真に善い物もなければ悪い物もない、して悪いものもなければしないで悪いものもない。人間はどんな事をしたつて構はないが、又どんな事をしないだつて差支へない。（略）自分はしたくないから何もしないので、それで一向差支へはないんだと、私はさう云ふ考で居ました。（略）私には正しく生きる事が絶えざる不幸の意識であり、不安の原《もと》になつたのです。人間らしくないとは云つても私は矢張人間ですから、自分ながら恐ろしいやうな、薄気味の悪いやうな気もしました。私の考は、真理としては間違つてゐないが、人間としては間違つて居るのぢやないだらうかとも思はれました。人間として此れが一番悪い事で、泥坊をしたり人殺しをしたりする方が、まだ此れよりは善い事だ、幸福な事だと、さうも思ひました。で、兎に角私は人間になりたかつたんです。泣いたり怒つたり、泣かしたり怒らしたりする事の出来る、人間になりたかつたんです。何かしら感情らしい感情を持ちたかつたんです。……」

例を引くのはこのくらいでいいかと思うが、谷崎は単に悪事を犯すことより、「人間らしくない」ということを「一番悪い事」と言うようになるわけである。その一番悪い事が谷崎自身の問題だったので、つまり明治、大正の時代から見て「人間らしくない」と思われるのは現在のわれわれに似た人間のことである。もっと時代に合った作家だった佐藤春夫は、谷崎を偽悪者と呼び、「彼の暖い深い情愛の方が説かれずして現れてゐる」というような読み方をする。その佐藤春夫は谷崎を批判して、「彼の悪魔主義と、彼の悪魔的主人公とは、常に自己に面接することを逃げ廻つてゐる卑怯者にしか過ぎない」とか、「自己解剖、自己省察のないところに思想がないことは自ら明らかであらう」とか、「彼の悪魔主義なるものは只一つの面白いシャラタニズムだと僕は思つてゐる」とか言い、それが人をうなずかせて、のちの谷崎評価に力を及ぼすことになる。

「秋風一夕話」（大正十三年）や「潤一郎。人及び藝術」（昭和二年）を読むと、たしかに佐藤春夫は十九世紀の西洋文学を谷崎より正確に受け止めていたらしいことがわかるが、時代に縛られていたという意味で、かえってそのことがマイナスにもなっている。「潤一郎は神と人と悪魔との間に決して罪人には堕ちない悪人といふ一つの階級を築いた」と笑うのだが、大正時代に笑えたことが今では笑えないのではないか。「罪人には堕ちない悪人」つまり個性も特性もない「人間らしくない」人間のことを、今のわれわれは皆せっせと書いているのだから。そしてそういう人間を問題にするとき、「心理的解剖が浅い」とか「懺悔の生活がない」とか言ってみたところで始まらないのだから。

3

ただ、「秋風一夕話」の中で一カ所、佐藤春夫は核心に触れるようなことを言っている。

「一体潤一郎は本質的には甚だ疑はしい藝術家である。と云ふのは今も言ふとほり、自分で自分の正体を知らない人なのだから——潤一郎の気づかないのは天下ただ自分だけで、その外のことは何でも知つてゐるといふ一種奇妙な聡明の人だ。第一義的のものは朦朧としてゐるが、第二義的のものは殘らず完成した藝術家だ。自己批評以外には批評もなか〳〵鋭いのだ。僕は随分教へられたことが多々ある」

自分のことがわからないということ、つまり大もとのところがあいまいで自分の正体がつかめないということが、作家としての谷崎の当面の問題でもあったし、可能性でもあった。大正十年に絶交するまでただ一人例外的に親しかった佐藤春夫が、谷崎は自分のことだけがわからなくてあとはすべてわかっている人だったと振り返っているのは興味深いことである。普通は逆のことが言われているからである。

佐藤春夫は「根本のあやふや」という言い方もしている。佐藤の批評は、個性万能のロマン主義的芸術家観、自我観に基くもので、芸術を生み出す大もとがあやふやということだが、その意味でいえば谷崎は大もとがいわばぽっかり空いている人である。つまり自分で正体を知らないというより、もともと正体などないかもしれない人である。そんなものは特に要らないと自分でも思えるようになって谷崎は作家として安定してくるのである。

十九世紀ロマン主義の観点から見て「疑はしい藝術家」である谷崎の場合、ぽっかり空いた「空虚」のまわりにいろんなものが充実している。つまりまわりのことは何でも知っている。だから、そういう在り方は「一種奇妙な聡明の人」ということになる。道徳的自己《モラル・セルフ》はなくても、きわめて常識的な明快なものの言い方ができる。大もとが「空虚」だからこそ、正確に、くわしく、時には精妙に表現できるということがある。特に谷崎の随筆類を読むとき、谷崎がまわりに充満しているものに身を預けるようにしながら語っているということがよくわかる気がする。

谷崎は、歳を重ねるにつれて、自分の大もとがブランクになっているという事実と折り合えるようになっていく。そうなってからというもの、なすべきことははっきりして、谷崎はブランクになっているところへまわりのものから一つ二つと選んで運び込むようにするのである。書くということと、まわりに見えているものの中から何か肯定できるものを選んで運び込むという作業とが重なってくる。後年の「花は桜、魚は鯛」というような月並主義なんかも運び込んだものの一つで、そんなふうにそれらはすべて少々はっきりしすぎるくらいに単純化されることになる。

私の好きな「蓼喰ふ虫」を例にとると、そこに見られる関西の風俗習慣や風土や人形浄瑠璃に対する熱愛の姿勢は、谷崎が自分のために選んで運び込んだものである。それはいわば持ち運べるように選んだものだから、特に河野多恵子氏のような関西人の目には、その関西文化讃美、人形浄瑠璃讃美が「他愛がなく、独善的で、仰山らしい」というふうに映るのももっともかもしれない。幾分仰山な明確化、単純化は、作業の性質上免れがたいのだ。

谷崎が西洋文明から運び込んできたものも、同じように単純化されて「蓼喰ふ虫」にはっきり出ている。谷崎の西洋理解についてはこれまでいろいろと揶揄されてきたが、ともかく谷崎は「性愛の解放」の考えと「女性崇拝」と、それから人間関係における合理主義といったものを運び込んでくる。「小田原事件」のときは、最初その合理主義が「仰山らしい」ほどはっきりと出たようで、佐藤春夫が事実の正確な記録を心がけて書いた「この三つのもの」を読むとそのことがよくわかる。谷崎（作中では北村）のしゃべり方は明快至極で、堂々たるところがある。のちに谷崎自身あれは強がりだったと言うようになるのだが、その時点では強がりというふうに意識されるものではなかったはずである。おそらく、事態の合理主義的理解とそれに基く思いきった解決法が、やがて自分の目にあまりにも露骨に際立ってしまい、自分でもさすがに仰山らしく思い、合理主義によって「天に逆う」ことが怖ろしくなってしまったのだろう。その種のものが自分の目に仰山らしく見えないような形にうまく単純化されるには時間がかかるので、そのときの谷崎はまだ若かったのである。

それでも、女の問題がからんでこなければもっと簡単で、人間関係における合理主義は、かなり早くから谷崎の中に収まって安定していたようである。後輩の佐藤春夫は、まだほとんど無名のころから、谷崎に対等の相手として一人前に扱ってもらえたことを、絶交後も感激の調子で語っている。そのような谷崎に「徳望者に近いやうな」ものを佐藤は見ている。谷崎の合理主義がそう見せたわけである（もちろん、若い谷崎は日ごろ狷介で我儘で横暴だったので、佐藤がそれを知らなかったわけではない）。佐藤春夫はのちに「門弟三千人」と豪語（？）するようになるが、谷崎は門弟など絶対に持とうとしなかった。後半生は文学上の友人もなく、最後まで一人きりで押し通した。

晩年の谷崎が東京下町の老舗の大旦那然としていたというのも、また下町言葉で妙にへりくだったような受け答えをするところがあったらしいのも、もともと「町人」だからと言ってすむことではないように思える。谷崎の場合は、単に地が出たなどというのではなく、そういう町人ふうさえ選んだものだったはずである。谷崎は、ブランクになっているところへいろいろと運び込んだが、それらはすべて文章の形で人目にさらされていて、すべて見せてしまってあるので、生身の谷崎としては人に会っても何一つ言うことがない。「谷崎でございます」の先はあまり言葉が出てこない。何も言わずにすますためには、一時代前の町人ふうの態度や物言いを持ち出してきてへりくだっているのが一番よく、一番楽で、それは彼の地そのものではないと同様、自己韜晦というものでもない。谷崎は若いころから、自己韜晦などということがそもそも成り立たないような在り方の人だった。

4

話が先へ行きすぎたが、この文章の目的は大正時代までの「若い」谷崎を語ることにあった。

最初期の短篇を除いてその時期の作品にこれといって見るべきものがないという理由で「若い」谷崎をおろそかにすると、それ以後傑作を書くようになってからの谷崎ももう一つわからないということになりやすい。

谷崎という人は根本的にとりとめがないために、若いころは「天才」芸術家意識を頼りにして傲慢不遜にふるまいもし、細君殺しの話を何度も書いたりした。それが大正という時代でもあった。変にヒロイックに旧習に歯向おうとするロマン主義的自我といったものに谷崎がたぶらかされなくなるのは、ようやく満四十歳くらいになってからである。自分の大もとがブランクになっているという事実と折り合えるようになるわけだが、関西へ移住したことはそのための契機としてたしかに大きかったようである。

大正十二年秋、谷崎は箱根山中のバスの中で大地震に遭遇し、その瞬間、横浜に残した妻子の不幸さえ半ば忘れて、しめた、今の東京はことごとく焼けてしまうがいいと思い、十年後復興成った「宏荘な大都市の景観」を思い描いて胸を躍らせる。関西移住後、東京が近代的享楽にふさわしい都市に生まれ変わるだろうという予想が裏切られた幻滅も相俟って、谷崎はその種のモダニズムをうまく手放してしまえるのだが、そのことがやはり大きかったと思う。東京横浜が焼けずに谷崎がそのまま居残っていたとしたら、彼のモダニズムを養うタネもそのまま残りつづけ、自我意識の無理は簡単には解消しなかったかもしれない。芸術家と芸術家が闘うというような意識も、文壇ジャーナリズムの中心地にいれば消えにくかったであろう。

震災後、谷崎はたまに東京へ出ることがあっても、土地の感覚が不確かになり、町の匂いもわからなくなり、方角さえしばしば見失って、「只の旅人に過ぎない」と痛感させられるようになる。移住した関西でも、何年ものあいだ、やはり旅行者の物珍しい気分が消えない。つまり谷崎は、「どこでもいい」という彼本来の在り方を否応なしに認めることができる条件に恵まれたわけである。

京都では、王朝時代鎌倉時代の絵巻物にあるような顔が実際に往来を歩いているし、大阪では人形浄瑠璃の孫右衛門や沢市や権太やお里や治兵衛や梅川やおさんなんかの顔がまわりにいくらでもある。村里や家々の様子も忠臣蔵時分とあまり変わらない。そう受け取ることのできる土地で谷崎は、反道徳的に傲慢な近代芸術家としての自己などというものがきれいに解消してゆく心地よさといったものを味わっていたのではないかと思う。関西に馴染もうと努めた数年のあいだに、そういう心地よさの度が少しずつ進んでいったのだと思える。切れ目なくつながり重なっているもののただ中へ入り込んだという意識とともに、自分の大もとの「空虚」もありのままに見えてきて、それと折れ合い、そういう自分自身を受け入れることができるようになったのではなかろうか。心地よさというのはつまりそのことである。

無理が解消していく時の自由感、解放感といったものから作品が生み出される。「蓼喰ふ虫」などそのいい例である。私は十五、六のとき以来「蓼喰ふ虫」は何度読み返したかわからないが、何といっても一番の楽しみは、作者の解放感に触れる楽しみだと言っていい。劇的なところなど少しもないのがまったくありがたい。「蓼喰ふ虫」にはさらに、もう一つの解放感の予覚のようなものが表わされている。言うまでもなく谷崎自身の離婚による解放の予感である。河野多恵子氏は、「望ましいかたちで離婚できるであろう〈予覚〉の静かに満ちてくる快い水音」とうまい言い方をしている。そのひたひたと寄せてくる水音を聞く楽しみは何とも言えない。

「後退」の自由感とか悦びとかいったものがある。変な話をするようだが、私は子供のころ、相撲で何とか人に勝てるわざを一つしか持っていなくて、それは自己流のうっちゃりのわざなので、取り組むが早いか自分からじりじりと土俵際まで引きさがっていくのだが、その後退の楽しさといったらなかった。もちろんそんなことをしても負けるほうが多かったのだが。

「蓼喰ふ虫」にもその種の後退の悦びのようなものがよく表わされている。それは妙にいかめしいようなかたちに統一されたかもしれない自己からの後退の悦びというふうに言えるかもしれない。だから自由感がひしひしと伝わってくる。それが伝われば、主人公要《かなめ》の人形浄瑠璃讃美も、モダンな東京人らしさも、老人の趣味生活に対する共感も、女性に関するモダニズムも、文楽人形のような「永遠女性」への憧れも、すべてそのまま受け止めるほかない。作者が自身の「空虚」をいわばそのような分裂にはっきり置き換えて平静に受け止めることのできる自由を手に入れたことがよくわかり、読者はそれを羨むしかないからである。

優柔不断そのものを精妙に小説化するということは、「往復」の人谷崎といえども、そういう自由なしにはよくなし得ないことだった。女のニュアンスといったものに目をつけることもそうで、これは関西のおかげでもあるが、身軽な自由感がないと、平然とニュアンスを書いていられない。大もとのところが曖昧な谷崎は、優柔不断を自ら楽しむようなところがあり、「ウマが合わない」千代夫人との結婚生活も十六年の長きにわたるのだが、それも自分が優柔不断でいられるための材料をわざと引き寄せるようにして、それらの材料に埋もれるようにして、十六年も過ごしてしまったということではないだろうか。

そのへんのところは、彼が「関西」に自ら埋もれたがったのと同じことのような気がする。そしてそういう自分にふさわしいかたちで小説が書けるようになるには、齢《よわい》不惑に達してそれまでの無理から解き放たれる必要があったわけである。谷崎はもともと物語作家としての自在な語りに優れていたとは言えず、話の筋を考えるのに苦心惨憺して結局失敗することが多かったが、「卍」では苦心の末大いに込み入った話に仕立てて成功したというのも、関西の地で関西弁の語りに充分身を預けられるだけの身軽さを得たからである。それにしても、谷崎の美質がほんとうに魅力的に表われるのは、「蓼喰ふ虫」や「細雪」や「瘋癲老人日記」のように、プロットの簡単な、あまり動かない小説のほうだと思う。

もっときちんと作品論をするべきだが、紙数も尽きたので切りあげることにする。谷崎という人を幾分繊弱に現代的に描きすぎたかもしれない。私としてはあえてそう描こうというつもりがあった。それは一般に谷崎という人がもっと重たるく受け止められがちだからで、多分に不透明で得体の知れない大家的存在とされて、それがやがて古びたイメージになりかねないのを怖れるからである。そのイメージを裏切るものを見ていくと、谷崎の身軽さや自在さや大胆さ、その分裂的な不確実性、他人や諸文化に対する関係意識の鋭敏さ、そこから生まれる複雑な現代人性、といったものが見えてくる。ただ、谷崎の文学は、彼のあとの作家の多くが文章の厚みを極力なくしていったのに対し、ことばを緻密に積み重ねる粘った文章が特徴で、それが重厚な印象を与えるということがある。

谷崎は世俗的な享楽者としての面が相当目立つ人でもあるので、端倪すべからざる生活力を持った強い人と見たがるむきも多いにちがいない。たしかに谷崎は強いのだが、しかしそのことは違う意味で言われなければならない。若いころの金づかいの荒い暮らしぶりにしても、「生活即芸術」というような固定観念から来ていて、必ずしも旺盛な生活力を感じさせるものとは言えない。今東光も『十二階崩壊』の中で、「谷崎は小説しか出来ない男だよ。あれは浮世のことは何にも出来ん男だ」という佐藤春夫の言葉を二カ所で繰り返している。

もし仮りに小説が売れなくなるようなことがあったとして、そのとき谷崎は、いくら貧乏くさいのが嫌いでも、書くこと以外に収入の道をはかってうまくやろうとしたりしただろうか。松子夫人と一緒になったころ、谷崎は実際に金に困っていて、「おかずは一皿でいいが腹がへるからたくさん盛ってほしい」と松子夫人に頼み、徹底した節約生活を続けたそうである。生活的にもそれなりに「後退」を楽しむことのできる人だったと思える。

後記

本気で谷崎潤一郎と向きあってみようと思い立ったのが、すでに四十年ほど前のことになる。それ以来、谷崎に関する文章が年々積み重なってきた。そのなかから『青年期　谷崎潤一郎論』『壮年期　谷崎潤一郎論』の二冊が生まれ、それが私の谷崎論の「本論」にあたるが、それ以外のものを集めてこの本が出来た。

「本論」では十分に書ききれなかったことがさまざまに扱われている。遺漏の部分を考え直してみると、そこが思いがけずふくらんでくるということがある。「本論」出版後に出た新資料について、あらたに書きおろした文章もある。

谷崎のような大きな作家の場合、さまざまな角度から論じて、その多面性を十分に浮かびあがらせなければならない。過去の「本論」に本書を加えて、それが少しでも実現できていればと願う気持ちである。

谷崎潤一郎にはじめて興味をもつ読者にとっても、特にわかりにくいところはないだろうと思う。まず「谷崎潤一郎という生き方」の章を読んでもらえれば、谷崎の生涯とその仕事について、通説とは幾分違う印象ながら、わかりやすいイメージが得られるのではなかろうか。

本書のなかで最も古い文章は「作家による作家論・谷崎潤一郎」で、季刊誌『文体』の連載企画の一回分として書かれた。「作家による」ということで、ふつうの研究論文とは違うものを意識して書いた。そのため、目のつけ方も論の進め方も文章も一風変わっているかもしれない。人があまり指摘しない谷崎の一面、つまり彼の現代人性を強調した論になっている。少なからず強引な論だが、それを書いたことで私のスタンスが定まり、のちの『青年期　谷崎潤一郎論』の仕事につながることになった。

全体に本書の文章は、いわゆる研究論文とは多少なりとも違う感じのものだといえるにちがいない。が、谷崎を論じる際には、そんな違いもおそらく有効ではないかと思う。谷崎論の読者にとっても、それが生きた谷崎に触れるための機縁になってくれればと願っている。

谷崎潤一郎は、どの角度から読んでも、読みとれるものの多い作家である。どの方面から論じても十分楽しいという作家である。いつしか何十年にもわたる仕事になったが、それらがいちいち楽しかったという思いを今またあらたにしている。

二〇一五年八月

尾高　修也

初出一覧

I

谷崎潤一郎　没後五十年　新稿
谷崎潤一郎を探して　三十年の愉楽　「花眼」第三号　二〇〇七年三月
谷崎潤一郎という生き方　朝日カルチャーセンター新宿講義録
二〇〇八年二月八日及び二月二二日
『谷崎潤一郎の恋文〈松子・重子姉妹との書簡集〉』を読む　新稿
千葉俊二、アンヌ　バヤール・坂井編『谷崎潤一郎　境界を超えて』「図書新聞」二〇〇九年九月五日

II

谷崎潤一郎の「西洋体験」「江古田文学」第五八、五九、六一、六三、六七号
二〇〇五年二月〜二〇〇八年三月
谷崎と芥川の中国体験「江古田文学」第八二号　二〇一三年三月
谷崎潤一郎と中国　北京広播学院（現・中国伝媒大学）講義録　一九九三年一〇月一六日
谷崎潤一郎と正宗白鳥「藝文攷」第一七号　二〇一二年二月
谷崎潤一郎の未発表原稿について
付・谷崎潤一郎「追憶二つ三つ」「藝文攷」第一五号　二〇一〇年二月

III

谷崎潤一郎の「旅」　「江古田文学」第六五号　二〇〇七年七月
谷崎潤一郎の神戸　夢のあと　「藝文攷」第一一号　二〇〇六年二月
京の夢　祇園甲部組合「ぎをん」第二〇三号　二〇一〇年七月
横浜転変
　八十四歳のせい子　「江古田文学」第一一号　一九八七年一月
　五姓田義松の死　「江古田文学」第一三号　一九八七年十月
　谷崎映画と川端映画　「江古田文学」第一四号　一九八八年五月

IV

「蓼喰ふ虫」　「国文学解釈と鑑賞」二〇〇一年六月
「盲目物語」　「国文学解釈と鑑賞」二〇〇一年六月
「陰翳礼讃」　「江古田文学」第七三号　二〇一〇年三月
恋文作品　「墨花」二〇〇七年秋号
作家による作家論・谷崎潤一郎　「文体」第五号　一九七八年九月

尾高　修也（おだか・しゅうや）
1937年東京生まれ。早稲田大学政経学部卒業。小説「危うい歳月」で文藝賞受賞。元日本大学芸術学部文芸学科教授。著書に『恋人の樹』『塔の子』（ともに河出書房新社）『青年期　谷崎潤一郎論』『壮年期　谷崎潤一郎論』『近代文学以後　「内向の世代」から見た村上春樹』（ともに作品社）『新人を読む　10年の小説1990-2000』（国書刊行会）『小説　書くために読む』『現代・西遊日乗Ⅰ～Ⅳ』（ともに美巧社）『必携　小説の作法』『書くために読む短篇小説』『尾高修也初期作品Ⅰ～Ⅲ』（ともにファーストワン）などがある。

谷崎潤一郎　没後五十年

2015年11月20日　第1刷発行

著　者　　尾 高 修 也
発行者　　和 田 　 肇
発行所　　株式会社 作品社
〒102-0072 東京都千代田区飯田橋2-7-4
TEL 03-3262-9753　FAX 03-3292-9757
http://www.sakuhinsha.com/
振替：00160-3-27183
印刷・製本　シナノ印刷 株式会社
本文組版　（有）一企画

落丁・乱丁本はお取替え致します。
定価はカバーに表示してあります。

ISBN978-4-86182-563-7 C0095

◆作品社の本◆

尾高修也の本

青年期　谷崎潤一郎論

最初期の短編作品群から「痴人の愛」「蓼喰ふ虫」まで。長い「青年期」を通して自己形成を遂げ続けた谷崎文学創造の秘鑰を、その生活と作品に即応しつつ解明する画期的考察。

壮年期　谷崎潤一郎論

「卍」から「瘋癲老人日記」まで。関西との関係を深めた豊穣な壮年期、老年の性を見据えた爛熟の晩年。終生不断に変成しつつその頂点を極めた巨匠の全貌を描く畢生の労作。

近代文学以後

「内向の世代」から見た村上春樹

文章の緩み、文学精神の甘え、「心せよ、ハルキ！」「内向の世代」の七〇代が一〇年かけて読んでみた村上春樹。文学愛みなぎる、真摯な辛口村上論。川村湊氏推薦！